KB273383

소설가의 길을 따라

소설가의 길을 따라

김인성 지음

평민사

차 례
소설가의 길을 따라 ❷

개정판에 붙여

개정판을 준비하면서 뒤적이다 보니, 처음 영국 문학 기행이 나온 것이 99년이었다. 벌써 5년이 지났다니, 워즈워드가 틴턴 사원을 다시 찾아, '5년이 지났구나, 5년의 긴 여름과 더불어 5년의 긴 겨울이' 노래하던 그 시간만큼이 지나갔다. 더구나 그 사이 세기가 바뀌었다. 노래는커녕 시 한 줄 쓰지 못하는 재주지만, 가만 앉아 있는 책은 그저 낡아 가기만 할 거라는 초조함이 들었다.

지난 책을 읽으면서 실수와 무지로 빚어진 잘못들이 보였다. 의외로 계속 이 책을 찾는 사람들이 있다니, 내게는 불완전한 부분들을 바로잡는 것이 의무처럼 느껴졌다. 그리고 그 김에 지난 번 기획에서 빠졌던 작가들을 더 넣고 싶다는 소박한 소망도 있었다.

처음에는 다 좋아 보였고, 쉬워 보였다. 내가 쓴 책을 내가 고쳐낸다니, 이렇게 간단한 일이 있겠는가, 생각했는데 그게 아니었다. 내가 쓴 책을 다시 읽는 괴로움이라니, 그것도 수정과 보완을 위한 강제독서는 거의 고문이었다. 곳곳에 숨어 있는 자기 연민과 감정의 과잉을 찾을 때마다 눈이 아프다. 막막한 글쟁이들을 다루면서도 내 글은 유유하게 흐르지 않는데, 그저 슬쩍 지나치면 좋으련만 그 조악한 글 솜씨를 외과의사처럼 꼼꼼하게 찾아내어, 여전히 그 타령에 불과한 솜씨로 다시 꿰매어야 하다니, 그 자괴감도 슬펐다. 세월은 지나고 그만큼 나는 늙었는데 조금도 현명해지지 않았던 것이다.

그걸 깨달은 것이 개정판 준비의 수확이라고 해야 할까. 현재의 내 모습을 알자면 또 다른 5년이 더 필요할지도 모른다. 이 책을 처음 쓰던 시질 나는 내가 얼마나 무모한 짓을 하고 있는지 몰랐다. 그렇게 많은 작가들을 내 글 속에 집어넣겠다고 생각하다니, 아니 더 정확히 말해 어떤 의도적인 계획도 없이 마음 따라가던 여행들을 모아 그런 책을 쓰겠다고 나서다니, 나도 무식했고, 출판사도 참 용감했다. 그때는 그저 그간 허겁지겁 쌓여있던 영문학의 조각지식들과 여행 사진들을 처리할 욕심만 가득했다. 그 욕심이 없었다면 이런 책은 절대 쓰지 못했을 것이다.

개정판에 각 권마다 한 작가, 두 작가씩 더 넣으면서도 몸살이 났다. 바깥에는 봄 오는 소리가 시끄러운데 골방에 틀어박혀 안 돌아가는 머리를 짜고 있으니 겨우 하루에 몇 줄이 고작이었다. 그런데 어떻게 처음에는 이리 써댔을까. 그게 참 신기했다. 초심으로 돌아가라는 말은 그래서 하는 모양이다. 치기 어리고 분명 불완전하지만 처음 저지른 일에는 언제나 정열이 있나 보다. 그래서 이제 고민은 반대가 되었다. 뭘 좀 잘해보자고 시작한 개정판이 오히려 초판보다 못 미칠까봐 염려된다. 정열은 그 때만 못하더라도 부디 그걸 보상할 수 있는 재주가 생겼기를 바랄 뿐이다.

초판이 2권이었던 데에 비해 개정판은 3권으로 나뉘었다. 급하게 지나간 부분들을 좀 더 공들이고, 새로 배운 사실들을 넣은 데다가 새 작가들을 삽입하느라 분량이 늘었기 때문이다. 1권에서는 시인들만을 다루었고, 테니슨을 새로 첨가했다. 소설가들을 다룬 2권에서는 키플링을 새로 넣었다. 3권에서는 셰익스피어를 비롯하여 그 외 영국 작가들을 다루었다. 저널리스트도 있고, 동화작가들, 추리소설작가들도 포함되었다. 노벨 문학상을 받은 처칠과 '영어로 쓴 최고의 글'의 작가, '아라비아의 로렌스'를 한 장에서 다루었고, 르네상스 시대의 상징인 시드니를 독립시켜서 3권에 넣었다.

문학과는 거리가 멀었던 아이들은 여행을 다니면서 컸고 남편은 늙어갔다. 아무 사연도 모르고 끌려 다니는 여행에 불평만 늘어놓던 아이들도 이곳 저곳의 문학가들 자리를 보면서 인생관을 다듬었던 모양이다. 문학 전공할 생각 없느냐는 할아버지의 질문에 아이들은 이구동성으로 대답했다. '아, 없지요. 절대 문학하면 안되요. 얼마나 가난한지 아세요. 밀턴의 오두막집도 그렇고요, 뼈언즈는 진짜 못 살더라고요.' 남편은 그러면 그렇지 하는 표정이다. 그러면서 우리 가족들은 밀턴도 알아가고 번즈도 배웠다. 증오 없이 애정이 있겠는가. 운전기사로 강제 동원된 남편의 문학 혐오증은 별로 개선될 전망이 보이지 않지만, 아이들의 문학 애증이 언젠가 글에 대한 건강한 관심으로 자랄 거라고 나는 굳게 믿는다.

함께 여행을 다녀준 가족들 뿐 아니라 감사의 말을 전하고 싶은 사람들이 많다. 학위를 받고도 변변한 자리 하나 없이 별 볼 일 없는 글이나 쓴다고 나무라실 만한데 한번도 싫은 소리 없으셨던 아버지, 항상 책에 관심을 가져주는 동생 가족들, 많은 격려를 보내준 크랜필드의 이웃들, 책에 빠진 자료를 찾아 주셨던 셰필드 대학 도서관의 김 박사님을 비롯한 셰필드의 이웃들, 영국에 왔다 간 인연으로 더할 수 없이 도움이 되었던 선후배들, 인지용 도장을 보관하는 죄(?)로 궂은 뒤처리를 다 맡고 있는 홍의경 선생 모두에게 이 자리를 빌어 깊은 고마움을 전하고 싶다.

다들 이런 자리에 출판사에 감사를 남기는 것이 관례인데, 나처럼 외국에 나와 사는 사람이 서울에 있는 출판사를 통해 책을 내는 경우에 감사는 그저 관례일 수만은 없다. 과연 잘 팔려 줄까 염려스러운 책을 맡이 출편하고, 다시 또 개정판을 만들고 있는 마당이니 평민사의 배짱도 대단하다. 늦어지는 원고를 지치지 않고 기다려주신 일이며, 수많은 사진을 보내고 받으면서 짜증나는 일도 많았겠건만 늘 편안한 마음으로 대해 주신 이정옥 사장님께 진 빚이 적지 않다.

몇 년 전 논문 지도 교수님이셨던 이근섭 교수님께서 타계하셨다. 어머니께서 돌아가시고 나니 마음 한 자리가 텅 비고, 지도 교수님께서 가시고 나니 가끔 들판에 홀로 서 있는 기분이 든다. 교수님의 단아한 수업이 아니었더라면 영시의 아름다움을 평생 모르고 지냈을 텐데 그 고마운 마음을 한번도 제대로 전했던 적이 없었다. 보잘 것 없는 책으로나마 선생님께 감사를 드린다.

2004년 9월에

김 인성

글로 들어가기에 앞서
영국 문학 기행을 쓰면서

어느 해 10월쯤이었던 것 같다.

통독 전 서독의 수도였던 본에 갈 기회가 있었다. 관광지로 여겨지는 도시가 많은 독일에서 본은 그다지 뚜렷한 관광 상품을 가진 도시라고 할 수 없다. 독일 어느 도시에서나 볼 수 있는 시장도 있고, 시청 청사도 있고, 백화점도 있고, 박물관도 있지만, 관광지다운 역사성이나 풍모는 없다. 그저 조용하다는 것이 가장 두드러진 관광 상품이랄까, 그런 평범한 곳이다. 게다가 늦가을에 가 보니, 도시 전체가 조용한 가운데 가끔씩 스르르 비까지 와서 기가 막히게 처연한 단풍들을 떨어뜨리고 있었다.

우리 식구는 본의 시민으로 유명한 두 인물을 보고 가리라 계획했었다. 하나는 네안데르탈인이고 하나는 베토벤이었다. 비에 젖은 단풍이 건물 전체를 감싸고 있는 박물관에 들러, 키가 140cm에서 150cm쯤 되는 구부정한 네안데르탈인을, 아니 정확히 말하면 그의 모형을 만났다. 유명한 그의 두개골을 보면서 우리는 서로의 두개골을 눌러 보고, 또 지그시 바라보면서 우리도 만약 두개골을 바탕으로 복원된다면 어떤 모습이 될지 상상해 보았다. 그리고는 전형적인 한국인 관광객답게 세기를 뛰어넘는 이 감동적인 만남을 기념하기 위해 사진 촬영을 하고 그곳을 떠났다.

베토벤의 생가는 시장통 한복판에 있었다. 늦가을의 가랑비로 더 일찍 어두워지고 을씨년스러웠던 10월말에 우리는 그 집 앞에 섰다. 마침 공사중이있다. 안내인은 영어와 독일어를 빈길아 해 가며 기념관을 새로이 개조하는 중이니, 어느 정도 기간이 지나면 다시 볼 수 있을 거라고 위로 겸 설명을 곁들인다. 무뚝뚝한 독일인들이 국민복처럼 청바지를 입고 지나가는 길에 서서, 우산을 쓰기도 애매한 질척이는 비를 맞으며, 우리는 한가로이 시멘트 더미를 지고 지나가는 인부의 어깨 너머로 그 집의 안마당이라도 볼 수 있을까 조바심을 내며 깨금발을 하고 쳐다봤다. 들어가 봤자 피아노랑 악보랑 뭐 별거 없더라고 남편은 위로조로 말했지만, 웬지 아쉬운 마음은 어쩔 수가 없었다.

지금도 본을 생각하면 비와 단풍과 들어가 보지 못한 베토벤의 생가가 떠오른다. 정지된 시간처럼 우리는 그 시장 길에 서서 그의 집을 들여다본다. 나도 안다. 들어가 보면 너무나 뻔하리라는 것을. 피아노가 있고, 악보가 있고, 아마, 그의 데드 마스크쯤은—.

그런데 지금 영국 문학 기행기를 시작하면서 왜 굳이 들어가지 못했던 베토벤의 생가가 떠오를까.

셰익스피어가 태어난 곳이니까 거길 가야 된다, 초오서 작품의 배경이니까 거길 봐야 된다, 이 창 너머에서 에밀리 브론테가 저 무덤을 봤구나, 어쩌고 할 때마다 남편은 내게 공학도답게 한마디 했다. 꼭 이렇게 성지 순례하듯 누구 태어난 집에 다 가 봐야 되는 거냐. 화로에 냄비 하나 걸려 있는 걸 보려고 왔느냐, (참 희한하게도 어지간한 집마다 벽난로에 냄비를 걸어 두었었다) 낡은 요람을 보면 나이 든 소설가의 모습이 잡히느냐. 이런 식으로 둘러봐야 한다면 나노 영국에서 가 볼 데 많다. 우선 뉴튼의 사과나무 정원, 이민 가기 전에 벨이 살았던 곳, 플레밍이 감자 들고 학교 다니던 곳 다 나름대로 의미있는 곳이 아니냐 면서.

하긴 왜 그리 그곳을 가고 싶었을까, 나도 모르겠다. 존슨 박사가 말했듯이, 그 집의 주인이 살고 있지 않는 집이 무슨 의미가 있겠는가. 낡은 사진과 옷가지, 그릇들을 보고 마지막에 낡은 무덤으로 이어지는 그 여행이 —.

왜 그랬을까, 생각해 보니 아마 베토벤의 집에 들어가 보고 싶었던 심정과 같았던 것이리라는 생각이 든다. 남편도 본에 출장 가서 여유 시간에 한 일이라고는 베토벤의 생가에 들른 것밖에 없다고 했다.

베토벤이 없었다면 본이 내게 어떤 의미를 줄 수 있을까. 아니 좀더 정확하게 말한다면, 본이 지금 내게 주는 감동과 의미를 가지고 있었을까. 글쎄다. 유럽의 어지간한 도시들은 모두 정돈되어 있고, 깨끗하고, 경치 좋고, 그곳에 가면, 박물관이 있고, 교회당이 있고, 싸움의 역사가 있고, 맛있는 음식점, 맛없는 음식점이 있다. 그런 가운데 유별나게 조용한 본이 기억나는 것은 들어가 보지 못한 베토벤의 집 때문이다. 일부러 런던 외곽에 고적한 샬폰트를 가는 것도 오로지 밀턴이 딱 1년 살았던 집이 거기 있었기 때문이다. 어떤 장소를 의미 있게 만드는 것은 그곳에 그 사람이 살았기 때문이다.

　나는 문학을 공부하고 한편 그 공부 때문에 후회도 많이 한다. 내게 별반 희망을 주는 작업이 아니기 때문이다. 변변한 내 글을 쓸 수 있을 것 같은 재능도 없이 옛 글, 그것도 외국어로 된 글을 읽는다는 것이 세월이 갈수록 즐거운 경험만은 아님을 알았다. 그래도 배운 것이 이것뿐이라, 사람에 대한 관심이 많아지는 것을 어쩔 수가 없다. 그렇다고 이웃도 많지 않다 보니, 내 나름대로 살아 있는 사람을 관찰하고 분석하는 것을 즐기게 된다. 하물며 내가 읽었던 시나 소설을 썼던 사람들에 대한 관심이야 밀할 나위가 없나. 다행히(?) 그늘은 이제 죽어 있어서 나는 얼마든지 사물화된 그 삶의 언저리를 맴돌면서 그 향기를 맡을 수 있다. 나는 그 향기가 내 환각이라는 것도 알고 있다. 하지만 그것이 변변치 않지만 그래도 살아 있는 자가 죽은 위인에게 맞서는 자유가 아닐까.

　이 글은 서너 번 영국에 체류하면서 모았던 문학 기행의 영국 감상이다. 작가들과 그들의 고향을 중심으로 글을 쓰다 보니 중요한 작가들도 빠져 있고, 다소 하찮다고 여겨지는 작가들도 들어 있지만, 문학과 여행을 섞는 시도에서 어쩔 수 없이 생긴 결과이기도 하다. 몇 번을 쓰고 뒤집고, 순서를 바꾸면서 노심초사했지만 어쩔 수 없이 글의 순서나 모양이 나의 편견과 독단으로 이어질 수밖에 없었다.

　배움의 깊이가 얕고 경험의 폭도 좁아 좋은 것을 보면서도 많이 놓쳤으리라는 것을 알지만, 그래도 이렇게나마 정리해 보는 것이 내게 도움이 되리라 믿는다. 이리저리 쌓여 있는 자료들과 작품들을 보면서 모두

다 셰익스피어처럼 연애시를 쓰는 것은 아니니, 궁상스러우나마 내 사랑도 글로 적어 보내면 그 열이 가라앉으리라 믿는다. 어쩌면 헛된 열정에 대한 작별의 글로, 어쩌면 게을리 세월을 보낸 자의 부끄러운 자기 고백으로 이 여행을 맺는다.

1. 스코틀랜드의 역사, 스코틀랜드의 로맨스

월터 스코트
— 에딘버러, 국경 지방, 스털링, 트로작스

월터 스코트

에딘버러
국경 지방, 스털링
트로작스

1

우리들의 첫사랑, 에딘버러

요즈음에는 외국생활을 해 보았거나 하고 있는 사람들의 숫자가 크게 늘고 있다. 우리 가족도 어쩌다 이 통계자료에 보탬을 주며 외국생활을 한 시간이 만만치 않다. 그 곳도 영국 한 군데에서만 여기저기 옮겨다니며 살다 보니, 유목민 출신이라는 영국인들조차 농경민족 출신에 여전히 농경민족 심성까지 보존하고 있는 우리 가족의 거주지 숫자만으로도 놀랄 때가 많다. 무슨 일인지 스코틀랜드에도 있어 보고, 런던에도 살아 보고, 중부 지방, 북부 지방에도 이사를 다니게 된다. 다들 자기 사는 곳이 제일이라는 생각을 갖고 있다는 점에서는 우리나 영국인이나 다를 바가 없다. 또 그만큼 정성 들여 가꾸기도 해서, 작으면 작은 대로, 크면 큰 대로, 마을마다 제각각의 매력이 있었다.

외국생활을 한 사람들이 다 그럴지는 모르겠지만, 나에게는 우리가 처음 살았던 에딘버러가 유독 귀하게 남아 있다. 첫 외국생활을 한 그곳에서 뭐 그리 씩씩하고 흔쾌하게 성과를 거둔 것도 없다. 오히려 실력이 안 느는 영어 때문에 주눅들고, 끝이 보이지 않는 논문 때문에 우울하고, 빨리 자라지 않는 아이들 때문에 짜증나고, 콩나물까지 길러 먹어야 하는 노동집약적, 시간낭비적 가사생활 때문에 잔뜩 지쳐 있었다.

그런데 영국에 올 때마다 어느 곳에 거주하든 습관처럼 에딘버러에 들렀다. 바쁘면 밤기차를 타고 가기도 했고, 시내만 한 바퀴 휘돌다 오기도 했다. 그렇게라도 하지 않으면 영국에 온 의미가 없는 것처럼 영국에 올 때마다 정규과정 치르듯 에딘버러로 여행을 했다. 서울에 있을 때도 어쩌다 선뜻 청명한 날 찬바람이 불면 그 곳이 떠올랐다. 지난 번 스코틀랜드 여행에서는 도로 사정으로 에딘버러 시내에 들어가지 못한 채

그냥 외곽을 돌고 나오는데 그리 민망하고 슬펐다. 이야말로 짝사랑이 아니고 무엇이겠는가.

서울에서 자란 사람들은 다 그렇겠지만, 특히 젊은 세대일수록 서울에서 자연을 느낄 공간을 찾기도 어렵고 그럴 여유도 없다. 학업, 결혼, 출산, 육아로 바쁘게 이어지는 생활을 하면서 나를 비롯해서 주변의 친구들이 서울이라는 도시에서 편하게 마음의 짐을 내려놓을 곳은 거의 없었다. 바쁘고 바쁜데, 왜 바쁜지 물어볼 여유도 없었다. 그러다 외국에 나오면, 이 바쁜 시간이 정지된다. 나를 그렇게 찾는 사람도 없고, 내가 그리 바쁘게 가야 할 곳도 없다. 사람들 사이의 인연도 훨씬 연하고, 우선 만나는 사람의 숫자도 극도로 적어진다. 이 정지된 시간으로 나무와 숲, 잔디가 가득한 옛 도시가 들어온 것이다. '빌딩의 숲'이라는 말이 있지만, 회색 도시에 익숙한 사람이 초록으로 가득한 도시를 봤을 때 얼떨떨함, 감동, 축복과 위로의 느낌을 잊을 수 없다. 이 도시에 대한 첫 사랑은 그처럼 강렬해서 그후에 만나게 되는 도시들이 아무리 푸르러도 에딘버러가 준 감동을 결코 따르지 못했다.

로얄 마일의 성과 궁전

스코틀랜드의 수도, 에딘버러에는 '북해의 아테네'라는 별명이 붙어 있다. 위도가 모스크바에 가까울 정도로 높아서 차고 바람이 센 곳이지만 따뜻한 남쪽 그리스의 아테네처럼 학문의 수준이 높고, 도시도 아름답다. 기차를 타고 웨이벌리 역에 도착하면 도시 한복판인데도 불구하고, 바람의 향이 다르고, 공기가 차면서도 신선하다. 도시 한복판 언덕

에딘버러 성이 보이는 거리

에는 유명한 에딘버러 성이 자리하고 있다.

성 아래 프린세스(Princes) 거리는 도시에서 제일 번화한 상점가인데, 그 거리 바로 아래 펼쳐진 정원은 한없이 조용하고 고요해서 도시 안에 있다는 기분이 들지 않는다. 정원에 앉아 성을 바라보면 중세에 온 것 같고, 성에서 정원과 거리를 내려다보면 타임머신을 탄 것 같다. 꼭대기에 위치한 그 성에서부터 저 아래 평지에 자리 잡은 홀리루드 궁전 (Holyrood Palace)까지를 '로얄 마일'이라는 애칭으로 부른다. 로얄 마일은 성에서 궁전까지 1마일에 연이어 이어지는 4거리, 캐슬힐, 로온마켓, 하이 스트리트, 캐논게이트를 통칭하는 이름이다.

어디에서 시작하느냐에 따라 로얄 마일을 보는 시선도 당연히 달라진다. 성에서 시작하면 급한 정사를 따르게 되니 빌길은 빨라질 수 있지만, 놓치는 것들도 있다. 궁전에서 시작하면 경사를 거슬러 가야 하니 느려지지만 그 속도만큼 천천히 즐길 수 있다는 장점도 있다. 에딘버러 축제와 불꽃놀이 행사로 워낙 유명한 곳이라 에딘버러 성의 위세는 널리 알려져 있지만, 아래 평지에 곱게 자리 잡은 '홀리루드' 궁전은 관광객들에게 비교적 새롭다.

이 궁전을 위태로운 산꼭대기에 화려한 탑을 자랑하는 유럽의 궁전들과 비교하기는 어렵다. 유럽 대륙의 궁전들이 동화의 배경이 된다면 이 궁전은 훨씬 현실적이다. 평지가 주는 편안하고 친숙한 느낌 때문일지도 모른다. 궁전 앞쪽으로 바라보이는 푸른 언덕과 자연스럽게 조화를 이루면서 궁전은 도시 한복판에 있으면서도 옛날의 분위기를 그대로 간직하고 있다. 스코틀랜드 왕가와 잉글랜드 왕가가 통합하기 전 이 궁전은 스코틀랜드 스튜어트 왕가의 공식적인 거처였다. 스코틀랜드의 말썽 많고 비극적인 메리 여왕도 이곳에 거처했고, 궁정 음악가인 리치오가 여왕 앞에서 잔인하게 살해당한 곳도 여기다. 지금도 이 궁전은 국왕의 정식 별장으로 쓰이고 있다. 여왕은 여름이면 스코틀랜드로 피서를 오는데, 여왕이 궁전에 거처할 때에는 예전(禮典)에 따라 궁전 지붕에 여왕의 기가 날린다.

궁전의 영국 영어, 미국 영어

궁전 이름 '홀리루드'는 스코틀랜드 말 '루드(rood)'를 그대로 쓰고 있다. '루드(rood)'를 영어로는 '크로스(cross)'로 바꾸어 쓸 수 있다. 따라서 이 궁전의 이름을 영어식으로 풀어보면 '홀리 크로스(Holy Cross)', 즉 '성 십자가' 궁전이 된다. 그런데 우리 모두 헐리우드 생각에 너무 절어 있어서인지, 처음 '홀리루드'라는 이 궁전 이름을 들으면 '헐리우드(Holywood)라구요?' 다시 한번 되묻는 사람들이 있다. 이 궁전을 헐리우드 영화와 연관지을 수 없는 데에는 여러 가지 뻔한 이유가 있겠지만, 발음이 절대로 '헐리루드'가 아닌 것도 한 가지로 들 수 있다. 영국인이라면 지역 상관없이 '성스러운' 것은 '홀리'라고 발음하지, '헐리'라고 하지 않는다.

스코틀랜드 영어가 영국 영어와는 다른 어휘나 발음을 쓰기도 하듯이, 브리튼 섬의 영국 영어(British English)와 미국 영어도 다르다. 거두절미하고, 미국 영어의 특징은 '기름기'다. 어찌나 목젖을 도르륵 울리는지 우리같이 된소리, 센소리가 많은 나라 사람들한테는 흉내내기에 아주 취약한 언어다. 미국 영어는 자음 무시하기를 밥 먹듯 한다. 모음과 모음 사이에 끼어 있는 자음은 거의 다 'ɾ'로 발음되고 'ɾ'이 'ɾ'과

에딘버러, 홀리루드 궁전.

만나면 마구 더 굴려야 한다. '컴퓨러(computer)', '쿼러(quarter)', '워러(water)', '프린아웃(print-out)', '아파르먼(apartment)' 이니까 참 '애러릭(erotic)' 하게 들리지는 않는다. 영국 영어로는 물론, 단호하고 당당하게 '에로틱' 한 '컴퓨터' 다.

영국 영어는 대체로 'a' 는 '아' 고, 미국 영어는 '애' 다. 영국의 오후는 '아프터눈', 미국의 오후는 '애프터눈', 영국제 사과는 '아플', 미국제 사과는 '애플', 영국에서 빨리 달리면 '파스트(fast)', 미국에서 빨리 달리면 '패스트' 다. 'o' 는 영어로 '오', 미어로 '어' 다. 그러니까 아까 말한 그 궁전은 '헐리루드' 가 아니라 '홀리루드' 가 된다. 그렇다고 해서 영국인들이 '헐리우드' 를 '홀리우드' 라 한다든가, '브래드 피트' 를

'브라드 피트'라고 하지는 않으니, 미국 영어 잘하면 영국에 와서 고생하지는 않는다. 단지 내가 하고 싶은 말은 우린 너무 미국 영어만 흉내 내느라 이미 성장 변화가 정지된 목젖과 발성 기관을 지나치게 혹사하는 것 같다는 점이다.

우리 집 아이가 영어하는 걸 듣고 '얘가 독일에서 왔구만요' 하셨던 선생님이 계셨다. 그 정도까지는 작은 재미다. 그런데 '왜 한국 사람들은 호텔 '라비'를 '로비'라고 하는지 모르겠나' 면서 한국의 당당한 영어를 비웃는 미국 사람의 건방은 용서할 수가 없다. 영국 영어로는 '로비'가 맞다. 영국인들은 미국 영어를 '상스러운' 언어라고 했고, 버나드 쇼오는 '미국인이 영어를 안 하는 그날 영어가 세계어가 되리라'고 했다. 언어는 흉내가 아니라 전달이 목표다. 다양한 영어가 있다는 사실을 인정하면 영어 못한다고 인생 끝장난 것처럼 생각하지는 않을 거다. 영어가 이렇듯 다양하니 스코틀랜드인들이 굳이 그 딱딱한 영어를 버릴 필요는 없다.

스코틀랜드 작가 박물관 – 스테어즈 공작부인 기념관

하이 스트리트의 번화한 상가들을 지나면서 스코틀랜드 킬트니, 담요니, 관광 상품에 정신을 빼앗기다 보면 에딘버러 성을 향해 바로 들어설 우려가 있다. 성 앞의 캐슬힐로 들어서기 직전 로온마켓(Lawnmarket) 거리에서 잠깐 쉬면 레이디 스테어즈 클로스라는 작고 막다른 골목길이 보인다. 그 곳을 따라 들어가면 골목길과 같은 이름을 한 레이디 스테어즈 하우스(Lady Stair's House)를 만나게 된다. 이 집이 현재 스코틀랜

스테어즈 공작 부인 기념관 전경

드 작가 박물관으로 쓰이고 있다.

100년 정도의 연륜으로는 아직 새 건물에 속한다고 할 수 있을 만큼 낡고 특이한 건물들이 줄지어 있는 로얄 마일에서도 이 집의 나이는 만만치 않다. 거의 400여 년의 시간을 거슬러 올라 1622년 처음 이 집을 지은 사람은 에딘버러의 성공한 상인, 윌리암 그레이 경이었다. 시간이 지나면서 집의 소유권이 여러 차례 바뀌었고, 건죽 이후 200년이 지난 18세기 초 엘리자베스라는 이름의 부인 소유가 되었다. 집 소유 당시 부인은 1대 스테어즈 공작의 미망인으로 남편의 작위를 상속했기 때문에 스테어즈 공작부인으로 불렸다. 지금까지도 이 집과 골목길이 그녀의 이름을 따라 스테어즈 공작부인 골목, 스테어즈 공작부인 기념관이라고 불리는 것은 순전히 로얄 마일의 '로얄(왕족)' 분위기를 살려주는 작위 때문일 뿐, 공작부인 생활 공간 규모와는 전혀 어울리지 않는 이 집에서 그녀가 살았다는 기록조차 없다.

영국인들은 '이름 있는 집'을 좋아한다. 이름이라니까 대단한 유명세를 가진 집을 말하느냐 하면 그것만은 아니다. '오동나무 집'이니, '사과꽃 향기', '참나무', '장미 오두막집' 등 그 집과 관계된 식물 이름을 따거나 '기찻길 옆', '우체국', '우물가' 등 집의 옛 기능을 살려 이름을 가진 집들이 있다. 아직 현대식으로 숫자를 사용해서 가옥 분류를 하기 전에는 이런 식으로 자기 거주지를 소개했을 테니, 이름을 가진 집은 그만큼 연조가 만만치 않다는 증거가 되고, 옛것 좋아하는 유럽인들은 여기에 대해 기꺼이 그만한 시장 값을 치른다. 게다가 집의 옛 소유주 중에 유명인사, 특히 작위 가진 사람이 있었다면 그 집의 품위와 가격이 그에 어울릴 정도로 올라가기도 한다. 실속으로는 스코틀랜드 작가 박물관인 이 집이 여전히 공작부인의 이름을 가진 이유도 이렇게 반쯤은 역사에 대한 경의고, 반쯤은 허영이기도 하다.

작가 박물관을 알려주는 집 표시판

　공작부인 기념관이 느닷없이 작가 박물관으로 이용될 수 있었던 배경에는 로버트 번즈가 있다. 잉글랜드와 비교하여 늘 문화적 열등감에 시달려오던 스코틀랜드인들은 번즈의 시를 통해 그 땅의 민요와 생활을 자랑스럽게 내세울 수 있게 되었다. 번즈는 동쪽 해안인 에어 지방 출신이었는데, 어느 나라 어느 시대 없이 일단 유명인이 되면 반드시 수도 초빙 행사를 거치게 되어 있다. 번즈의 경우도 예외가 아니어서 그의 민요집 출판에 이은 유명세로 해서 스코틀랜드의 수도인 에딘버러로 초청을 받았다. 1786년 그는 이 곳에서 전국 각지의 지식인들과 문화계 종사자들과 교류하면서 국민 시인으로 명성을 얻었다. 그때 그가 묵었던 곳이 지금

로버트 루이스 스티븐

의 이 집이다. 이 집이 작가 박물관의 명예를 얻은 사연치고는 좀 싱겁다는 느낌이 들기도 한다.

스코틀랜드 작가 박물관에서 보관, 전시하고 있는 스코틀랜드 작가는 특히 로버트 번즈와 월터 스코트, 로버트 루이스 스티븐슨을 말한다. 이 곳에서 이 작가들의 초상화, 펜이나 필기 도구들, 편지를 볼 수 있다. 번즈 부인의 장갑이라든가 '하이랜드 메리'의 머리카락을 볼 수 있는 곳도 이 곳이다. 그러나 이미 다른 장에서 말했듯이 로버트 번즈에 대한 자료는 그의 고향에 가면 이 박물관과 비교조차 할 수 없을 만큼 숭배에 가까운 수준으로 잘 보관되어 있다.

스티븐슨에 관한 한 번즈와 정반대의 경우라 할 수 있다. 영국 전체에서 「지킬 박사와 하이드씨」, 「보물섬」의 작가에 대한 기록이나 기념품을 볼 수 있는 곳은 여기 뿐이다. 몸이 약해 고생이 많았던 스티븐슨은 일찍이 스코틀랜드를 떠나 주로 잉글랜드에서 지내거나 따뜻한 지방으로 여행을 자주 다녔던 데다가, 마지막에는 사모아 섬에서 지내다 그 곳에서 사망했기 때문에 그의 지명도에 비해 남아있는 기록이나 보존이 적은 편이다.

이 곳에서 가장 많은 관심을 모으고 있는 인물은 월터 스코트라 할 수 있다. 베틀 모양의 커다란 옛 인쇄기가 이 곳에 와 있는 까닭도 모두 그 기계가 '위대한' 월터 스코트의 소설을 찍어내는 위업을 달성했기 때문이다. 그의 펜, 편지, 초상화, 체스 판도 여기에 전시되어 있다.

번즈와 스코트와의 만남

레이디 스테어즈 하우스에 진열되어 있는 여러 초상화들 사이에 번즈와 스코틀랜드 지식인들을 함께 모아 놓은 그림을 볼 수 있다. 이 그림은 일종의 조합품으로 각 인물들의 독립된 그림들을 한 화폭에 담아 놓은 것이다. 그러다 보니 인물들은 그림 전체의 통일성과 상관없이 독립된 자세와 표정으로 이 그림 속에 모여 있다. 그림에서 어두운 부분에 속하는 사람들은 알렉산더 나스미스, 데이비드 알란, 제임스 브루스, 베넷트 양, 본보도 경 등, 당대 스코틀랜드의 명사들이다. 화면 앞에서 빛을 받으며 선명한 모습을 나타낸 사람이 물론 번즈다. 곁에 있는 헨리 맥켄지와 대화하는 듯한 자세로 서서, 그의 집에서 본 것 같은 지팡이를 손에 들고, 당시 유행이었는지 역시 한 손을 조끼 안쪽으로 약간 집어 넣고 서 있다. 키가 크고 태도가 당당해서 전혀 시골의 농사꾼 같은 느낌은 없다. 그림의 반대쪽에는 한 아이가 책을 손에 쥐고 앉아 있다. 작은 의자에 움츠리고 앉아서 번즈를 바라보는 시선이 경외에 가득 차 있다. 이 아이가 월터 스코트라는 거다.

월터 스코트(Walter Scott, 1771-1832)는 번즈가 에딘버러에 왔을 당시에 15세 가량 되었다. 실제로 어린 스코트가 번즈를 만났는지는 모르겠지만, 스코트의 애보츠포드(Abbotsford) 집에도 두 사람의 만남을 기념하는 그림이 있다. 메도우 근처 신즈 힐(Sciennes Hill) 하우스에서 두 사람이 상봉한 장면을 그렸다고 하는데, 사람들의 사교 모임인데도 책

레이디 스테어즈 하우스에 보관된 번즈와 스코트의 만남

애포츠포드에 전시된 그림,
번즈와 스코트의 만남

과 원고지가 바닥에 흩어져 있는 걸로 이들이 글에 관계된 사람들임을 암시한다. 번즈는 뒤로 돌아가다 옆으로 슬쩍 어린 스코트를 내려다보고, 스코트는 어린 나이에도 불구하고 당당히 당대 제일의 시인을 마주하고 서 있다. 함께한 사람들의 표정과 태도가 경탄과 놀라움으로 차 있는 걸로 보아, 이 어린 소년의 재기를 모두 인정하는 순간이었나 보다.

그러나 내가 스코트와 번즈의 만남을 의심하는 까닭은 스코트는 에딘버러 대학을 졸업할 때까지 눈에 띌 만한 문학적 재능을 보이지 않았기 때문이다. 실제로 스코틀랜드의 두 시인이 이렇게 만났다면 스코틀랜드인들이나 월터 스코트로서나 너무나 극적인 순간이 되었겠지만, 내 추측으로는 그 그림이 그런 극적인 상황을 간절히 바라는 후대 사람들의 희망을 표현한 것이 아닐까 싶다. 하긴, 인생의 순간순간이 그렇게 의미심장하게 이어져 있지 않다는 나의 냉소적인 태도 때문에 그런 의심을 하는지도 모른다. 하지만 두 작가의 만남이 사실이든 희망이든 그건 그렇게 중요하지 않았다. 번즈와 스코트는 스코틀랜드의 문학 전통에서 그렇게 분명히 만났기 때문이다.

번즈를 통해 사람들이 스코틀랜드를 '발견'했다고 하지만 번즈의 시에 나타나는 인물들이나 사건은 조야하고, 거칠고, 투박했다. 남자들은 모두 무식한 데다 술주정뱅이고, 여자들은 전부 잔소리가 심하며 시끄러웠다. 산은 나무도 없이 거친 암벽이 드러나 있었고, 호수는 크고 어지러웠다. 번즈는 자신의 고향을 그림처럼 드러내면서 그 조야함도 드러낼 수밖에 없었고, 그의 생활 환경과 민요의 배경으로 인해 거친 생활만이 주로 드러날 수밖에 없었다. 애국적인 스코틀랜드인들은 번즈의 시를 사랑하면서도 그의 태도를 경멸했다.

스코트는 스코틀랜드의 역사를 새로 발견하고 새로 쓰면서 그 땅에 대한 기품을 되살려 낸 사람이다. 샬롯 브론테가 "런던은 산문, 에딘버러는 시"라고 찬양했던 것도, 또 빅토리아 여왕이 글라미스 성에 즐겨 머문 것도, 트로작스(Trossachs) 지방에 갑작스럽게 호텔과 여관이 들어서고, 로브 로이의 전설이 널리 퍼지게 된 것도 모두 스코트의 글 때문이다. 스코트를 따라가는 것은 스코틀랜드 땅과 역사를 여행하는 것과 같은 말이다. 「아이반호우」를 읽어 봤거나 리암 니슨이 나온 영화 '로브 로이'를 본 사람들이라면 광활한 대지와 용감하고 강건한 남자들, 또 그에 못지않게 위엄과 권위를 가진 여자들을 떠올릴 것이다. 지금 스코트의 글이 인기가 떨어진 데에는 여러 가지 이유가 있겠지만, 그가 이 땅의 묘사에 지나치게 집착한 까닭도 있다. 콜리지가 비난조로 말했듯이, 월터 스코트의 글은 스코틀랜드 땅에 대한 '그림 같은 여행기' 같다.

잉글랜드 북부 지방의 로크비 장원을 배경으로 한 「로크비(Rokeby)」는 스코트의 인기가 절정이었던 1813년에 나왔다. 마틸다와 레드몬드 오닐의 로맨스, 버트람의 눈물겨운 회개, 오스왈드 아들의 고귀한 품성도 지금 보면 황당하고, 급작스럽고, 어처구니가 없다. 이젠 이 시의 내용에 대해 관심이 없는 영국 사람들도 이 긴 시의 몇 행 정도는 외우는 수가 있다.

브리그날 강변은 아름답고 신선하구나.	Yet Brignal Banks are fresh and fair
그레타 숲은 푸르고	And Greta woods are green,
그곳에서 화환을 만들어	And you may gather garlands there
여름 여왕을 맞으리.	Would grace a summer queen.

브리그날 강변과 그레타 숲은 지명이다. 스코트의 시 대부분이 이런 식의 지명으로 가득 차 있다. 그의 대표작 「호반의 귀부인(The Lady of the Lake)」은 스코틀랜드의 호수 지방이라는 트로작스 지방을 배경으로 한다.

근심스런 눈으로 그는 둘러보는구나.	With anxious eye he wandered o'er
산과 초원, 늪과 황무지를,	Mountain and meadow, moss and moor,
그리고 노역을 벗어날까 생각하는구나.	And pondered refuge from his toil
멀리 로카르드나 아버포일에서.	By far Lochard or Aberfoyle.
그러나 가까이 있는 것은 회색 잣나무	But nearer was the copse-wood gray,
로크-아크레이에서 흔들리며 울면서	That waved and wept on Loch-Achray,
푸른 소나무와 어울려 있구나.	And mingled with the pine-tree blue,
벤-브뉘의 거친 절벽에	On the bold cliffs of Ben-venue.

추측하겠지만 8행의 시행에 네 군데의 지명이 나타난다. 이런 식으로

시가 이어지다 보니 콜리지는 이런 종류의 시를 지으려면 "줄줄이 산과 강의 이름들만 부르면 된다"고 불평했다.

하지만 스코트는 시를 희생했으나 스코틀랜드의 아름다움은 보존했다. 이 글이 나오기 60년 전 존슨 박사가 스코틀랜드를 여행하면서 스코틀랜드에는 전통과 역사의 기록이 부족하다고 지적했는데, 그러한 지적은 모든 영국인들이 공감하던 의견이었다. 이제 스코트의 글을 통해서 스코틀랜드는 '세상에서 가장 자랑스럽고, 아름다운 풍경'을 가진 나라가 되었다. 영국인들은 스코트의 글을 통해 헤더 꽃의 아름다움을 찬양하고, 스위스의 알프스보다 진홍색으로 물드는 스코틀랜드의 계곡을 더 좋아하게 되었다. 멘델스존의 '핀갈의 동굴'이 전달하는 분위기 대로 스코틀랜드를 야생의 아름다움을 지닌 '전설과 로맨스'의 나라로 보게 된 것은 모두 스코트의 글 때문이다.

다작의 작가로 유명한 스코트

스코틀랜드인을 '스코트(Scot)'라고도 한다. 스코트(Scott)가 '스코트(Scot)'의 문학 영웅이 된 것도 워즈워드와 마찬가지로 작명 덕인가 싶을 때도 있다. 매번 스코트(Scott)의 이름을 쓸 때마다 't'를 더 써야 되나 말아야 되나 망설이는 이유도 여기에 있다. 동양이든 서양이든 함부로 사람 이름을 짓지 말아야 하나 보다. 월터 스코트는 스코틀랜드의 이름을 문학의 배경으로, 또 전경으로 사용한 것으로도 유명하지만, 4질의 발라드 모음집, 드라이든, 포프, 셸리 등 영국 시인 평전, 27권의 소설, 9질에 달하는 나폴레옹 전기, 12질의 서간집 등을 썼고, 수도 없이 많은 서평과 저널을 남겼던 다작의 작가로도 유명하다. 게다가 죽는 날까지 국경 지방의 작은 마을, 셀커크(Selkirk)의 치안관으로 33년 동안 근무했고, 땅을 관리했으며 출판업에도 손을 댔다. 게다가 마지막 15년 동안은 극도로 건강이 나빴다. 나폴레옹이 사람을 뽑을 때는 가장 바쁜 사람을 뽑아 더 바쁘게 만들었다더니, 바쁜 사람이 오히려 의미 생산에 더 적극적일 수 있음을 월터 스코트의 삶에서 볼 수 있다. 그의 근면과 에너지를 생각해 보면 그의 명예와 인기, 수입도 단순한 운만이 아니었다.

월터 스코트의 아버지는 아주 근면한 법률 관리였고, 월터 스코트는 그의 아홉 번째 아이였다. 스코트는 에딘버러에서 태어났다. 지금 에딘버러의 기차역은 그의 소설 제목을 따서 '웨이벌리(Waverley)' 라 하고, 시내 중앙에는 그의 기념탑이 서 있다. 이 크나큰 기념탑은 런던 트라팔가 광장에 높이 솟아 있는 넬슨 제독 기념비의 높이보다 일부러 더 높게 지었다는데, 세월의 손때가 묻어 시커먼 색으로 변해 있다.

사람들이 북적거리고 상점들이 화려한 이 거리에서 난 이 큰 탑을 무시할 수는 없었지만, 파리의 에펠탑이고 이 스코트 기념비고 간에 도시 한복판에 괜히 위엄을 부리며 서 있는 이 건축물에 대해서는 좋은 점수를 주지 못하겠다. 내 생각에는 파리를 망치는 건 그 철골 공룡 같은 에펠탑이고, 이와 같이 시인을 이런 상가와 마주보고 서 있게 하는 건 매우 품위 없어 보인다. 사랑을 강요하는 것은 어리석은 일이다. 그러나 그 앞에서 사진을 찍고, 그 위에 오르는 사람이 많은 걸 보니 상업적으로는 성공한 배치인가 보다.

에딘버러 시 중앙 번화가 프린세스 거리에 위치한 스코트 기념비

스코트의 문학적 배경이 된 국경 지방

에딘버러에서 태어났다고 하지만 스코트의 시와 소설의 배경이 된 것은 국경 지방이다. 그는 어려서 소아마비를 앓아 치료차 국경 지방의 외가에서 오래 지냈는데, 이 기억이 그의 글의 소재가 되었다. 국경 지방은 말 그대로 잉글랜드와 접한 곳이라 잉글랜드와의 전투지도 많았고, 그에 얽힌 사연도 많았다. 하이랜드보다 문화 수준이 높아 우아한 궁전이며 장엄한 사원이 많았으나, 전쟁의 역사가 이들을 폐허로 남겨 놓았다. 감수성이 예민한 아이가 본다면 역사의 현장에 들어선 것 같은 분위기를 주는 곳이다.

국경 지방은 지금도 인가가 적다. 넓은 평원에 조용한 강이 흐르면서 나무와 꽃들로 부드러운 정경을 이루기도 하지만, 잉글랜드에 비하면 계곡이 깊고, 비탈이 심해 가도가도 양떼만 보일 뿐 사람이 보이지 않을 때가 많다. 게다가 길도 구불거리면서 외지다. 양쪽으로 계곡이 벽처럼 둘러서 있고, 멀리 보이는 건 조그만 하늘뿐, 앞에서 달리던 차도 어느새 구부정한 길을 돌아 사라지고 나면 그 산골에 달랑 혼자 남기 십상이다. 여름철이면 호젓하고 그윽하다고 할 수 있지만, 그 여름마저 짧다 보니, 대체로 이 지역은 무너진 사원과 낡은 궁전들의 이미지대로 쓸쓸하고 외롭다.

국경 지방에는 폐허가 된 네 군데의 사원이 유명하다. 드라이버러 (Dryburgh), 멜로즈(Melrose), 제드버러(Jedburgh), 켈조(Kelso) 등의 12세기 사원들로, 이 모두가 스코트의 작품의 배경으로 등장하고 그의 삶의 중요한 지표가 된 곳이다. 이 사원들은 모두 1547년 헨리 8세의 침략으로 파괴되어서 그 폐허를 바라보는 것만으로도 스코틀랜드의 역사에 다가가게 된다. 영국 전역에서 폐허가 된 사원을 자주 보게 되는 것은 전쟁의 탓도 있지만 이 헨리 8세 탓이 더 컸다. 그는 수장령을 발표하면서 영국을 구교에서 성공회로 강제 전향시키고 모든 수도원을 폐쇄했다. 수사들은 쫓겨나고, 버려진 사원들은 점점 황폐해져갔다. 스코틀랜드 국경 지방의 폐허는 영국 성공회와 아무 상관이 없지만, 헨리 8세와 관계 있기는 마찬가지다.

헨리 8세는 알려진 대로 여섯 왕비를 두었던 왕이다. 물론 이건 연속적인 사건이지 동시적인 사건은 아니다. 그가 한번에 6명의 왕비를 거느린 것은 아니라는 말이다. 그렇지만 서양 역사에서 헨리 8세만큼 정식 왕비를 많이 둔 국왕은 드물다. 그 중 형수였던 첫 왕비는 아들을 못 낳아서 이혼을 당했고, 둘째 왕비는 아들을 못 낳아서 억지 간통의 혐의로 처형당했고, 셋째 왕비는 아이를 낳자 곧 숨졌고, 넷째 왕비와는 못생겼다고 이혼했으며, 다섯째 왕비는 진짜 간통으로 처형되었고, 왕을 세 번째 남편으로 맞았던 마지막 왕비만이 그보다 오래 살았다.

대단한 이 왕이 세 번째 부인에게서 고대하던 아들을 얻었는데, 그가 에드워드 6세였다. 마크 트웨인의 『왕자와 거지』는 이 소년 왕을 소재로 해서 영국 왕정의 불합리한 면을 미국식으로 꼬집은 작품이다. 헨리 8세는 스코틀랜드의 제임스 5세 왕이 딸 메리를 낳자, 에드워드의 짝으로 점찍었다. 그것은 잉글랜드와 스코틀랜드 왕실의 결혼으로 온전하게 이 섬을 다스릴 수 있겠다는 계산에서였다. 스코틀랜드는 물론 이 구혼을 거절했고, 헨리 8세는 전쟁을 일으켰다. '거친 구혼(Rough Wooing)'이라고 하는 이 전쟁 동안 국경 지방의 거의 모든 마을이 황폐해졌다. 네 군데의 사원은 지금 적막과 폐허로 이때의 거친 전투를 상기시킨다.

멜로즈 사원의 폐허

국경에서 가장 가까운 제드버러에는 메리 여왕이 방문했던 저택이 보존되어 있는데, 멀쩡한 이 저택보다 무너진 사원의 위엄이 더욱 인상 깊다. 스코트는 아버지의 뒤를 이어 관리의 길을 걸었다. 에딘버러 대학에서 법률을 공부하고, 1792년 처음으로 지방 변호사로 개업한 곳이 바로 이 제드버러다. 제드버러의 수도승들은 검은 옷을 입어서 '검은 수사'라 불렸는데, 의약에 특히 정통했었고, 멜로즈의 '하얀 수도승' 들은 양치기로 수도원의 재산을 키웠다.

당대 가장 부유한 사원 중 하나였던 멜로즈 사원은 특히 아름답다. 사원의 큰 입구 건물과 내실의 회랑이 조금 남아 있고, 무너진 사원의 담 곁에는 또 그만큼 낡은 묘석과 묘비가 흩어져 있다. 스코틀랜드의 거친 바람 속에 서 있는 멜로즈 사원은 틴턴 사원과는 또 다른 고적한 분위기를 준다. 이 사원을 보존하는 운동을 일으킨 사람도 스코트였다. 빅토리아 여왕이 이 지역을 여행한 것도 스코트의 글 때문이고, 그녀는 그의 조언대로 달밤에 멜로즈 사원을 보러 갔다.

아름다운 멜로즈를 바르게 보고 싶으시다면 If thou woulds' t view fair Melrose aright,
창백한 달빛을 따라 그곳에 가세요.   Go visit it by pale moonlight.

켈조는 스코트가 어린 시절 잠깐 학교를 다녔던 곳이기도 하다. 드라이버러 사원은 네 군데의 사원들 중에는 가장 아름답다는 평을 듣는다. 트위드(Tweed) 강의 유연한 흐름을 따라 나무들이 줄지어 서 있는 평원 한 곳에 이 사원이 자리하고 있다. 이 앞에 서면 이곳의 아름다움이 돌의 아름다움이라는 걸 깨닫게 된다. 사원의 겉모습은 단단하면서도 상엄하고, 무너신 사원 안에 들어가 있으면 고딕 전장의 섬세한 무늬가 눈에 들어온다. 스코트는 특히 이 사원을 사랑해서, 1832년 죽은 후 이곳에 묻혔다. 1826년 그보다 일찍 죽은 그의 아내도 이 사원에 잠들어 있다.

스코트, 전설과 민담을 모아서 출판하다

1792년 제드버러에 근무하게 된 스코트는 본격적으로 국경 지방의 전설과 민담을 모으러 다녔다. 이 지방이 잉글랜드 같은 평원지대가 아니라 언덕과 계곡으로 이어져 있는 데다, 당시의 교통 사정이 지금보다 훨씬 열악했다는 점, 그리고 스코트가 다리를 절었다는 사실을 감안해 보면 그가 리즈데일(Liddesdale)과 체비오트 언덕(Cheviot Hills)을 넘어 멀리 잉글랜드 접경 마을까지 발라드를 모으러 다녔다는 사실만으로도 그의 열의가 대단했다는 것을 알 수 있다. 1796년 처음으로 이 곳에서 모았던 노래와 민담을 묶어서 냈고, 그 이후에도 계속 이런 식으로 민요를 수집했다.

1797년 프랑스에서 망명해 온 집안의 딸, 샬롯 샤르팡티에와 결혼했다. 2년 후 제드버러보다 조금 북쪽에 있는 셀커크의 치안관으로 임명된다. 스코트는 죽을 때까지 이 일을 했지만, 그 직업을 특별히 좋아한 것도 아니었고, 그 일에서 성공한 것도 아니었다. 단지 그렇게 함으로써 국경 지방에 계속 남아 있을 수 있는 의무와 명분을 가질 수 있었다. 그런 명분을 위해서라고 하더라도 이 일은 힘든 일이었다. 스코트는 일기에 "11시부터 8시 30분까지 셀커크에서 분쟁을 조절하고 배고프고 지쳐서 집에 돌아온다. 작가가 그의 임무에 신경 쓸 수 있게 치안관이 의무를 게을리해도 될까?"라고 적었다. 건실한 스코트의 대답은 물론 "아니다"였다. 그는 셀커크 사람들도 잉글랜드의 교양 있는 사람들만큼 정의를 누려야 한다면서 자기의 바쁜 인생의 의미를 찾았다.

셀커크는 작은 시골 마을이다. 마을 한복판 재판소 건물 앞에 회색 기념석 위에는 월터 스코트의 상이 서 있다. 시청과 겸하는 재판소 건물에는 치안관 스코트를 기념하는 박물관 '월터 스코트 경의 재판실'이 있다. 관련 자료들이 나붙은 벽 앞에는 스코트의 흉상이 자리하고 있다. 이 입구를 지나 어두운 방 안으로 들어가면 당시의 재판실이 그대로 재현되어 있다. 월터 스코트는 재판석 위에 앉아 지나온 인생과 치안관으로서 할 일, 또 당대의 스코틀랜드 시인들, 제임스 호그(James Hogg)나 문고 파크(Mungo Park)에 대해 '생각해 본다.' 내가 여기 '생각해 본다'를 굳이 강조하는 까닭은 거기 앉아 있는 밀랍 인형이 그런 식의 사고를 하는 것처럼 시청각 장치가 되어 있기 때문이다.

셀커크 마을의 중심, 스코트의 동상이 보이는 앞에서

셀커크의 작은 마을 박물관에는 낡은 깃발이 있다. 1513년 제임스 4세가 잉글랜드와 벌였던 플로덴(Flodden) 전투에서 셀커크 사람 하나만이 유일한 생존자였다고 한다. 그 사람은 전쟁터에서부터 마을까지 낡은 이 깃발을 들고 왔다. 스코트의 시, 「마미언(Marmion)」은 이 전투를 주제로 하고 있다.

잉글랜드와 스코틀랜드의 역사는 유럽 사람들이 정치를 얼마나 현실적인 게임으로 보는가를 잘 알려주는데, 그 중에서도 이 플로덴 전투는 단연 돋보이는 역사적 사건이다. 스코틀랜드의 제임스 4세는 잉글랜드가 장미전쟁에 휩쓸려 있을 때 미래의 헨리 7세가 되는 요크 공을 후원했다. 이로써 헨리 7세의 장녀이자 헨리 8세의 누나가 되는 마가렛과 결혼했다. 그러나 헨리 8세가 프랑스를 침공하자 스코틀랜드의 제임스 4세는 오랜 동맹인 프랑스를 위해 병사를 일으켰고, 수많은 스코틀랜드인들이 죽어간 플로덴의 유혈 낭자한 들판에서 전사했다. 아무리 어제의 동지가 오늘의 적이고, 왕가의 결혼이 양국 동맹의 필수라 하지만, 유럽 왕가들 사이에는 어떤 협약도 — 심지어 결혼마저도 — 완전한 안전책은 아니었다.

스코틀랜드의 호수 지방, 트로작스

스코트는 셀커크에 자리 잡으면서 자신의 발라드 모음집을 내주던 인쇄업자 제임스 발란틴(James Ballantyne)의 사업에 투자하기 시작했다. 1805년이 되어서 그는 수집이 아니라 처음으로 자신의 창작 시, 「마지막 음유 시인의 노래(The Lay of the Last Minstrel)」를 출간했다. 이 이야기풍의 시는 단번에 사람들의 관심을 끌었다. 2년 후 「마미언」이 출간되고, 1810년 「호반의 귀부인」이 나오면서 스코트의 인기를 따라갈 작가는 없었다.

「호반의 귀부인」은 스코트가 1801년부터 스털링(Stirling)과 로몬드 호수(Loch Lomond) 지역을 여행하며 그 지방의 목동이나 어부, 농사꾼들의 이야기를 모으면서 오래 준비한 시였다. 이 시가 출간되면서 그 배경이 된 트로작스 지방에는 관광객이 끊이지 않았다. 트로작스는 스코틀랜드의 중서 지방에 해당한다. 에딘버러를 훨씬 지나 스털링에서도 좀 북쪽으로 떨어져 있는 곳인데, 중부 지방이다 보니 하이랜드와 로우랜드의 풍광이 절묘하게 서로 어우러져 있다. 거친 듯하면서도 부드럽고, 황량한 듯하면서도 아름답다. 모튼(Morton) 같은 작가는 스코틀랜드의 다른 지역을 위해 이 지방을 없애야 한다는 농담도 한 적이 있다.

내 생각으로는 이곳이 스코틀랜드의 '호수 지방'이다. 크고 작은 '호수'들이 모여 있고, 높은 언덕에서 구릉과 계곡을 보고 있으면 빨려 들어갈 듯이 아름다웠다. 사람마다 느낌이 다르겠지만 이곳은 잉글랜드의 호수 지방보다 규모가 크고 풍광도 사람 손을 덜 타서 거친 듯하며 좀더 남성적이었다.

이곳에서 가장 인기 있는 곳은 커다란 로몬드 호수(Loch Lomond)가 아니라 좀더 내륙에 위치한 카트린 호수(Loch Katrine)다. 인기가 좋은 이유는 당연히 스코트 시의 배경이었기 때문이다. 그의 시 덕분에 지금까지도 방학 무렵이 되는 6월부터 8월 초까지 이 근방에서 숙박을 하려면 일찍부터 예약을 해야 한다. 8월 말이나 9월 초가 되면 갈 사람은 가고 그나마 숨을 쉴 수 있는 여유가 생긴다. 여유와 활기의 적당한 다협점을 찾기 쉽지 않은 것이 여행의 딜레마다. 사람이 붐비는 때에 가면 그곳의 고적한 아름다움을 즐길 수 없고, 사람이 떠난 때에 가면 그곳의 생기를 느낄 수가 없다. 관광객이 드문 네덜란드의 공원에서 피지 않은 튤립을 보면서 봄을 예습해야 하듯이 여행 중 여름을 피하면 그곳의 절정을 놓치는 아쉬움이 있다.

게다가 스코틀랜드의 여름은 아주 짧다. 8월 초부터도 심상치 않다가 8월 말이 되면 어느새 차가운 기운이 돈다. 차가운 가운데 바라보는 호수와 해가 가득한 가운데 바라보는 호수는 다를 수밖에 없다. 이 딜레마를 해결하는 방법은 그곳에 자주 가 보든가, 그곳에 살아 보는 건데, 이건 여행의 해결이 아니다. 우연히 나는 스코틀랜드에 살아 보고, 그 거주가 첫 외국 경험이다 보니 영국에 올 때마다 고향 찾아가듯 이곳을 찾았다. 그래서 어느 계절에 가도 그 호수는 언제나 좋다고 내심 생각하지만, 처음 오는 관광객한테 8월의 오후 3시 일몰은 좀 잔인하다. 스코틀

카트린 호수에 있는 '엘렌의 작은 섬'

랜드의 거의 모든 관광지가 10월 초면 개방 시간을 줄이거나 아예 폐쇄하는 것도 이 때문이다.

낮에는 적당히 덥고 저녁에는 적당히 쌀쌀할 즈음에 그 호수를 보고 있으면 참 행복하다. 호수 중간에는 '엘렌의 섬(Ellen's Isle)'이 조용히 떠 있고, 오래된 증기선이 호수를 왕복한다. 증기선의 이름은 당연히 '월터 스코트 경'이다. 그런데 이 이름이 '당연하지 않은' 것은 서양의 배 이름은 대부분 여성 이름을 따기 때문이다. 카트린 호수에서 떠나

‘트로작스 산책로’를 ‘혹시’ 하는 심정으로 의심스럽게 따라가면 ‘역시’ 산과 계곡을 따라가는 ‘팀스피리트’ 고지 여행이 된다. 숨을 몰아쉬고 언덕 꼭대기에 서면 짙푸르고 깊은 계곡과 청명한 하늘이 기적처럼 눈앞에 들어온다. 그 사이에 마치 색실처럼 헤더 꽃이 분홍색, 진홍색으로 피어 있는 모습은 다른 어느 곳에서도 볼 수 없는 절경이다.

산 위에서 생각 한 조각

그 산에서 숨을 고르며 나는 서울 생각을 했다. 나는 되도록 영국인과 한국인을 비교히는 일 따위는 하고 싶지 않다. 다양한 사람들 사이의 차이를 무시하는 그런 일반화는 참 위험하기 때문이다. 또 영국이든 미국이든 독일이든 선진국에 살아 본 사람들이 가끔 “내가 미국 살 때 말이야……” 하면서 마치 그 큰 땅을 다 차지할 만한 크기의 궁전에서라도 살았던 양 말하면 갑자기 오한이 느껴진다. 우리가 서울에 산다고 해서 대한민국을 다 안다고 할 수 없는데, 하물며 그렇게 큰 땅, 그것도 외국을 어떻게 그리 잘 알 수 있겠는가. 그리고는 대개 외국 살아 본 사람들은 “그 사람들은 안 그러지”하면서 고국을 굳세게 지키고 있는 사람들의 기를 죽인다. 도로는 깨끗하고, 공기는 맑고, 사람들은 품위 있고, 공무원은 청렴하며, 교사는 자상하고, 경찰관은 친절하고, 박물관은 웅장하고, 예술은 고상하고, 인생은 행복하다는 거다. 난 그 말에 시비 걸 마음은 없다. 어느 정도 그건 당연한 말이기 때문이다.

모두 다 해외 여행을 다니는 시절에 ‘조국 사수’를 외치던 후배가 “어느 나라가 제일 좋습디까?”라고 물었던 적이 있다. 그런데 그건 물어 보나마나다. 왜냐하면 '국민총생산량(GNP)'이나 '국내생산량(GDP)' 순서대로 살기 좋기 때문이다. 굳이 마르크스를 들먹이지 않더라도 경제는 우리 삶의 단단한 '하부 구조'다. 따라서 가난한 사람이 거칠고, 복수심에 차 있고, 예술과 문학의 가치를 비웃는 건 어쩔 수 없는 일이다. 아주 예외적인 사람들을 빼고는 우선 경제적으로 잘 살아야 그 다음에 품위와 청결과 우아와 예술을 찾을 수 있기 때문이다.

그러니 우리 소국에 희망을 가지고 싶다. 잘 살게 되면, 선생님은 아이들을 '사랑의 매'로 다스리는 고단한 육체 노동을 안 해도 되겠지. 잘 살게 되면, 사람이 차를 피해 지하도나 육교로 힘들게 다녀야 하는 서울에서도 차가 사람을 피해 지하도로 가겠지. 잘 살게 되면, 6차선, 8차선의 횡단보도를 한달음에 달리면서 스프린터의 세계 기록에 도전하지 않아도 되겠지. 그게 어린 한국인을 둘이나 키우는 내 믿음이다.

그런데 여기 스코틀랜드의 고적한 산 위에 서니, 갑자기 그때가 되어도 그건 바뀌지 않을지도 모른다는 걱정이 든다. 다름 아니라 산의 정상에 섰을 때 우리들의 감정 표현이다. 서울의 우리 아파트는 산 밑에 위치해 있었다. 우리 아파트뿐 아니라 서울 어디에서고 산이 있는 곳마다 새벽이면 히말라야 등반 가는 차림새로 사람들이 바로 자기 집 앞산, 뒷산을 오른다. 새벽 5시, 이르면 3시부터 산을 '정복'한다. 나라 경제가 어려워지니 더 많은 사람들이 산을 올랐다. 더 많은 사람들이 산을 '정복' 했다. 그리고는 다 아시다시피, 서울 시내 아파트 촌을 향해 '야-호'를 외친다. 새벽 4시, 5시, 늦은 사람은 10시에도 외친다. 나는 매일 새벽 그 소리에 깨어, 이 아저씨들이 언제쯤 등산 연습을 마치고 히말라야로 떠나려나 그 날만을 학수고대했다. 인생이 '정복'의 대상이 아니듯 산도 정복과 전쟁의 대상이 아니다. 그 산은 거기 그대로 있으니, 우린 겸손히 그 있음을 느끼면 좋겠다. 내 존재의 미미함, 우리 삶의 하찮음, 피는 꽃의 기적과 지는 꽃의 희망을 읽는 곳은 서울이고 트로작스고 간에 산 위에 서 있을 때다.

스코트의 작품세계

트로작스 산책로가 끝나는 지점쯤에 칼란더(Callander)라는 마을이 있다. 이 작은 마을에 트로작스 지방의 풍물 전시관이 있다. 같은 건물에 이 지방 영웅인 로브 로이에 관한 기록이나 자료들도 함께 전시되어 있다. 로브 로이는 트로작스 지방에 실존했던 인물이다. 카트린 호수 북쪽의 발키더(Balquhidder)라는 마을에는 호수 주변 교회마당에 마을의 소박한 규모에 어울리지 않게 잘 다듬어진 로브 로이의 무덤이 있다. 소떼를 훔치고 법을 어겼던 것으로 보면 로브 로이는 분명 도적이었다. 그런데 그가 자코바이트 난에 동조했다는 사실이 스코틀랜드인들에게 낭만적 전설을 만들어 낼 만한 근거가 되었다.

중부 지방의 수도인 스털링에는 로브 로이가 한 손에 칼을 높이 들고 한 손에 방패를 든 조각상이 있다. 로브 로이의 유명한 '긴 팔'을

발키더에 있는 로브 로이의 무덤

(위) 노팅햄 성 앞에 있는 로빈 훗 상
(좌) 스털링의 로브 로이 조각상

강조했다고는 하지만 단단하다 못해 땅딸해 보이는 인물이 어찌나 험상 궂게 생겼던지 전혀 리암 니슨과 닮지 않았다는 생각을 했다. 노팅햄 성 앞에 서 있던 로빈 훗을 보고도 똑같은 실망을 했던 기억이 난다. 그곳의 로빈 훗 역시 다부지고 강인해 보였지만, 넓적한 얼굴하며 굵고 짧은 다리라 영 매력이 없었다. 그러고 보면 내가 생각하던 로빈 훗은 케빈 코스트너였던가 보다. 이미지 형성과 조작에는 영화가 단연코 글보다 강하다. 헐리우드의 위력은 이렇게 깊고 깊은 이미지를 우리 의식에 남긴다.

「로브 로이」는 스코트의 시가 아니라 소설이다. 정확히 말하면 산문 '로맨스'다. 스코트 자신이 소설과 로맨스를 구별하면서, '로맨스'는 "운문이나 산문으로 된 가상적인 이야기로, 신비하고 진귀한 사건을 다룬다"고 했다. 20세기 세계대전을 겪으며 환멸과 절망을 체험했던 세대가 이 '신비와 진귀'를 받아들이기는 어렵다. 스코트의 작품이 지금 잊혀지는 것은 작품성에도 문제가 있지만 이러한 사회 변화의 탓도 있다.

스코트는 바이런이 시에서 자기를 이겼기 때문에 소설로 돌렸다고 하지만, 소설의 수입이 훨씬 좋았던 것도 이유였다. 『로브 로이』를 출간하기 전, 1814년 역사 소설 『웨이벌리(Waverley)』를 발표했다. 그런데 이 소설은 영어로 발간된 소설 중에서 상업적으로 가장 성공한 작품이었다. 이 소설의 성공에 힘입어 1819년까지 「람메르무어의 신부」와 「몬트로즈의 전설」이 나와 『웨이벌리』 3부작을 이루었다. 「람메르무어의 신부」는 도니제티의 정열적인 오페라 '람메르무어의 루치아'의 원작이 되기도 했다. 『웨이벌리』니 『로브 로이』가 모두 1745년 자코바이드 난을 배경으로 하고 있다. 이 난은 스코틀랜드 역사의 가장 슬픈 사연이라 할 만한 것이다.

자코바이트(Jacobite)는 '제이콥(Jacob) 파,' 영어로 풀이하면 '제임스를 지지하는 사람'이라는 뜻이다. 이때 제임스는 스튜어트 왕가의 제임스 왕을 말한다. 1066년 영국 역사상 유일하게 국왕을 처형하고 공화정을 유지하던 크롬웰이 사망한다. 몇 년 후 와신상담 왕정복고만을 기다리던 찰스 2세가 프랑스에서 돌아온다. 그는 다양한 계층의 정부들에게서 수많은 사생아를 두었지만 정작 캐더린 왕비와의 사이에 적자를 두지 못했다. 그래

올리버 크롬웰

서 왕위는 동생 제임스 2세에게 이어졌다. 신교도 국가임을 주장하는 영국에서 성공회라는 아슬아슬한 타협을 보면서도 간신히 신구교 간의 긴장이 살육으로까지 치닫지 않고 있었던 마당에 제임스 왕은 노골적으로 자신이 가톨릭임을 드러냈다. 후처로 맞아들인 프랑스 공주가 왕자를 낳아 가톨릭 왕가의 모습을 갖추게 되자 명예 혁명이 일어났고 제임스 왕은 프랑스로 쫓겨났다. 대신 그의 딸 메리가 남편인 오렌지 공과 함께 영국의 국왕으로 돌아온다.

메리는 제임스의 전처 소생의 맏딸이었고 아버지와는 달리 신교도로 신교도 국가인 네덜란드의 오렌지 공과 결혼을 했었다. 역사상 유례없이 부부 합작의 통치를 하던 메리 2세와 윌리엄 3세가 아이 없이 죽자, 그 뒤를 이은 사람이 메리의 여동생인 앤이었다. 앤 역시 신교도였기 때문에 왕위 상속이 가능했다. 앤은 덴마크의 조지 왕자와의 사이에 17명의 아이를 두었지만, 가장 오래 살았던 아이가 12살까지 살았을 뿐이다. 앤 여왕은 왕위에 오르기 전에 '왕위계승법(Act of Settlement)'에 서명했다. 이 법령으로 가톨릭이나 가톨릭 교도와 결혼하는 자는 영국의 왕이 될 수 없다고 천명함으로써 영국이 신교도 국가임을 확실히 했다.

이 계승법은 지금도 유효하다. 불교나 회교, 힌두교, 통일교 등등 다 영국왕이 되지만 가톨릭만 안된다니 이렇게 우스꽝스러운 법률이 어디 있냐고 할 수도 있다. 하지만 신·구교의 피비린내 나는 전쟁을 상기하면 이 조항에 의미가 전혀 없다고 할 수 없다. 앤 여왕이 죽자 왕위 계승이 문제가 되었다. 가장 가까운 신교도 친척이 독일 하노버 왕조의 조지 왕이었는데, 조지의 외할머니가 바로 제임스 1세의 장녀였다.

그러나 이것은 프랑스에서 망명중인 제임스 2세가 보기에 말도 안되는 상황이었다. 그때 제임스 2세는 두 번째 부인과의 사이에 아들을 두고 있었다. 마땅히 그가 조지보다 왕위 계승 서열이 빨랐다. 이처럼 영국 왕위 계승 서열상 제임스 왕의 아들 혈족에 우선권이 있다고 믿는 사람들을 제임스파, 즉 자코바이트라고 한다. 제임스 왕과 그 아들은 프랑스에 있으면서 자주 반란을 일으켰지만 성공하지 못했고, 이 반란의 후원과 희생자는 언제나 스코틀랜드의 충직한 자코바이트 신하들이었다. 스코틀랜드인들은 신교도였음에도 불구하고 신교도인 하노버 왕가보다는 구교도이긴 하지만 스코틀랜드의 스튜어트 왕가를 자신들의 왕이라고 생각했다. 제임스 왕이 죽고 그 아들 제임스가 망명처에서 제임스 3세라고 자칭했기 때문에 사람들은 그를 '왕인 척하는 사람(Pretender)'이라고 불렀다. 또 그의 아들은 '자칭 왕 2세(Young Pretender)'가 되었는데, 이 사람이 '보니 프린스 찰리'다.

보니 프린스는 조지 2세 시절에 스코틀랜드에 들어와 하이랜드인들을 중심으로 지지 세력을 규합했다. '자코바이트의 난'에서 처음에는 보니 프린스가 조지 2세에 대해 작은 성공을 거두었다. 그러나 1746년 4월, 인버네스 근처 컬로덴(Culloden) 전투에서 그들은 참혹하게 패배했다. 평소에도 그들에게 불충했던 하이랜드인들이었기 때문에 이 전투는 광기와 증오에 찬 살육으로 변했다. 컴버랜드 공이 이끄는 정예 영국군이 숫자와 장비에서 떨어지는 하이랜드인을 얼마나 잔인하게 공격했던지 문자 그대로 컬로덴 들판이 순식간에 피로 물들었다.

스코트의 「아이반호우」의 성공

스코트가 소설을 쓸 때는 이 전투가 있은 지 한 세대밖에 지나지 않았다. 아직 그 들판의 침묵이 고통과 울음으로 들리던 시절이었다. 영국인들의 머릿속에서 그 전투는 아직도 생생하게 남아 있었다. 책 천 권이 팔리기 어렵던 시절, 자코바이트 난과 컬로덴 전투를 다룬 『웨이벌리』는 출판 첫 해에 4판을 찍는 데 성공했다. 그리고 스코트는 『웨이벌리』를 끝으로 잉글랜드와 스코틀랜드의 적대적인 역사를 다루는 소설을 더 이상 쓰지 않았다. 또 그 전의 글들도 두 나라 간의 적개심을 부추기려는 것이 아니라, 서로 다른 종교와 인종적 배경을 설명하면서 서로를 이해하는 통로를 마련하려고 하는 의도가 컸다.

1820년에 나온 「아이반호우」는 중세 영국을 배경으로 한 소설이다. 이 작품이 발매 2주일 만에 만 권이나 팔렸다는 사실만 보아도 그 인기가 어느 정도였는지 짐작할 수 있다. 「마지막 음유 시인의 노래」가 25년 간 45,000권 판매된 것을 두고 '대단한 성공' 이라고 하는 걸 보면 「아이반호우」가 얼마나 큰 성공이었는지를 쉽사리 가늠할 수 있다. 그 해 스코트는 조지 왕으로부터 기사 작위를 받았고, 2년 후 조지 왕의 에딘버러 방문을 주선했다. 현재 에딘버러의 프린세스 거리의 상가 너머 바로 앞에 조지 스트리트가 있고, 그 거리에 조지 왕의 동상이 있는 것도 그때의 방문을 기념하기 위한 것이다. 그때까지도 전쟁의 상처가 남아 있던 시절이었으니 이것은 화해를 상징하는 것이었고, 스코틀랜드를 왕국의 합당한 일부로 받아들이는 공식 승인의 표시였다.

스코트는 1811년 멜로즈 가까이 트위드 강 지역을 따라 갈라쉴즈(Galashiels)에 크지만 허름한 농장을 샀다. 그는 국경 지방 중에서도 이 트위드 강 주변 지역을 사랑했다. 스코틀랜드는 지역별로 특징적인 스웨터나 모직을 생산하는데, 트위드 지역의 스웨터는 올이 굵고 털실이 거친 편이다. 지금 일반적으로 '트위드' 라고 하면 거칠거칠한 느낌의

트위드 강이 흐르는 풍경

어두운 체크 무늬 양복을 뜻하는데, 그 이름의 원산지가 이 트위드 강이다. 스코트는 강을 바라보는 이 집을 애보츠포드라고 불렀지만, 원래 이 집의 이름은 '카틀리 홀(Cartley Hole)'이었다고 한다. 이것은 '지저분한 구석'이라는 의미이다. 그가 그만큼 낡고 허물어진 농장을 샀던 것은 이곳의 자연 경관이 국경 지방의 전형적인 모습을 담고 있었기 때문이었다. 이 집의 뒤쪽으로 트위드 강이 길고 조용하게 계곡을 따라 흐르고 있다. 집은 대로에서 보이지 않을 정도로 계곡 한가운데에 푹 파묻혀 있어, 조용하면서도 신비스럽다.

스코트는 이 집을 거의 버려 두고 있다가 1814년부터 본격적으로 고

스코트의 저택, 에보츠 포드 전경

치기 시작했다. 예전의 건물을 완전히 부서뜨리고 중세 귀족의 정원처럼 꾸미는 데 거의 13년의 세월이 걸린 데다 많은 돈이 들었다. 1826년 그의 서재가 완성되면서 집의 손질이 끝났다. 이 대단한 건물은 보기에도 동화 같은 모습이다. 당시 건축의 유행대로 지붕마다 작은 계단 모양의 윤곽을 보인다. 창문에는 은은한 황금색 벽돌로 테두리를 둘러 적갈색의 전체 색깔과는 다른 운치를 주었다. 스코트가 죽음을 맞이했다는 식당의 창으로는 곧게 자란 나무들 사이로 즐겁게 흐르는 트위드 강이 바라보인다. 가까이 보이는 이 집의 정원은 스코틀랜드의 야생적인 아름다움을 비웃듯 정교하게 다듬어져 있다.

이 집의 하이라이트는 뭐니뭐니해도 그의 서재라 할 만하다. 셀 수도 없이 많은 책이 벽을 돌아가며 꽂혀 있는데 그 규모에 위압되어 처음에는 어떻게 자세를 잡아야 할지 모를 지경이다. 스코트가 소장한 책은 귀중한 고서만도 9천 권이 넘는다고 했다. 높은 나무 천장의 큼직하면서

에보츠 포드의 서재

도 꼼꼼한 장식이 눈에 들어오는 건 한참 이 방의 위엄과 품위에 적응을 하고 난 다음이다. 어두운 갈색조의 나무와 가죽이 함께 어울려 이 방 주인의 마음이 책의 영혼을 부르는 데 크게 기여했을 것 같다. 그가 사용했던 책상도 이중으로 되어 있다. 앞 부분은 원고를 올려놓고 쓸 수 있도록 건축설계사의 설계대처럼 경사지게 만들어져 있다.

이 집의 소장품을 보면 스코트의 스코틀랜드 애호를 잘 알 수 있다. 벽에 걸려 있는 크고 작은 그림들도 그렇고, 로브 로이의 칼과 단도, 그리고 킬트 앞에 다는 지갑, 서재에서 본 헬렌 맥그리거의 은 브로치, 플로라 맥도날드의 작은 책들이 모두 스코틀랜드의 귀중품들이다. 스코트는 이곳에서 소설을 썼고, 워즈워드나 워싱턴 어빙 등 친구를 맞아 환대했다.

스코트의 파산

1826년 스코트가 파산했다. 명예와 부를 한꺼번에 쥐었던 그가 파산했다니 믿어지지 않지만 사실이다. 사람들은 애보츠포드의 대대적인 투자가 파산을 불렀다고 하지만, 진짜 이유는 출판업자 발란틴의 사업이 파산한 데 따른 것이었다. 소설가로서 인기의 절정에 있을 때 그는 114,000파운드에 달하는 무지무지한 빚을 떠맡게 되었다. 공원처럼 크고 사원처럼 넓은 바이런의 뉴스테드 아비가 95,000파운드에 팔린 것을 감안하면 스코트의 빚이 어느 정도인지 대강 가늠할 수 있다.

스코트는 채권자들에게 "내 손으로 그걸 갚을 수 있다"고 확언을 했고, 실제로 그 손으로 글을 써서 죽기 전까지 그 빚을 갚았다. 그렇지만 오랜 세월 담석증으로 고생하던 그가 과도하게 자신을 몰아 붙인 것이 병의 원인이 되었다. 1831년 휴양을 겸해 따뜻한 겨울을 찾아 이태리 여행을 떠난다. 영국 정부는 그의 여행을 위해 배를 보내 주기까지 했다. 그러나 그 여행도 그가 건강을 회복하는 데에는 아무 소용이 없었다. 1832년 7월에 그는 지치고 병든 몸으로 애보츠포드로 돌아왔고, 그

스코트의 풍경

해 9월에 사망했다.

　장례식에 그의 운구는 아내가 잠들어 있는 드라이버러 사원으로 향했다. 애보츠포드에서 드라이버러 사원까지 가는 길은 비머시드 힐(Bemersyde Hill)을 지나게 되어 있다. 여느 장례 행렬과는 달리 스코트의 운구는 이 언덕에서 30분을 쉬었다. 지금 '스코트의 풍경(Scott's View)'이라고 하는 지점에 서 보면 멀리 언덕과 계곡, 그 사이에 푸른 들판이 보인다. 스코트는 이처럼 마지막에 자신이 사랑하던 길을 따라서 갔다.

다작과 걸작

월터 스코트는 워즈워드와 절친한 친구였다. 그들은 나이도 한 살 차이고, 문학에 대한 입장도 비슷해서 자주 서로의 집을 방문하며 정을 키웠다. 지금이야 월터 스코트를 대단한 작가라고 여기지 않지만, 그들이 살았던 당시만 해도 월터 스코트의 인기는 워즈워드를 능가했다. 월터 스코트는 워즈워드가 호수 지방을 시인의 땅으로 만들고, 하디가 도셋 지방을 소설가의 고향으로 만든 것과 마찬가지로 스코틀랜드를 문학과 신화의 고향으로 만들었다.

워즈워드는 스코트를 진심으로 좋아했지만 스코트의 서술 기법에 불만인 것은 콜리지와 같았다. 그는 스코트가 "그림과 같은 효과를 내기 위해 모든 것을 시시콜콜히 눈앞에 내놓으려고 한다"고 불평했다. "스코트가 이렇게 껄끄럽게 꼼꼼히 그린 그림을 칭찬 받을 목적으로 이젤에 세우니 현명한 사람이라면 기분 좋을 리가 없다"는 것이었다.

스코트가 죽은 지 150년의 세월이 지난 지금은 워즈워드와 콜리지의 문학적 판단이 옳았다는 평이 지배적이다. 스코트의 소설은 이국적이고 색다른 경험을 주긴 하지만, 그 색다름을 넘어서서 삶의 본질적인 동질성에 대한 깊은 통찰을 주지 못한다. 시대가 바뀌고 독자들의 수요도 바뀌어서 로맨스를 수용할 만한 심리적 여유가 없어진 것도 그의 인기 하락에 원인이 되고 있다. 하지만 그는 스코틀랜드의 민요나 전설, 먼 중세의 모험담을 서정적으로 읊는 일에 만족했을 뿐, 그 사건들의 의미를 새롭게 해석하고 수용하는 일을 게을리했다. 그러니 스코트의 탓도 있는 것이다.

소설이란 우선 재미있는 사건이 들어 있어야 하지만, 그렇게 끌어다 모은다고 다 소설이 되지는 않는다. 그 다음에는 자잘하고 무의미한 사건이라도 의미로 재생산시킬 수 있는 작가의 섬세한 배치와 해석이 있어야 한다. 그렇게 하려면 스코트보다 훨씬 더 많은 시간을 소설에 투자해야 했다. 여러 가지 직업을 동시에 수행했던 스코트는 부지런하게 많은 작품을 썼다. 다작이되 걸작이 없다는 건 작가에게 슬픈 일이다.

갑자기 여기에서 '파킨슨의 법칙'이 떠오른다. 역사학자였던 파킨슨은 2차 대전 동안 5년간 관리 생활을 한 경험으로 『파킨슨 법칙』이라는 책을 썼다. 이건 무슨 대단한 법칙이 아니라 인간 사회에 대한 희화적 관찰 보고다. 즉 "노동에 드는 시간은 노동의 질과 아무 상관이 없다"는 주장이다. 파킨슨이 주요 공격 대상으로 삼았던 이들은 공무원이나 군인들이다. 이들은 일의 중요도에 따라 일의 시간을 늘리는 것이 아니라, 자리를 보존하기 위해서 일의 양을 한없이 늘린다. 이런 구조적인 문제가 아니라 그가 든 일상적인 예를 따라가 보면 이해가 더 쉽다. "부자 할머니는 보너 레기스에 있는 질녀에게 카드 보내는 데 하루를 다 쓸 수 있다. 카드 고르느라 한 시간, 안경 찾느라고 한 시간, 주소 찾는 데 30분, 쓰는 데 1시간 반, 우산 쓰고 나갈까 말까 결정하는 데 20분, 바쁜 사람이면 3분 걸릴 일을 어떤 사람은 의심하고 걱정하고 애쓰느라 하루 종일을 보낸다"는 이야기다.

'파킨슨 법칙' 대로 하면 스코트는 3분 만에 편지 부치는 효율적인 사람이다. 그렇지만 전문적인 작가는 한없이 늑장부리는 부자 할머니 같다. "한 달이 지났지만 난 한 쪽도 끝내지 못했다"고 한 사람은 놀랍게도 1세기의 작가 마르샬리스(Marcus Valerius Martialis)이다. "오늘 한 줄 썼습니다"라고 쓴 플로베르의 편지는 이제 고전이다. "매일 8시간씩 앉아 있지만, 앉아 있는 게 전부다. 8시간 작업 동안 세 문장을 쓰지만 지우고 만다"고 불평한 사람은 뱃사람 출신의 다부진 콘라드다. 필립 라킨은 더했다. 7년 전부터 써야겠다고 생각한 시가 있는데도 정작 한 줄도 못 썼다고 했다. 그는 그래도 그게 다행이라고 했다. 나쁜 시(bad poem)보다는 '존재하지 않는 시(no poem)'가 낫다고 한다. 스코트의 일 중독이 오히려 창작의 고통을 피하는 빌미가 된 것은 아닐까. 나폴레옹이 가장 바쁜 사람을 골라 쓴 자리는 군인이나 행정가의 자리였지 작가의 자리는 아니었다. 작가란 이래저래 '저주받은 영혼'이다. 되는 것 없이 괜히 고통스럽게 세월만 보내고, 어쩌다 뭔가 만들어진다 해도 세상 재미와 이어지는 법이 없으니 말이다.

여성 작가들의 글로

그러나 이제 와서 스코트를 의심한다 하더라도 그의 소설의 풍부한 사건과 꼼꼼한 묘사는 소설의 역사에 큰 자취를 남겼음을 부정할 수 없다. 그가 당대의 인기 작가라는 말은 그 당시 글에 관심 있는 사람들이 그의 작품을 읽고 거기에서 영향을 받았다는 의미로 해석할 수 있다. 사실, 이때부터 본격적으로 나타나는 여자 작가들은 스코트 팬이었다. 의외의 순간에 사람들이 인연을 맺듯이 언뜻 이어지지 않을 듯하던 소설가들 사이에 영향의 자취가 남을 때가 있다. 그와 동시대인이거나 후대에 오는 여자 소설가들은 하나같이 스코트의 로맨스와 상세한 배경묘사에 깊은 매력을 느꼈다.

다가가기 어려운 에밀리 브론테도 어린 시절의 글쓰기 놀이에서 스코트를 자신의 주인공으로 삼았다. 샬롯 브론테가 스코트에 대해 가졌던 열광은 그보다 더 현실적으로 나타났다. 그녀는 스코트의 글을 따라 스코틀랜드 여행을 했고, 스코틀랜드를 열렬히 사랑했다. 조지 엘리엇이 묘사한 여주인공 매기 털리버는 스코트에게 거의 중독되어 있는데, 이 증상은 작가인 조지 엘리엇 자신이 스코트에게 그만큼 열중하고 있음을 반영하는 것이기도 했다. 조지 엘리엇도 1846년 스코트의 유적지를 따라 여행했다. 제인 오스틴은 1814년 편지에서 이렇게 썼다.

> "월터 스코트 경이 소설을 쓴다면, 그것도 좋은 소설을 쓴다는 건 부당한 일이지요. 그는 이미 시인으로서 명성과 부귀를 얻었는데, 다른 사람 입에서 빵을 빼앗아 가려고 해서는 안되잖아요. 난 그 사람을 좋아하지 않습니다. 그리고 기능하면 『웨이벌리』도 좋아하지 않으려고 해요. 그렇지만 분명히 좋아하게 되겠지요."

전설과 민담이 소설의 영역으로 들어오고 스코트의 작품이 인기를 끌면서 여자 소설가들도 소설가로서 활동 영역을 확보하게 된다. 물론 모든 역사적 현상과 마찬가지로 이들 사이의 관계가 이어 달리기의 바턴 터치처럼 바로 연달아 생기는 것도 아니고, 또 그처럼 결정적인 것도 아니다. 그렇지만 이렇게 해서 이야기와 '잡담'을 좋아하는 여자들이 실력을 발휘할 수 있는 최소한의 변명은 생긴 셈이다.

2. 여자가 할 수 있는 일

제인 오스틴

− 초튼, 윈체스터

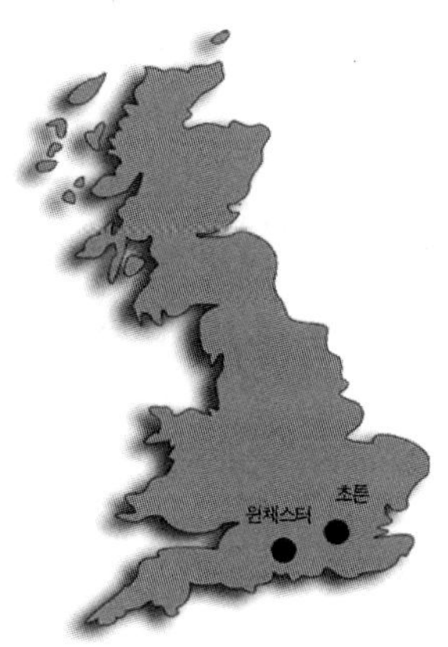

제인 오스틴

초튼
윈체스터

시의 시대, 소설의 시대

월터 스코트가 활동하던 시절은 낭만주의의 절정기라고 해도 과언이
아닌 시기였다. 거기에 더하여 비교적 그가 장수한 편이라 낭만주의를
대표하는 시인들 모두와 이런 저런 교류도 적지 않았다. 그런데 19세기
직전부터 바로 초기까지 우리가 기억하는 대부분의 유명한 작가들은 시
에 몰두하고 있었던 반면 스코트는 소설로 필명과 재산까지 얻었다. 스
코트가 바이런의 천재성에 놀라 '바이런 때문에 시를 떠난다' 고 했다지
만, 그가 소설에 전념할 작정을 한 데에는 독자들의 변모된 취향도 어느
정도 작용했다. 글을 읽는 사람들의 숫자가 현저하게 많아지자 독서시
장이 대중 위주로 변모해갔고, 분명 시보다는 소설이 이 변화 흐름에 적
극적이며 긍정적으로 개입했다. 곧, 개인의 취향을 넘어 시대의 감수성
이 변하고 있었던 것이다.

1824년 바이런이 죽었다고 해서 낭만주의 시인들이 모두 다 저 세상
으로 간 것은 아니었다. 워즈워드는 1850년까지 살았으니까 그 당시면
아직 건재했고, 시인으로서의 활동도 왕성했다. 또 낭만주의 시인들 간
의 차이도 무시할 수 없다. 워즈워드의 자연신관과 콜리지의 관념적이
고 초자연적인 관점도 아주 다르고, 셸리의 활발한 생명 예찬과 키츠의
정교하며 절제된 표현 사이에도 분명 어떤 강이 흐르고 있다. 가장 '낭
만적 영웅' 으로 살았던 바이런조차도 이들 낭만주의 시인들과는 다르
다. 뛰어난 형식미의 대가였던 테니슨이 바이런의 시를 높이 평가할 정
도로 바이런의 작품들은 대단한 형식적 완성도를 갖춘 고전주의적 작품
이었다.

죽음은 일종의 정지 작용이다. 그 순간부터 그 사람에 대한 모든 기억

들은 정지되고, 아무리 시간이 지나도 그 사람은 언제나 그 나이로 기억된다. 그래서 워즈워드는 언제나 노인처럼 남아 있고, 바이런이나 셸리, 키츠는 언제나 소년처럼 기억된다. 이 세 시인이 성격이나 성장 과정, 작품에서 많은 차이를 보임에도 불구하고 언제나 이 사람들을 함께 기억하는 것도 비슷한 시기의 죽음 때문인 것 같다. 웨스트민스터 사원의 '시인의 자리'에는 셸리와 키츠의 기념판이 나란히 놓여 있다. 그들의 개인적 성향과 시적 관점의 차이를 제법 아는 사람들은 그러한 배치를 아주 우스꽝스럽다고 여긴다. 그렇지만 그런 의도적인 무지의 소치가 우연스럽게 빛을 전달하기도 한다. 죽음으로 애도의 「아도니스」를 함께 나누는 시인들보다 더 가까운 사이는 없기 때문이다.

나에게는 이들의 죽음이 마치 영시의 한 시절을 보내는 표시처럼 느껴진다. 그 다음으로도 유명한 시인들은 있다. 영국인들이 그토록 열광하던 테니슨도 있었고, 박식한 아놀드도 있었다. 20세기 들어 엘리엇뿐 아니라 얼마 전에 죽은 테드 휴즈 같은 시인도 있다. 그러나 사람마다 그 감상의 정도가 다르겠지만 나의 취향은 어떻게 된 건지 현대 시인들의 작품보다는 셸리나 키츠의 글에 더 이끌리게 된다. 그들의 죽음은 마치 영시의 영광이 사라진 것 같은 쓸쓸한 여운을 준다.

좀더 정직하게 말해 영시가 사라진 것이 아니라, 시라는 장르의 매력이 예전과 다르다는 사실을 인정해야 할 것 같다. 시를 전공한 사람으로서 짧고 암시적이면서 긴 여운을 주는 시의 매력을 옹호하지 않을 수 없지만, 지금의 시대는 산문의 시대고, '이야기'의 시대다. 시의 시대가 가고 소설의 시대가 왔다는 것, 더 정확하게 말하면 영화와 대중 예술의 시대가 온 것이다. 예술 수용의 이 변화에는 산업화, 대중교육, 민주화, 기계화 등등의 이유를 들 수 있다. 시가 가장 고귀한 예술이고 언어의 본질을 파악하고 있다느니 어쩌니 떠들어도, 이제 사람들은 순수 회화와 실내장식의 가치를 나누지 않는 것처럼 시와 커피 선전 문구를 구별하지 않는다.

여성작가들의 소설

여성들은 시보다 소설을 더 잘 쓴다. 최소한 지금 남아 있는 작품으로 보아도 영국 여성들은 시보다 소설을 더 잘 쓴다. 소설이라는 장르 자체가 일반 교육의 기회가 확산되기 시작할 때 생기면서 여성들이 여기에 새롭게 진입할 가능성이 많아졌기 때문에 그럴 수도 있다. 버지니아 울프의 말대로 여자들이 글을 쓸 수 있도록 '자기만의 방'이 생긴 것도 이때부터였는지도 모른다. 그런데 지금도 시인들 중에는 남자가 많고, 소설가들 중에는 여자가 많다는 걸 생각해보면 이런 역사적이고 객관적인 것처럼 보이는 설명만으로는 풀리지 않는 의혹이 있다.

지금도 예외가 아니지만 여자가 공식적인 자리에서 자기를 표현하려면 남자와는 다른 용기와 희생이 요구된다. 화려한 옷을 입고 무대에 서는 여자 무용수나 배우, 모델들의 삶이 어떠했는지 생각해 보면 '나를 표현한다'는 일의 결과가 남녀 간에 얼마나 큰 차이를 주는가를 알게 된다. 여러 가지 소문에 휩싸이고, 그 중에는 반드시 그들의 성적 방종과 부도덕을 비난하는 추문이 함께 따른다. 그들에게 다가갈 수 있는 남자들은 그녀들 앞에서 찬양하고, 뒤에서 조롱하는 일을 했다. '자신을 드러낸다'는 평은 남자에게 있어서는 대단한 매력이고, '남자다움'으로 받아들여지지만 여자로서는 '헤프고,' '나대고,' '소란스럽고,' '안정감이 없고,' '온전치 못하다' 는 등의 혹평을 감수해야 한다.

굳이 버지니아 울프를 들먹이지 않더라도 글을 쓰는 일은 여자가 하기에 참 적절한 일처럼 보인다. 별다른 경비도 들지 않을 뿐 아니라, 전문 지식이 필요한 것도 아닌 것 같다. 그저 종이와 펜만 있으면 된다. 지금이야 컴퓨터라도 있으면 좋지만, '종이와 펜만 있으면 된다' 는 말은 이 일의 현실적인 준비도가 어떠한가를 상징적으로 보여 준다. 게다가 무대에 나서고 사람들과 마주 대하는 것과 같은 성격의 일도 아니다. 자기 방에 앉아 아무도 모르게 글을 써서 아무도 모르게 발표하면 된다. 그러니 남의 비난을 들을까 염려할 필요도 없고 쓸데없는 소문에 휩쓸릴까 걱정하지 않아도 된다.

그런데 과연 정말로 그럴까?

또 다시 자의식이 강한 버지니아 울프의 까다로운 불평을 들어야 할 때가 된 것 같다. 글을 쓰는 일은 자기 표현의 또 다른 양식이다. 아니, '또 다른 양식' 정도가 아니라 '아주 두드러진' 양식이다. 글을 쓰면서 이건 쓰고 저건 쓰지 말자고 계속 검증하고 제거하다 보면 좋은 글이 나올 수가 없다. 여성들의 글에는 그런 자기 검증이 남성들보다 더 심하게 나타난다. 울프가 예를 들은 대로 여자 작가들은 성애를 표현할 때 망설인다. 너무 지나치게 노골적이지 않으면서도 너무 답답하지 않도록 그 선을 잘 지켜야 한다. 사회적 규범이 만든 여성의 이미지와 창작자의 자유로운 자기 표현 사이에 끊임없이 갈등하게 된다. 그렇다고 남녀 간의 문제를 빼고서 소설을 쓸 수는 없다. 전쟁과 사랑, 죽음은 인생에서와 마찬가지로 모든 이야기의 가장 중요한 주제이기 때문이다.

　여성 작가들의 글은 그래서 어떨 때는 통속적으로 흐르기 쉽다. 적당히 타협을 본 것이다. 게다가 사람들의 곱지 않은 시선에 노출되고, 끊임없는 비판을 견뎌야 하는 여성 작가들의 삶은 어떻게 보느냐에 따라 좀 쓸쓸해 보이기도 하고 때론 슬프기까지 하다. 물론 이 이야기는 우리 사는 현대에 해당되지 않을 수도 있다. 지금은 너나없이, 남녀 없이 '드러내기' 경쟁을 하고, 그로 인해 금전적 수입을 챙기면 된다는 강한 모티브가 있는 세상이니, 내 이야기는 전적으로 지난 과거의 얘기인지도 모른다. 하지만 지금도 제법 잘 쓴다는 여성 작가들의 글에는 이런 자취가 남아 있다.

제인 오스틴 … '자기 표현'에 자유로운 작가

　제인 오스틴(Jane Austen, 1775-1817)은 영문학 상에서 거의 최초로 거명되는 여성 소설가다. 그녀 이전에도 여자들이 글을 쓰지 않은 것은 아니지만, '소설가'라는 이름에 어울리게 일관된 작품 활동을 한 최초의 여자로 그녀를 꼽아도 크게 무리가 없다. 그녀가 주로 작품을 발표한 시기는 18세기 말부터 19세기 초였으니, 아직 여자들의 대중 교육이 시작되기도 전이었다. 이 세계에서 소설을 쓰면서 오스틴은 여성 선구자로서 획기적인 주장을 한 적도 없고, 대단한 작가 선언을 한 적도 없다. 소설을 쓰자고 인생을 저당잡힌 듯한 괴로움을 토로하지도 않았다. 자신이 할 수 있는 능력이 있으니 소설을 썼고, 자신이 다룰 수 있는 소재만을 다루었다. 그런데도 불구하고 남자들이 독점하고 있는 '자기 표현’의 세계에서 자유롭게 쓰고 싶은 대로 쓰고 명랑하게 자기를 표현한 여성을 들라면, 200여 년 전에 살았던 제인 오스틴이 아직까지도 가장 가까운 답으로 떠오른다.

오스틴은 1775년부터 1817년까지 살았으니, 이 시기를 보면 대강 낭만주의의 그 대단한 시인들이 살아 숨쉬던 시간을 함께 보낸 셈이 된다. 이 말을 달리하면 프랑스 혁명과 산업화의 시작을 겪는 시대를 살았다는 뜻이다. 그런데도 오스틴의 글에는 이런 엄청난 사회적 동요를 느낄 수 없다. 그림처럼 조용하고 한적한 시골의 작은 유산 계층 세계에서 젊은 남자와 여자들은 무도회에서 춤을 추고, 부모들은 소문과 상담으로 자녀들의 짝을 찾는다. 군인들이 등장하기는 하지만, 그들이 어떤 전투에 연루되어서 나오는 것이 아니라, 결혼 적령기에 다다른 여자들의 상대로 묘사된다.

이를 보고 사회의 변화가 그 당시 여자들에게 아무런 영향도 끼치지 않는다고 성급한 결론을 내려서는 안된다. 앞서 말한 메리 울스턴크라프트는 혁명의 현장을 찾아 프랑스로 직접 떠났고, 그 혁명의 여파를 어떤 남자 못지않게 체험했다. 울스턴크라프트를 여자 중의 예외라고 말하지 않았으면 좋겠다. 당시에 살았던 남자들이라고 모두 다 낭만주의 시인들이나 진보적인 사상가들과 똑같은 영향을 받았던 것은 아니다. 그러니 울스턴크라프트는 여자 중의 예외가 아니라 오히려 그 시대의 예외라 할 만하다.

오스틴 역시 한적한 시골에 살았던 조용한 노처녀였다고 하지만, 그렇다고 해서 전적으로 소용돌이에서 벗어나 있었던 것은 아니었다. 그녀의 남동생은 일찍이 해군에 입대하여 제독까지 오르는 공을 세웠고, 누나들에게 프랑스군과 벌인 전투를 실감나게 전해 주기도 했다. 혁명과 전쟁은 먼 나라 이야기만이 아니라 당장 그녀의 친인척들의 삶에 긴장과 변화를 주는 사건이었다. 오스틴의 사촌이었다가 나중에는 새언니가 된 일라이자는 처음에 프랑스 귀족과 결혼했었는데, 이 첫 남편이 프랑스 혁명중 단두대 처형으로 목숨을 잃었다. 제인 오스틴은 평생 런던에서 떨어진 지역에 살았고, 여행 역시 주로 편안한 휴양지 중심의 영국 남부 지방으로만 한정시켰다고 하지만, 그렇다고 해서 그녀가 세상의 움직임에 무관하기만 했던 것은 아니다. 오빠가 은행을 운영할 때 자주 런던 나들이를 하면서 그녀는 당시의 사회 변화를 실감나게 느낄 수 있었다.

따라서 제인 오스틴이 작품 속에서 시대와 역사에 대해 가졌던 거리감은 그녀의 무지라기보다는 의도적인 선택일 수가 있다. 그녀는 자신이 다룰 수 있는 소재에 전념하고, 그것을 꼼꼼하고 세련되게 다루는 일에 만족했다. '자기가 아는 일을 소재로 소설을 쓴다'는 말만큼 당연하게 들리는 말은 없을 것이다. 당연하다 못해 진부하게까지 들린다. 그러나 '소설을 써 보고 싶다'는 이상한 병(!)에 걸려 본 사람이라면 다 아는 사실이지만 이 진부한 명제를 그대로 받아들이고 시작하는 작가는 거의 없다. 아니, 모든 작가들이 진부한 일상과 뻔한 세상을 소설의 소재로 받아들이기를 거부한다. 특히 여성 작가들의 경우 여자들의 세계를 그리게 되면 기껏해야 사랑 타령에 머물고 만다는 원천적인 한계 때문에 비판을 받았고, 또 작가 스스로도 절망을 느꼈다.

그런데 오스틴은 누구보다도 자기가 잘 알고 있는 세계, 남녀의 사랑, 결혼에 얽힌 뒷 이야기, 수다한 아줌마들의 중매, 소문을 다루는데 전혀 머뭇거리지 않았다. 월터 스코트의 평대로, 오스틴은 '아주 평범하고 일상적인 사건과 인물들을 재미있고 비범하게' 만드는 데 탁월했다. 누

구와 기량을 겨루거나 탐하지도 않았고, 영문학사의 어떤 자리를 의식
하지도 않았다. 자기 쓰고 싶은 대로 썼기 때문에 '너무나 여성적인' 이
여성의 글을 따라갈 다른 작가는 아무도 없다. 서양 문학의 위대한 작가
로 셰익스피어, 도스토예프스키, 제인 오스틴을 들었던 이론가도 있다.

제인 오스틴의 인물들

우리 나라 사람들 중에도 제인 오스틴에 친숙한 사람들이 많이 있다.
기네스 펠트로우가 주연한 〈엠마〉 때문에 그럴 수도 있고, 엠마 톰슨의
각색이 돋보이는 〈센스 앤드 센스빌리티〉 때문일 수도 있다. 정말 다시
또 영화다. 영화가 이제 제일의 예술이 되고 있다. 오스틴의 글을 읽어
보지 못한 사람들도 그 영화는 즐겁게 본다. 영국의 전원을 배경으로 옛
의상을 입고 유명 배우들이 옛 영국 생활을 그럴듯하게 펼쳐 내는 것을
보기가 참 즐거운 모양이다. 그렇지만 제인 오스틴의 진면목이 묘사와
대사에 있다는 것을 감안해 보면 영화를 통해서만 그녀를 알고 있다고
하기엔 좀 억울하다. 영화로만 오스틴을 아는 것은 마치 제라르 디 빠르
디외를 그의 풍부한 불어를 빼고 보는 것과 마찬가지로 큰 손실이라 할
수 있다.

제인 오스틴의 소설은 거의 언제나 '구애'와 '결혼'에 집중되어 있
다. 물론 그 사이 사이에 사람들에 대한 심리 묘사가 뛰어나고 작은 사
건을 통해 현미경처럼 예리하게 표현해 내는 사람들 간의 갈등도 훌륭
하다. 하지만 '이야기'로 우리에게 남는 것은 '주인공의 결혼'이다. 그
러다 보니 전쟁을 다루는 사회 소설이나 디킨즈 류의 복잡한 성장 소설

보다는 오스틴의 '연애 소설'이 두어 시간짜리 영화로 만들기에 가장 적절한 소설로 부상된다.

몇 년 전 영국 평론가 앤드류 데이비스가 조지 엘리엇의 『미들마치(Middlemarch)』를 영화화하기는 코끼리를 가방에 넣는 것처럼 어려운 데 비해, 제인 오스틴의 『오만과 편견』은 스위스 시계처럼 잘 맞아떨어진다고 말한 적이 있다. 그녀가 남긴 6편의 소설 중 3편이 여러 차례 영화화되고, 또 그때마다 적지 않은 성공을 거두었다. BBC에서도 오스틴의 소설을 드라마로 몇 번 방영한 적이 있다.

지금 제인 오스틴 하우스(Jane Austen's House)라고 되어 있는 집에 가면 다른 작가들과는 달리 영화나 방송을 탄 오스틴 작품의 작중 인물들의 의상이 전시되어 있다. 우리가 갔을 때는 BBC의 방송물의 의상들을 전시하고 있었지만, 어떨 때는 굳이 영화화되지 않았더라도 그 당시 사람들의 고전 의상들을 번갈아 가며 전시해 두고 있다. 시인들의 집에서는 이런 의상이나 시대물을 볼 기회가 별로 없었던 것에 비하면, 오스틴 기념관의 이 의상 전시물은 시대와 배경을 떠날 수 없는 소설가의 운명을 상징하는 것 같다.

제인 오스틴 하우스

오스틴의 집은 런던 남쪽의 햄프셔 지방 초튼(Chawton)에 위치해 있다. 이 집은 오스틴이 1809년부터 죽기 얼마 전까지 8년 간 살았던 집이다. 오스틴의 아버지는 목사였다. 그녀는 6남 2녀 중 여섯 번째로 태어났다. 위로 오빠가 다섯이고, 두 살 위인 언니가 있었고, 아래로 군인이 된 남동생이 하나 있었다. 형제 중 셋째가 되는 에드워드는 어린 나이에 아이 없는 부자 친척의 양자가 되었고, 양부모가 돌아가신 후 영지와 모든 재산을 물려받았다. 초튼의 이 집은 에드워드가 홀로 된 어머니와 미혼의 두 누이를 위해 마련해 준 것이다.

집은 작지만 아담하고 그윽한 느낌이 난다. 제인 오스틴이 이 집에 오자마자 바로 정을 붙였다고 알려질 만큼 정겨운 곳이다. 집 맞은편에는 작은 찻집과 음식점이 있고, 그 곁으로 그다지 비싸지 않음직한 옛 물건들을 파는 골동품점이 있다. 상점 옆에는 아이들의 그네 놀이터가 있지만, 떠들썩하거나 북적거리는 분위기는 아니다.

이 붉은 벽돌집을 구경하는 것 자체는 아기자기한 재미가 있지만, 이 집까지 오기는 꽤 불편하다. 대중교통수단을 이용하면 일톤(Alton) 역까지 올 수 있지만, 그 다음은 하염없이 버스를 기다리거나 아니면 택시를 타야 한다. 호기 있게 걸어 보려고 했다가는 꼼짝없이 한 시간 가량은 걸어야 한다. 자기 차를 이용해서 찾아 들기에도 쉽지는 않다. 도로에 난 표지판도 크지 않은 데다가 막상 그 집 앞에 갔을 때도 다 자란 나무가 그 집의 표지판을 가리는 통에 잘 알아볼 수가 없었다. 집안으로 들어가는 현관은 집의 정면에 있는 게 아니라 작은 대문으로 들어가서 측면으로 나 있다.

문 앞으로 난 정원은 관광지답게 정갈하고 단정하게 다듬어져 있고, 벤치가 두 서너 개 놓여 있다. 오스틴이 살았던 시절의 정원은 지금보다 더 컸던 것으로 되어 있다. 그녀가 쓴 편지를 보면 큰 나무도 있었고, 관목이 우거져서 산책도 할 수 있었다고 한다. 야채도 키웠고, 마당에 나귀와 닭도 키웠다. 집 뒤쪽으로 돌아가면 빵을 굽던 부엌과 세탁실, 우물이 있다. 부엌에 놓여 있는 작은 나귀 마차는 오스틴이 신장 결핵에

초튼에 있는 오스틴의 집

걸려 운신하지 못했을 때 타고 다녔다고 한다.

집안으로 들어가면 바로 입구를 겸한 응접실이 나온다. 오스틴이 즐겨 사용하던 피아노가 한 켠에 놓여 있고, 그녀가 꼼꼼히 옮겨 적은 악보도 볼 수 있다. 벽에는 조카들과 친척들의 초상화가 걸려 있다. 장식 유리 상자 안에는 그녀의 빛 바랜 머리칼 몇 올이 펜던트에 동그랗게 감긴 채 전시되어 있다. 이 집에서 유일하게 볼 수 있는 보석 종류로는 바로 이 상자 안에 놓여 있는 작은 토파즈 십자가 한 쌍과 자잘한 터키석과 진주가 박힌 짧은 팔찌뿐이다. 같이 전시되어 있는 편지에서 남동생이 군에서 받은 상금으로 누나들에게 이 십자가를 선물한 것을 알게 된다. 한쪽 벽을 기대고 서 있는 책상 겸용 책장에는 오스틴 소설의 초판본이 장식되어 있다.

그 옆방이 바로 삐걱거리는 문으로 유명한 곳이다. 이 방은 식당과 가족 내실을 겸용해서 쓰였던 모양이다. 웨지우드 식기로 테이블을 장식했지만 그녀가 살아 있을 당시 귀한 이 그릇을 썼다는 보고는 없다. 단지 런던 체류 중에 웨지우드 전시장을 들렀다는 편지 기록이 남아 있어서 분위기를 살린 것뿐이다. 제인 오스틴은 이 방에서 식사를 했고, 창문 옆에 놓여 있는 작은 테이블 위에서 원고를 썼다. 갑작스럽게 사람들이 방문을 하면 이 방의 삐걱거리는 소리를 듣고 얼른 그 원고를 치울 수 있었다고 한다.

그렇다고 해서 제인 오스틴이 대단히 비밀스러운 창작 활동을 한 것처럼 오해해서는 안된다. 오스틴은 결코 에밀리 디킨슨과 같은 유형이 아니다. 둘의 작품도 분명히 다를 뿐 아니라, 둘의 가족들의 태도도 달랐다. 가끔 여성 작가들이 주위의 몰이해로 인해 남다른 창작의 고통을 겪는 것을 하나의 전형처럼 생각하는 경우가 있다. 그러나 이러한 생각이 여성 작가 전반에 해당한다고 일반화해서 말하기는 어렵다. 과거의 여성 작가들 모두 사회의 몰이해와 편견을 겪었다는 점에는 재론의 여지가 없겠지만, 외부의 억압적 상황을 어떻게 수용하느냐는 작가들 개인의 성품이나 가까운 가족들의 태도에 따라 많이 달라지기 때문이다. 미국의 여류 시인인 에밀리 디킨슨이 의도적으로 고립과 신비를 택했다고 하지만, 그를 영국의 여류 소설가인 제인 오스틴에게까지 적용하기는 무리다. 그녀는 주변으로부터 훨씬 적극적인 후원을 받으면서 개방된 창작 활동을 했었다.

오스틴의 편지나 조카들의 전기에서도 알려져 있는 대로 그녀의 아버지는 목사였지만 소설에 꽤 관심이 많았다. 식구들 모두가 소설 읽기를 아주 좋아해서 형제 중의 누가 소설가가 된다고 해서 아무도 그것을 이상하거나 부끄럽게 여기지 않았다. 오히려 아버지가 적극적으로 출판업자를 찾았고, 나중에는 런던에 살았던 오빠 헨리가 오스틴의 대행을 했다. 조카들도 그녀가 소설을 쓰는 것을 알고 있었기 때문에 그녀가 삐걱거리는 문소리를 들으면 원고를 치웠다고 하는 것은 그저 정상적인 사교 활동을 위한 배려였던 것으로 해석할 수 있다.

일반인들에게는 정상적인 활동이라고 하지만 작가로서는 글을 쓰다가 누군가 온다고 해서 글을 멈추기란 쉬운 일이 아니다. 그나마 글을 몇 줄이라도 써 본 사람이라면 한번 글쓰기에 몰두하기가 얼마나 어려운지 알 것이다. 떠오르지 않는 첫 줄을 간신히 움켜쥐고 글에 빠져 있다가 일상적인 잡담을 하고 나면 그 끈은 스르르 사라져 버린 뒤다. 다시 또 그 끈을 찾아 이어가기까지 얼마나 또 오랜 시간 동안 게으르고 신경질적인 생활을 하는지 모른다. 그러다 보니 대부분의 작가들이 낮과 밤을 구별하지 못하는 기행을 저지르게 된다. 뭐라도 참고할 수 있는 연구 논문을 쓸 때는 그래도 낫다. 완전히 없는 데에서 뭔가 하나의 세계를 만들어 내는 창작일 경우에는 이런 변덕과 기행이 더욱 심해질 수밖에 없다.

전해지는 대로라면, 제인 오스틴은 손님이 오면 원고를 덮었다가 손님이 가고 나면 다시 또 글을 이어 썼다는 이야기가 된다. 그녀의 집 어디에도 작가의 책상이라고 부를 만한 것은 없다. 이곳에 살던 동안 오스틴은 이전에 쓴 소설을 수정하고 새로운 소설을 썼다. 그녀가 살았던 41년 동안 거의 모든 작품 활동이 이루어진 곳은 이곳이라고 보아도 틀린 말이 아니다. 그런데 식당과 내실을 겸한 이 방의 아주 작은 티 테이블이 그녀의 책상이라고 할 만한 유일한 것이었다. 아주 일상적인 일을 하면서 아주 재미난 글을 쓸 수 있는 능력을 가졌다니, 놀라운 일이다. 월터 스코트의 엄청난 서재에 압도당했던 사람들은 소박한 오스틴의 집에서 또 다른 이유에서 기가 질린다. 그저 평범하기만 한 시골 노처녀의 집 어디에도 대단한 문장가를 뽐내는 자리가 없다. 어쩌면 그런 삶과 창작의 적절한 배합 능력이 그녀의 글에 균형 감각을 주는 것인지도 모른다.

계단 끝에 조그맣게 마련된 기념품 가게를 지나 2층에 가면 그곳에서 만나게 되는 것은 '소설가' 오스틴이 아니라 18세기를 살았던 '노처녀' 오스틴이다. 어머니의 방에는 간단한 기념품들이 전시되어 있고, 어린 시절의 제인 오스틴을 기억하게 하는 편지들을 볼 수 있다. 그 곁에 제인 오스틴의 방이라고 알려져 있는 공간은 사실 그녀만의 방이 아니라 두 자매의 방이었다. 벽난로가 원래 모습대로 보존되어 있고, 그 위에는 제인 오스틴의 초상화가 걸려 있다. 원화(原畵)는 런던의 국립 초상화 전시관에 진열되어 있고, 이 곳의 그림은 복사본이다.

방안에 남아 있는 벽이나 장식장 안에는 제인 오스틴의 자수품들이 진열되어 있고, 벽에는 어머니와 두 자매가 공동으로 만든 커다란 조각 이불이 전시되어 있다. 꽃무늬를 기본으로 밝고 화사한 색상의 조각보들을 꼼꼼하고 단정하게 이어가면서 만든 이불이긴 하지만, 당시 여자들의 가사담당 솜씨와 비교해 보면 별로 대단한 기술이라고 자랑할 만한 수준은 아닌 듯하다. 단지 손바느질로 이렇게 제법 큰 크기의 조각이불을 해냈다는 걸 생각해 보면 또 다시 소설가 오스틴의 이중적인 면에 놀라게 된다. 소설가와 이불이라, 참 어울릴 것 같지 않은 조화다. 단순하고 소박한 가사와 뛰어난 글 솜씨는 어디에서 만날 수 있는 걸까.

소설가, 제인 오스틴

제인 오스틴은 그 전에도 출판사와 계약을 하긴 했지만, 실제로 책을 출판한 것은 1811년 『센스 앤드 센스빌리티』가 처음이었다. 그 당시에는 성직자의 딸이 소설을 쓰는 일이 체면에 어긋난다고 보았던 때라 저자의 이름을 밝히는 대신, 그저 '어떤 부인'이 썼다고만 했다. 그녀는 출판업자와의 계약에 전면으로 나선 적이 없고, 아버지와 오빠가 그 일을 대신했다. 1813년 오스틴이 '사랑하는 내 아이'라고 부른 『오만과 편견』이 출판되었다. 이때도 이름을 밝히지 않았고, 단지 『센스 앤드 센스빌리티』의 작가'가 쓴 것으로 출판했다. 1814년, 1815년 사이에 연이어 소설을 발표하면서 그녀는 점점 많은 독자를 확보하게 되었다. 이때 우쭐해진 오빠 덕분에 결국 오스틴의 정체가 드러나게 되었다.

그러자 왕실 목사인 제임스 스타니에-클라크는 오스틴에게 당시 섭정을 지내던 황태자에게 다음 작품을 헌정해 줄 수 있겠느냐고 제안해 왔다. 제임스 스타니에-클라크 목사는 왕실의 서고를 책임지는 역할을 겸했으므로 오스틴에게 이런 제안의 편지를 쓸 수 있었다. 이 편지는 지금 제인 오스틴의 집에 전시되어 있다. 오스틴은 『엠마』를 써서 황태자에게 헌정하였다. 이런 저간의 사정으로 미루어 보건대 이미 당시에도 소설가로서 오스틴의 인기가 적지 않았음을 알 수 있다.

20명이 넘는다는 조카들이 이 집에 들르면 함께 놀아 주고, 아침 당번과 정원 손질을 해 가며, 간간이 편지를 쓰고, 여자들끼리 모여 수예와 조각 맞추기 바느질을 하면서 제인 오스틴은 소설을 썼다. W. H. 오우든이 「바이런에게 보낸 편지(Letter to Lord Byron)」라는 시에서 오스틴에 대해 이렇게 쓴 적이 있다.

당신은 그녀를 놀라게 하지 못하리.
그녀가 나를 놀라게 한 만큼.
그녀 곁에서는 조이스도 풀잎처럼
순진해 보이니,
나를 가장 불편하게 하는 것은.
중산층의 영국 노처녀가
'놋쇠'의 요염한 효과를 묘사하고
그리도 솔직히, 또 그리도 말짱하게
사회의 경제적 근본을 드러내는 걸
바라보는 일.

You could not shock her more than
she shocks me;
Beside her Joyce seems innocent as grass,

It makes me most uncomfortable to see
An English spinster of the middle class
Describe the amorous effects of 'brass,'
Reveal so frankly and with such sobriety
The economic basis of society.

겉으로 보기에 너무나 평범하고 순진한 노처녀가 헛된 미사여구나 낡은 표현도 없이 적절한 거리를 두고 세밀한 관찰력으로 당대 풍속과 사람들을 그려내고 있다. 바이런의 기발한 인생이나 제임스 조이스가 예술에 대해 가지고 있었던 서의 종교적이라 할 성노의 헌신도 제인 오스틴의 이 기묘한 이중성에 비한다면 놀랄 일도 아니라고 할 만하다.

오스틴의 작가 정신

오스틴이 소설을 썼던 시절에 젊은 여자들이 가질 수 있었던 유일한 미래는 결혼밖에 없었다. 좀체로 작가 자신의 감정이나 실체를 드러내지 않는 오스틴이지만, 재치 있고 단단한 그녀의 여주인공들을 통해 제인 오스틴의 성격을 짐작할 수 있다. 소설 『설득(Persuasion)』의 여주인공, 앤 엘리엇은 작가 오스틴이 직접 남겼음직한 말을 한다. "남자들은 자기들의 이야기를 하는데도 우리보다 아주 유리하지요. 저 높은 수준에 있는 교육은 남자들 몫입니다. 펜도 남자들 손에 들어 있지요." 남성 중심의 세계에서 여성들은 어떤 남성을 만나 결혼하느냐에 따라 행, 불행이 결정될 수밖에 없다. 결혼이 남녀에게, 특히 여자에게 일생 일대의 중요한 사업이었던 것은 이런 사정에서 피할 수 없는 현실이었다.

오스틴은 한 편지에서 "사랑 없이 결혼하는 것보다 참지 못할 일은 없다.(Anything is to be preferred or endured rather than marrying without affection.)"고 했지만, 그렇다고 해서 있는 현실 세계를 거부하지도 않았고, 큰소리로 비판하거나 비난하지도 않았다. 그저 그대로 자기 글 속에 옮겨 적었다. 남녀의 만남과 결혼에 집중하다 보니 지금의 시각에서 보면 지루하고 뻔한 소리를 중언부언하는 것처럼 들리지만, 그녀의 글은 그런 상식적이고 멜로드라마 같은 사건을 '선량한 풍자가'로 적당히 재미있게 그려낸다. 자신이 여행했고 겪었던 사건들이나 장소들을 아주 적절하게 작품 속에 살려서 그 현실성을 확보했고, 감당할 수 없는 사건이나 인물을 도입하는 실수를 절대로 하지 않았다.

이러한 자기 절제가 그녀의 작가 정신이라 할 만하다. 그녀가 스타니에-클라크 목사와 나눈 편지를 보면 자그마한 이 여자 속에 단단한 정신이 들어 있음을 알 수 있다. 목사는 오스틴이 『엠마』를 황태자에게 헌정한 것에 감사하며, 독일 왕족에 관한 로맨스를 써서 독일의 레오폴드 왕자에게 헌정하면 좋지 않겠느냐는 조언을 보냈다. 책을 써서 왕족에게 헌정한다는 것은 일종의 판촉 행사와 같아서 당시 작가들이라면 모두 선호할 만한 제안이었다. 그러나 제인 오스틴은 그 제안에 대해 자신은 서사시를 쓰지 못하는 것과 마찬가지로 로맨스도 쓸 재간이 없다고 거절한다.

그녀는 예의 그 절제된 유머로 그걸 써야만 '내 목숨을 구할 수 있는 경우'라면 로맨스를 쓰겠지만, 만약 그렇게 되어도 아마 자기답지 못한 일을 하는 것 때문에 몇 장 쓰지도 못할 거라고 말했다. 한계가 그어져 있는 것처럼 절제된 세계에서 오스틴은 마치 수를 놓듯, 조각이불 맞추듯 꼼꼼하게 사건을 다듬고 인물들에 생명을 불어넣었다.

제인과 카산드라의 자매애

『오만과 편견』에 등장하는 인물만으로도 그녀의 '사람 만들기' 재주가 비상했음을 알 수 있다. 깔끔하고 총명한 엘리자베스와 조심스럽고 관대한 다시만이 이 작품의 인물이 아니다. 끝없이 자기 건강을 걱정하면서 딸들의 결혼을 조바심나게 서두르는 베넷 부인과 그녀를 경멸하면서도 한편 따뜻한 베넷 씨도 인상 깊고, 밀힐 수 없이 거만한 레이디 개더린 드 버, 부부 간의 애정을 상상해 본 적도 없이 언제나 잘난 줄 알고 있는 콜린스 씨도 잊을 수 없는 인물이다.

『오만과 편견』이나 『센스 앤드 센스빌리티』를 본 사람이라면 거기 나오는 자매 간의 우정이 유별나다는 것을 기억할 것이다. 제인과 엘리자베스 베넷, 그리고 엘리노어와 마리안느 대시우드 자매는 마치 현실의 카산드라와 제인 오스틴의 관계를 연상시키는 면이 많다.

현실의 자매는 둘 다 독신이었다. 결혼을 소설의 주제로 다루었던 작가인데도 불구하고 제인 오스틴은 평생 독신으로 살았다. 목사관을 떠나 바스(Bath)에 살던 때 청혼을 받은 적이 있다고는 하지만, 제인 오스틴의 편지들이 많이 사라져 버려서 그 사실에 대한 확실한 정보는 없다. 언니도 독신이어서 이 두 자매는 끝까지 같이 생활하며 함께 지냈다. 어릴 때 그녀가 글을 쓰고 언니가 그림을 그린 역사책도 남아 있다.

1810년경 카산드라는 제인의 간단한 초상화를 그렸다. 약간 통통하

제인 오스틴

지만 어찌 보면 까칠한 느낌이 나는 노처녀의 모습이다. 이 그림이 거의 유일한 초상화다 보니 지금은 국립 초상화 전시관에 전시되어 있다. 관광 안내장이나 책자에는 이 그림을 약간 수정하여 훨씬 부드럽고 복실복실한 느낌이 나는 초상화를 실은 때도 많다. 당시 30이 넘은 나이나 그녀의 글로 보건대 내 생각으로는 약간 까칠하면서 날카로운 듯한 원래 그림이 제인 오스틴에 더 가깝지 않을까 싶다.

카산드라는 제인 오스틴이 병으로 고생하는 동안 내내 그녀를 돌보았고, 그녀의 임종도 지켰다. 제인 오스틴은 1817년 마지막 소설을 채 마치지 못할 정도로 병이 깊어졌다. 그 해 5월이 되자 좀 더 충실한 진료를 받기 위해 의사가 살고 있는 윈체스터로 언니와 함께 이사한다. 그녀와 언니가 하숙하던 콜리지 스트리트 8번가의 2층 벽에는 지금 기념판이 붙어 있다. 2달을 더 지내고 7월에 그녀는 결국 언니가 보는 가운데 임종을 맞게 된다.

윈체스터의 중심에는 칼을 높이 들고 있는 알프레드 대왕의 상을 볼 수 있다. 노르만 정복 이전의 왕의 석상에서 알 수 있듯이 이 도시는 알프레드 대왕 시절의 수도였고, 그만큼 오래된 도시 중 하나이다. 이 도시에 있는 윈체스터 콜리지는 캔트에 있는 킹스 스쿨과 함께 영국에서 가장 오래된 사립학교에 해당한다. 키츠가 '가을에게' 보내는 송가를 썼던 곳이 바로 고색창연하고 운치 있는 이 도시였다. 제인 오스틴은 그보다 1년 먼저 이곳에 도착했다. 이곳에서 그녀의 마지막을 보냈고, 지금 도시 중심에 자리잡은 크고 웅장한 윈체스터 성당에 잠들어 있다.

오스틴은 그녀의 비명대로, 살아 생전 "선량한 마음, 다정한 성격, 특별한 재능으로 모든 지인의 존경을 받았고, 가족의 따뜻한 사랑을 받았다." 죽은 후에도 이 사랑은 더해 갔다. 엠마 톰슨이 아카데미 상을 받

윈체스터 성당, 제인 오스틴이 잠들어 있다.

으면서 말했듯이 이젠 우루과이에서조차 제인 오스틴을 알고 있다. 영국인들에게는 한국도 우루과이 못지않게 작고 낯선 나라다. 우리도 그녀를 알고 그녀의 작품을 사랑하는걸 보면 제인 오스틴의 인기는 가히 세계적이라 할 만하다.

그녀와 그토록 가까웠던 카산드라는 나중에 70이 넘은 나이에 세상을 떠나게 되었고, 초튼의 교회에 어머니와 함께 자리했다. 카산드라는 동생이 죽은 후 자신이 보관하고 있던 동생의 편지들을 모두 태워 버렸다. 이유는 이런 일을 저질렀던 다른 많은 사람들과 마찬가지로, 오해와 악평을 피하기 위해서였다. 그리고 그런 일을 저질렀던 많은 사람들과 마찬가지로 문학사가나 비평자들로부터 그런 엄청난 손실을 발생시킨 데 대해 집요하게 비난을 당하고 있다.

그렇지만 난 역시 잘 모르겠다. 그 편지를 가장 사랑했던 사람이 있다면 바로 그 언니였을 거다. 과연 그녀가 그걸 태우지 않았다고 우리가 제인 오스틴에 대해 더 잘 알 수 있을까? 소문으로만 남아 있는 자잘한 사생활, 그녀가 사랑했을 뻔한 남자, 그녀가 결혼했을 뻔한 남자들에 대해 좀더 확실한 윤곽을 잡을 수 있었을 것이고, 그 작품의 등장 인물은 바로 이 사람일 거라는 식의 추측이 더욱 무성해졌을 것이다. 그렇다고 하더라도 제인 오스틴을 알 길은 없다. 그리고 사실 제인 오스틴이라는 여자, 역사적으로 어떤 한 시간을 채우다 간 그 여자가 어떻든 무슨 상관인가. 소설가 오스틴이 우리의 관심거리고, 그 면목을 가장 잘 드러내는 것은 그녀의 소설이다. 그녀에게 다가가는 길은 그 소설을 한 줄이라도 더 읽는 것이다.

1848년 샬롯 브론테는 뛰어난 문필가였던 조지 헨리 루이즈(George

Henry Lewes)에게 보낸 편지에서 소설가 오스틴에 대해 이렇게 썼다.

오스틴 양은 지나치게 '감정'에 흐르지도 않고, '시적 표현'도 없어서 분별이 있고, 현실감이 있지만, (참되다기보다는 현실감이 있다고 해야 하겠지만) 그렇다고 해서 위대하다고 할 수는 없지요.

샬롯 브론테는 오스틴이 죽기 전인 1816년에 태어났고, 『제인 에어』로 우리에게 알려져 있는 소설가다. 편지를 받았던 루이즈는 여류 소설가 조지 엘리엇과의 동거로 많은 소문에 휩싸이고 비난을 받았던 사람이다. 남자 이름을 필명으로 쓴 엘리엇은 '코끼리를 가방에 넣는 것처럼' 영화화하기 어려운 소설을 썼기 때문에 굳이 영문학에 관심이 없는 사람들이라면 제인 오스틴만큼 친숙하게 느끼지 못할 인물이다. 하지만 그녀도 오스틴 못지않게 뛰어난 소설가다.

오스틴이 위대하든 위대하지 않든, 샬롯 브론테의 말에 동의하든 동의하지 않든, 여류 소설가도 위대한 작가의 자격 시비에 걸릴 만한 일을 해냈던 것이다. 오스틴을 지나면 여자 소설가들의 출현을 좀더 편안하게 지켜볼 수 있다.

3 "폭풍의 언덕", 목사관의 딸들

브론테 자매

– 하워드, 요크, 하서세이지, 스카보로우

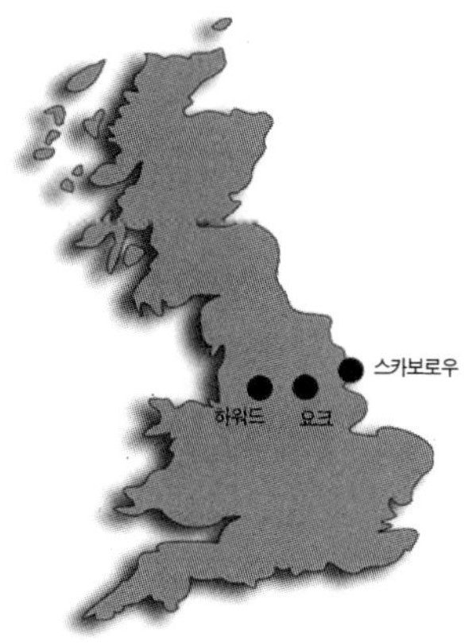

브론테 자매

요크
하서세이지
스카보로우

하워드의 자연 경관

하워드(Haworth)는 일부러 볼일이 있어도 별로 가고 싶지 않은 곳이다. 특히 관광객으로서는 더더욱 별로 갈 일이 없는 곳이다. 또 가기도 쉽지 않다. 영국의 동북 지방 외딴 곳에 위치하고 있는 데다, 그보다 더 위에 위치한 요크나 서쪽의 호수 지방과 같이 교통이 편한 것도 아니어서 휴양지나 관광지로서의 면모도 전혀 갖추고 있지 않다. 또 시원스레 쇼핑이라도 할 장소도 없고, 앉아서 편하게 구경할 만한 것도 없다. 그러나 영국인이고 외국인이고 요크셔 지방의 이 오래되고 외딴 마을에 찾아온다. 일 년에 8만 명이 넘는 관광객이 이곳을 찾는 이유는 단 한 가지, 브론테가 살았던 목사관을 보기 위해서다. 이 외딴 지방의 경제를 지키는 제일 큰 기둥이 바로 이 관광객들이다.

우리는 10여 년 전 비가 오던 11월에 이곳에 왔었고, 다시 또 맑은 늦여름 날에 이곳에 왔었다. 같은 지역을 다른 계절에 다시 여행해 본 사람이라면 날씨 하나가 얼마나 풍경을 다르게 보이게 하는지 잘 알 것이다. 2월에 처음 파리에 갔을 때 을씨년스러운 가설 무대 같아 그 곳을 아주 싫어했었다. 그러다 가을에 다시 파리에 가게 되었다. 그때 샹젤리제 거리에 떨어지는 마로니에 잎사귀들을 밟고, 한없이 이어질 듯한 공원을 걸었다. 그러면서 길가에 놓여 있는 카페 의자에 앉아 지나가는 사람들을 바라보면서 "파리같이 멋진 도시는 다시 없을 것"이라고 변덕을 부렸던 기억이 난다.

11월에 가을비가 추적추적 내리던 하워드에서는 '정말 여기에서는 일찍 죽을 수밖에 없겠구나.' 하는 확인을 했었다. 목사관의 아이들 방 너머 칙칙하고 음산한 낮은 하늘을 배경으로 교회 묘지가 보였다. 바로 서

하워드. 교회 묘지에서 바라본 목사관

있기도 하고 쓰러져 있기도 한 낡은 묘비들과 이끼 낀 묘석들이 그 좁은 창 너머로 가득 차 있었다. '굳이 아이들 방을 왜 이곳에 자리잡았을까?' 싶었지만, 그 집의 다른 어느 곳이라고 해도 교회 묘지를 피할 수는 없었다. 심지어 교회 안에도 죽은 자들이 차지하고 있다. 목사가 되어 목사관에 산다는 것은 어쩌면 삶보다는 죽음에 더 가까운 생활이다. 하워드의 목사관은 유별나게 무덤에 가깝고 죽음에 다가간 느낌이 든다.

샬롯 브론테가 죽고 나서 이곳에 다녀갔던 매튜 아놀드는 '하워드 교회마당'에서 이렇게 썼다.

키일리 너머,	Where, behind Keighley …
그 언덕에 서 있는	There on its slope is built
무어 지방 마을. 교회는	The moorland town. But the church
언덕 꼭대기에	Stands on the crest of the hill,
외롭고 황량하게 서 있다	Lonely and bleak; - at its side
; 그 곁에는	
목사관 -집과 무덤들	The parsonage -house and the graves

'집과 무덤'이라, 이보다 더 적절하게 이 곳을 요약하는 표현은 없을 것이다. 목사님이야 그게 자신이 선택한 직업이니까 그걸 당연하다고 할 수 있겠지만, 거기에서 자라나는 아이들이 밝고 명랑하기는 참 어려울 것 같다. 게다가 브론테가 자라던 시절의 그 지방은 막 산업화가 시작되면서 공해와 매연에 시달렸던 곳이다. 이 지방의 빈곤 계층들이 유별나게 일찍 사망한 이유가 극심한 상수 오염이라고 되어 있다. 우리가 에밀리 브론테의 『폭풍의 언덕』을 영화에서처럼 황량하고 거칠긴 하나 매력적이고 낭만적이라고 이상화할 수 있지만, 실제 브론테 자매가 살

앉던 시절의 하워드는 어지간히 강한 사람이 아니면 일찍 죽을 수밖에 없을 정도로 낙후되고 피폐한 곳이었다.

8월, '무어'의 초록색 절경

다시 하워드를 찾은 때는 8월이었다. 11월의 하워드 여행은 에딘버러에서 내려오는 것이었는데, 이번에는 런던에서 올라가게 되었다. 그렇게 멋지다는 영국 8월에 보니 요크 지방의 유명한 '황무지', '무어(moor)'가 완전히 다른 모습으로 나타났다. '초록색 황무지'라는 말은 아무래도 이울리지 않으니, 이곳 지역은 그저 무이라고 부를 수밖에 없다. 회색의 칙칙한 느낌이 나던 그 지방이 초록색으로 뒤덮이고 간간이 헤더 꽃이 모여 소박하면서도 아름다운 장식을 자랑하고 있었다. 차를 몰기가 힘들 정도로 가파르고 경사진 길을 가는 동안에도 저 아래 펼쳐져 있는 무어의 초록색 절경에는 감탄하지 않을 수 없다.

『폭풍의 언덕』에서 에밀리가 그렸던 그대로 하워드는 "모든 세상에서 벗어나 한없이 펼쳐지는 무어, 찬란한 하늘과 빛나는 태양밖에 보이지 않았다." 겨울의 황량함을 생각해 보면 여름날의 이 변화는 이곳 사람들에게 기적처럼 다가왔을 것이다. 무덥지도 않아 반갑기만 한 여름 햇살 아래 환하게 펼쳐진 무어의 매력은 대단하다. 여름에 이곳에 와 보면 '폭풍의 언덕'이라는 표현을 실감할 수 없을 정도로 곱고 단정한 느낌이 남아, 에밀리 브론테를 비롯하여 자매들이 계속 이곳에서 지내려 한 것이 이해가 된다.

한국 사람인 나의 언어보다는 이 언덕을 사랑하고 뛰어난 영어로 그

'폭풍의 언덕'의 분위기를 풍기는 톱 위딘스(Top Withins)의 폐허 주변

풍경을 묘사한 에밀리 브론테의 언어로 이 변화를 느껴 보는 것이 더 낫겠다. 『폭풍의 언덕』의 서술자로 나오는 로크우드는 춥고 음산한 겨울 날씨를 피해 우연히 '폭풍의 언덕'이라고 불리는 집에 묵게 되고, 그곳의 가정부 넬리로부터 히드클리프와 캐더린의 절망적인 사랑, 히드클리프의 우울한 광기와 집요한 복수에 대해 듣게 된다. 다시 1년 정도의 세월이 흐르고 로크우드는 다른 계절에 이곳을 방문하게 된다. 『폭풍의 언덕』의 32장에서 그의 눈으로 서부 요크 지방의 변화를 느껴보면 이렇다.

'우울한 교회마당은 더욱 우울하게 보였고, 외로운 교회마당은 더욱 외롭게 보였다. 나는 무어의 양 한 마리가 잔디의 풀을 뜯어 먹는 것을 볼 수

돌을 걸쳐 만든 소박한 브론테 다리

있었다. 부드럽고 따뜻한 날씨였다. 너무 따뜻해서 여행하기도 힘들었다. 그렇다고 해서 위, 아래의 즐거운 광경을 즐기지 못할 정도는 아니었다. 8월에 내가 이 장면을 보았다면 분명 나는 8월 한 달 동안 무어의 적막 속에서 보냈을 것이다. 겨울에 이보다 더 황량한 곳이 없고, 여름에 이보다 더 멋진 곳은 없다.'

자매들은 계절에 불문하고 요크 주의 광활하고 황량한 지대를 산책했다. 그들의 산책거리는 하워드의 집을 떠나 멀리 무어 전체에 걸쳐 있다. 이 자매들이 산책하던 곳은 '브론테의 길'이라는 이름으로 지금도 기억되고 있다. 서너 시간이 충분히 걸리는 이 산책길에 브론테 다리, 브론테 폭포도 있고, 『폭풍의 언덕』의 바로 그 집의 모델이라고 하는 톱

위딘스(Top Withins)도 볼 수 있다. 브론테 다리는 제대로 된 다리가 아
니라 큰 돌 몇 개를 연이어 놓은 징검다리 정도의 수준이고, 폭포도 폭
포라는 이름이 연상시키는 규모가 아니라 그저 소박한 물줄기에 불과하
다. 브론테 보존회가 밝힌 대로 이곳이 『폭풍의 언덕』의 모델임을 받아
들인다 하더라도 그때의 모델은 앙상한 겉 윤곽만 남은 이 건물이 아니
라 이 꼭대기의 정경을 말한다는 단서를 달아야 할 것이다.

소설과 모델

　　요크셔 지방을 여행하다 보면 하워드나 그 근방 뿐 아니라 이 주 전체
에 걸쳐 이렇게 브론테 자매와 연관성이 있다는 지역이나 장소를 많이
만나게 된다. 남 요크셔의 주도인 셰필드에서 얼마 떨어지지 않은 작은
마을, 하서세이지(Hathersage)도 이런 경우다. 하서세이지는 요크셔 지
방과 근처 지방을 가로지르는 피크 국립공원에 위치한 마을로 예전에는
바늘과 피복 생산지로 유명했던 곳이다.
　　샬롯 브론테는 학교 친구의 초청으로 잠깐 이 마을에 들렀던 적이 있
다. 하서세이지는 영국 최초의 국립공원의 명예를 자랑하는 피크 디스
트릿트(Peak District)에 위치하고 있다. 영어 이름 그대로 높은 계곡과
골짜기로 이어진 이 지역은 사람의 발길이 닿지 않은 곳이 많아, 눈으로
자연 경관을 즐기기에는 좋지만 막상 발로 즐기자면 숨이 차는 곳이다.
영국인들이야 물론 이 정도 오르락내리락 산책이라면 자다가도 벌떡 일
어나서 가고 싶어하는 곳이다. 하서세이지는 피크 지역 중에서도 절경
이라는 더비 주에 위치하지만, 막상 그 곳까지 가기에는 요크 주에 위치

국립 공원, 피크 디스트릿트

하는 셰필드를 이용하는 것이 보통이다. 샬롯 브론테 역시 고향 하워드에서 셰필드까지 기차를 타고 와서 다시 마차를 타고 무어를 가로질러 하서세이지에 도착했다. 그녀는 이 곳에서 친구와 함께 며칠 마을 목사관에서 묵었다.

그런데, 이 마을과 주변 도시의 관광 안내를 보면 브론테와의 이 짧은 인연이 얼마나 긴 여운을 남길 수 있나 새삼 깨닫게 된다. 샬롯 브론테의 『제인 에어』의 배경이 바로 이 근방 할람 무어가 되고, 마을의 노스 리즈 홀(North Lees Hall)은 제인이 가정교사로 들어간 손힐드 홀(Thornfield Hall)이라는 주장을 듣게 된다. 영국에는 웬만한 마을마다 영국 전성기를 기억하게 만드는 제법 큰 규모의 주택들이 무슨 무슨 Hall이라는 이름으로 남아 있는데, 마을 끝자락에 위치한 노스 리즈 홀

제인 에어의 손 힐드 홀 배경이 되었다는 노스 리즈 홀

도 마을 유지의 장원으로 손색이 없는 위엄을 갖추고 있다. 사람들은 샬 롯 브론테가 이 곳을 산책하면서 16세기에 세워진 노스 리즈 홀에 깊은 감명을 받았으리라는 증거로 소설의 손힐드 홀이 노스 리즈 홀의 외관 과 너무나 흡사하다는 점을 지적한다. 두 건물은 모두 '3층짜리 높이의 … 젠틀맨의 장원으로 … 건물 꼭대기 층을 둘러싼 곳에서 그림 같은 풍 경을 즐길 수 있었다.'

이 장원의 여주인 역시 미쳐서 2층의 한 침실에 감금되어 있다가 건 물의 한쪽 사각탑에서 뛰어내려 죽었다니, 이렇게 소설과 딱 맞아떨어 지는 곳은 여기밖에 없다는 주장이다. 게다가 그녀가 목사관에 묵으면 서 마을 유지로 교회 기부자였던 에어(Eyre) 가문을 몰랐을 리 없고, 그 이름을 차용해서 제인 에어가 태어났다고 확신한다. 하서세이지 자체도

제인이 손필드를 떠나 마음의 위로를 구하게 되는 마을, '낭만적인 언덕들 가운데 위치한 작은', 모톤(Morton)의 모델이 되었다고 한다.

셰필드를 비롯한 피크 디스트리트 근처 지방은 유별날 정도로 유명한 출신 작가가 없다. 작가라면 다른 나라, 특히 우리 나라 사람들보다는 훨씬 우호적이고, 일단 긍정적인 호기심을 보이는 영국인이다 보니 '유명 작가 없음'이라는 지역적인 특징이 더욱 두드러진다. 지도를 펼치면서 영국 전역을 다니다보니 기묘한 이 지역 차이를 저절로 알게 되었다. 북쪽은 공업과 기술, 농사에 능하고, 근면, 성실하나 가난한 사람들이 많아 그런지 은행업이나 세습으로 고상하게 돈을 모아 소리나게 문화 생활을 즐기는 남쪽 지역에 비해 국제적인 지명도의 인물이 거의 없었다.

영국에서는 '북부 출신'이라는 말에 경멸이 담긴 경우가 많다. 어느 곳을 북부라고 하는지는 정확하지도 않다. 확실하게 그어 둔 어떤 지역적인 경계선이 있는 것이 아니다보니, 어떤 이는 런던 바로 위에 위치한 신도시 밀턴 킨즈를 넘어가면 북부라는 말도 한다. 그만큼 런던과 런던 남부 사람들에게 '북쪽'은 심리적인 거리감을 나타내는 개념이다. 애매한 경계상에서도 리버풀, 맨체스터, 리즈, 요크, 등을 북쪽이라 해서 크게 틀리지는 않다. 비틀즈의 고향인 리버풀이나 제2의 국제공항이 위치한 맨체스터, 북부의 런던이라는 리즈나 영국 성공회의 2인자인 요크 대주교의 구역인 요크까지, 하워드를 제외하면 이렇다 할 문학의 성소는 없다. 그저 '누가 여기 잠깐 들렀는데'가 고작이다.

들렀던 곳마다 다 작품의 배경이라고 우긴다고 해서 나쁠 건 없다. 그렇게 해서 진부하고 지루한 일상이 좀 더 반짝일 수 있다면 주변 사람들에게 지역 연구를 부추길 만하다. 그러나 이런 여행기를 쓰는 사람으로

서 모순된 주장으로 들릴 수도 있겠지만 작품의 배경이 될 만한 장소라고 해서 꼭 그 작가가 그곳에서 작품을 건져냈다고 볼 수는 없다. 소설이든 시든, 음악이든, 모든 창작활동에는 한 마디로 다 설명할 수 없는 신비스러운 작용이 개입된다.

잠을 놓친 밤, 부시시 앉아 써내려 간 글 한 줄을 이튿날 아침에 읽어본 적이 있다거나, 몇 년 전에 써둔 글을 어느 날 우연히 찾아보았던 사람들이라면 이 말 뜻을 알 것이다. 분명 내가 쓴 글인데, 그 글은 너무나 낯설다. 이거 정말 내가 썼어, 놀랄 때가 있다. 그 전에는 세상에 존재하지 않았던 무엇을 새로 만들어내는 데에는 심지어 창작자 자신조차 이해할 수 없는 과정이 끼어든다. 많은 경험, 오랜 습작, 나태와 불면을 오가는 긴 사색, 어느 날 마주친 낯선 사람, 비가 오던 날 커피에 대한 향수, 칼을 만지작거리게 만드는 누군가에 대한 증오, 사랑하는 사람에게 꽃을 전하고 싶은 사랑 그 자체에 대한 사랑, 수많은 기억 중 어느 조각이 글이 되어 나오는데 결정적인 역할을 했는지 아무도 알지 못한다.

그런 까닭에 혹시 문학여행을 해보겠다고 나선 사람이 있다면 경고하는바, 마음 내키지 않는 곳에는 가지 말 것이다. 모르는 작가를 찾아 나서지도 말 것이고, 읽어본 적 없는 책의 작가 이름만으로 마음 설렐 것도 아니고, 들러가라는 데마다 다 가지도 말 것이다. 부동산 소개업자가 아닌 마당에야 마음 닿지 않는 장소에 허겁지겁 찾아다닐 것이 아니다. 어쩌면 하워드에 와 보지 못한, 저 시골의 16살 문학 소녀의 마음에 더 선명한 폭풍의 언덕이 그려져 있을지도 모른다.

브론테 자매의 가족

브론테 집안이 하워드로 이사온 것은 1820년이었다. 그 전에 브론테 목사는 요크셔의 작은 마을, 손톤(Thornton)의 교회에 재직했고, 1남 3녀의 아이들은 모두 그 마을에서 태어났다. 아버지가 이곳 하워드의 '성 마이클과 모든 천사들의 교회(St. Michael and All Angels Church)'에 목사로 재직하면서 가족이 모두 이곳으로 이사했다. 교회와 묘지, 그리고 목사관은 비좁고 가느다란 자갈길을 따라 올라가 언덕 꼭대기에 위치했다. 높은 곳에 위치하다 보니 집안의 창으로 저 멀리 무어의 변화를 바라볼 수 있었다. 집은 다갈색의 벽돌 2층으로 1남 5녀와 목사 부부가 살기에는 그나시 넓은 공간이 아니었다.

이곳으로 이사온 후 2년이 채 안되어 38살의 나이로 어머니가 돌아가셨다. 어머니를 대신해서 이모가 고향인 콘월의 펜잔스를 떠나 이곳으로 왔고, 죽을 때까지 이곳에 기거하면서 아이들을 돌보았다. 콘월은 영국의 가장 남쪽 지방이다. 발전이 늦고 낙후하기는 마찬가지지만, 아무래도 남쪽 지방이 좀더 따뜻하고 바람이 적어서 이모는 늘 펜잔스를 그리워했다.

브론테 형제로는 샬롯, 에밀리, 앤 이외에도 브랜웰이라는 남자 형제가 있었고, 위로 마리아와 엘리자베스가 있었다. 위의 두 딸은 그 당시 목사의 자녀들에게 허락되었던 공공 교육을 받기 위해 커크비 론즈데일(Kirkby Lonsdale)에 있는 기숙 학교에서 생활하다가, 지나치게 엄격한 학교 운영과 미흡한 위생시설 때문에 10살, 11살의 나이로 같은 해에 사망했다. 『제인 에어』의 자선 학교인 로우드 아실럼(Lowood Asylum)의 생생한 묘사는 바로 이들 자매가 겪었음직한 상황을 잘 드러내고 있다.

두 딸을 잃고 나서 아버지는 이모의 도움을 받으며 나머지 아이들을 집에서 가르쳤다. 샬롯 브론테가 죽고 나서 그 전기를 쓴 가스켈 부인(Mrs. Gaskel)에 따르면 그들의 아버지가 괴팍스럽다고 묘사되어 있지만, 다른 기록에는 뛰어난 성직자였다고 되어 있다. 그는 이 마을에 주일 학교와 성인 교육을 도입했고 상수 문제를 해결하려고 상당히 많은 노력을 기울였다. 그런 그들의 아버지가 후대 사람들에게, 특히 나에게, 괴팍스럽게 보이는 까닭은 그가 자기 자녀들보다 오래, 그것도 당시로서는 기이할 정도로 오래 살았다는 사실 때문인 것 같다.

1848년 초상화가가 되려던 외아들 브랜웰이 31살의 나이로 죽고, 다음 해 12월에 28살의 에밀리(Emily Bronte, 1818-48)가 죽고, 6개월 후 27살의 막내 딸 앤(Anne Bronte, 1820-49)이 죽고, 결혼 후 1년이 안되어 임신 중이었던 샬롯 브론테(Charlotte Bronte, 1816-55)가 1855년 36살의 나이로 죽는다. 이들의 죽음이 너무나 급작스럽고 비극적인 것처럼 보이지만, 교회 묘지의 묘비들을 보면 이들보다 더 일찍 30살이 안되어 죽은 사람들이 너무나 많다는 것을 알 수 있다. 브론테 자매의 아버지는 백내장으로 고생했지만, 1861년 그의 나이가 84세가 될 때까지 이곳에 살다가 운명했다.

1838년 에밀리는 나이 20살이 되자 할리팩스 근처에 있는 학교에서 교사로 일했지만, 그것도 6개월뿐이었고 다시 하워드로 돌아왔다. 앤과 샬롯도 가정교사나 교사를 했지만 그 일을 진정으로 즐겼던 것 같지는 않다. 샬롯과 에밀리는 자매들끼리 학교를 운영해 볼 계획으로 브뤼셀의 교사 학교에 가지만 이모의 죽음으로 인해 채 2년도 되지 않아 다시 하워드로 돌아오게 된다. 학교를 세우려는 그들의 계획은 완전히 무산되었지만, 샬롯은 이때의 경험과 자신의 감정을 『빌렛트』와 『교수

(Professor)」라는 소설 속에 짜 넣었다. 샬롯의 『제인 에어』와 앤의 『아그네스 그레이』도 역시 그들의 가정교사 경험을 소설의 핵심적인 소재로 쓰고 있다. 반면 에밀리의 글은 전적으로 그녀의 남다른 상상력과 무어가 주는 영감으로 이루어졌다.

목사관의 세 자매

목사관에 들어가면 입구에 이 세 자매의 초상화가 있다. 1834년경에 그려진 것으로 확인된 이 그림의 원본은 런던의 초상화 전시관에 보존되어 있고, 이곳에 있는 그림은 복사본이나. 왼쪽부터 나이 순서대로 앤, 에밀리, 샬롯이라고 하는데, 사실상 이들이 누구인지에 대해서는 아직 의견이 분분하다. 4쪽으로 접혀졌던 자국이 선명한 이 그림을 그린 이는 샬롯의 남동생이자 에밀리와 앤의 오빠가 되는 브랜웰이다. 그림 한가운데 샬롯과 에밀리 사이에는 함부로 지워 버린 자국이 분명하게 남아 있다. 지워진 부분이 브랜웰이었음은 거의 확인된 사실인데, 그 이유에 대해서는 의견이 분분하다. 간단히 그림의 구도상 네 사람을 넣는 것이 너

브랜웰이 그린 세 자매 초상화

무 복잡했다는 설도 있다. 또 다소 감상적인 사람들은 이 그림을 그리던 무렵, 브랜웰은 이미 삶의 의욕을 잃고 있었기 때문에 살아 남을 자매들과 세상을 떠날 자신을 그런 식으로 분리시켰다는 영화 같은 이유를 들기도 한다.

자매들의 사랑을 받았던 브랜웰은 음악이나 미술에 재능을 보였다. 1층의 아버지의 서재에 전시된 피아노는 브랜웰과 에밀리가 즐겨서 치던 것이었다. 브랜웰은 자신의 재능을 살려 초상화가로 나설 계획을 가지고 있었지만 마땅히 내놓을 만한 작품을 남기지 못했다. 빚에 몰려서 급하게 그려 준 몇 점의 초상화가 이 집의 2층에 전시되어 있는데, 그림들은 대체로 지나치게 어두운 색조에 마무리를 완전히 하지 못한 상태로 남겨져 있다. 그가 남긴 유일한 작품이 아마 그 자매들의 미완성 초상화일 것이다.

브랜웰은 지독하게 술을 즐겼고, 아편에 중독되어 있었다. 그는 막내인 앤이 가정교사로 가 있던 집의 로빈슨 부인과 사랑을 나누는 사이가 되었으나 그 부인이 다시 남편과 가정을 택함으로써 깊은 절망을 겪게 되었다. 그러면서 생활이 무절제해지고 좌절이 깊어져 결국 31살의 나이로 세상을 떠나게 된다. 『폭풍의 언덕』에 힌들리 언쇼의 자기 파괴적인 성격은 바로 이 브랜웰을 연상시키는 부분이 많다. 에밀리는 오빠의 장례식에서 비를 맞고 감기에 심하게 걸렸는데, 그것이 원인이 되어 다음 해에 죽음을 맞게 된다.

목사관 1층의 식당은 본래의 기능대로 식사를 하는 곳이기도 했지만, 저녁이 되면 자매들이 모여서 식탁을 책상으로 삼아 글을 쓰고 서로의 글을 함께 읽었던 곳이다. 벽지나 카펫, 커튼만 빼고는 모두 당시에 그들이 쓰던 가구를 그대로 보존해 두었다. 가운데 정사각형인 적갈색 식

조지 리치몬드가 그린 샬롯의 초상(좌), J. H.톰슨이 그린 샬롯의 초상(우)

탁이 놓여 있고, 그 곁의 벽에 기대어 붉은 색 소파가 놓여 있다. 에밀리는 바로 그 소파에서 죽음을 맞이한 것으로 전해지고 있다. 그 소파 위의 벽에는 브랜웰의 석고 인물상이 남아 있다. 크기도 작고 선명하지 않은 데다 옆모습이어서 그의 모습을 연상하기란 쉽지 않다. 벽난로 위에는 자매 중 유일하게 선명한 모습으로 남아 있는 샬롯의 초상화가 걸려 있다.

1846년 이들 자매는 각자 자신들의 이름의 첫 자를 따서 Currer(샬롯), Ellis(에밀리), Acton(앤) Bell(브론테)이라는 이름으로 시집을 공동 출판했으나, 단 2부밖에 팔리지 않아 실패했다. 이후 세 자매는 곧 각자 소설에 전념하게 되어 각각 대표작이라고 할 수 있는 소설들을 발표했다. 그러나 그 중에서 1847년 샬롯의 『제인 에어』만이 대대적인 성공을 거두었고, 에밀리의 『폭풍의 언덕』과 앤의 『아그네스 그레이』는 심한 비판을 받거나 무관심 속에 방치되었다. 유명 소설가가 된 샬롯은 1850

년경 출판사의 요청으로 당시의 유명한 초상화가였던 조지 리치몬드에게 정식 초상화를 그리게 했다. 그리고 그 그림의 복사본이 지금 이 집의 벽난로 위에 있는 바로 이 그림이다. 전반적으로 약간 답답할 정도로 단정한 느낌이 들면서도 눈은 부드럽다기보다 날카롭고 코와 입매는 다부진 인상이다.

2층에는 나중에 샬롯이 아버지의 부목사였던 니콜스와 결혼하고 지냈던 방이 있다. 이 방은 가스켈 부인이 전기에서 '진정으로 아름다운' 전망을 가졌다고 썼듯이 이 집에서 가장 훤하게 밖을 향해 있는 방이다. 샬롯이 쓰던 식기와 장갑, 신발이 이곳에 전시되어 있다. 그리고 한편에는 톰슨이라는 화가가 그린 샬롯의 초상화가 있다. 톰슨은 리치몬드와는 달리 브론테 남매들과 개인적으로 친분이 있었던 사람이다. 그래서인지 몰라도 그의 초상화는 리치몬드의 초상화에 비해 훨씬 여성적이고 따뜻한 느낌을 준다. 색채를 사용한 차이도 있겠지만, 이 그림의 샬롯은 아름다운 눈매와 발그레한 볼을 하고 있다. 그렇지만 입매와 코의 느낌은 여전히 다부지고 전반적인 인상도 꽤 단정한 느낌이다.

에밀리 브론테와 샬롯 브론테

다분히 개인적인 편견이 작용했겠지만, 버트란트 러셀은 에밀리 브론테에게서 어떤 비장한 영웅성을 떠올린 반면, 샬롯 브론테의 초상화를 보면 여자 가정교사의 왜소함을 느낀다고 말했던 적이 있다. 러셀이 어떤 가정교사들을 겪었는지 모를 일이지만, 이 평가에는 물론 러셀 자신의 개인적인 편견이 작용했음을 무시할 수 없다. 그럼에도 불구하고 우리의 일반적인 관념으로나, 『제인 에어』에 나타나는 이미지로나 여자 가정교사는 다분히 그림자 같은 존재였을 것 같다. 재능이 있겠지만, 자기를 드러낼 수 없는 자리에 맞추어 자신을 감추고 억제하는데 더 익숙했을 수 있다. 그래서인지 샬롯 브론테는 어쩐지 지나치게 단정하면서도 위축되고, 다부지면서도 조심스러운 인상을 남긴다.

어린 시절 브론테 남매가 어울려 놀면서 책도 읽고 그림도 그렸다는 아이들 방에는 브랜웰이 그렸다는 에밀리의 초상화 부분이 남아 있다. 니콜스 목사는 브랜웰이 그린 자매의 초상화가 실물과 닮지 않았다고 없애 버렸다고 하는데, 그 중에 에밀리의 모습만이 남아 있다. 너무나 희미한 그림이지만, 그런 대로 그 낡은 그림을 통해 이 세상에서 아주 짧은 시간을 보냈던 그녀를 만나게 되는 기쁨을 누릴 수 있다. 이미 그를 사랑하기로 작정한 사람의 눈으로 보면, 그녀는 신비하고 엄숙하고 황량하고 그러면서도 비극적인 느낌이다. 바로 그녀의 모습에 그녀가 쓴 『폭풍의 언덕』의 이해하기 어렵고 거칠고 비극적인 분위기가 그대로 나타나 있다.

에밀리의 엄숙하고 강건한 성격은 그녀의 몇 점 안되는 시 속에 그대로 농축되어 있다. 그녀는 자매 중에서 가장 하워드를 사랑했던 인물이다. 그녀에게는 이 황량하고 낙후된 마을이 감옥이 아니라 오히려 저 멀리 펼쳐진 무어처럼 무한한 자유를 향해 가는 곳으로 보였다. 그녀의 시, "가끔 거부하지만, 언제나 되돌아가리.(Often Rebuked, yet always back Returning)"의 시행은 하워드에 대한 에밀리의 사랑과 그 장소가 그녀에게 가졌던 깊은 의미를 잘 보여 준다.

무엇 때문에 저 외로운 산은 저기 있을까?　　　　　　What have those lonely mountains

내가 알 수 있는 것보다 더 큰 영광과
고뇌 때문이리.
이 대지는 한 사람의 마음을 깨워
천국과 지옥 모두를 느끼게 하는구나.

worth revealing?
More glory and more grief than I can tell:

The earth that wakes one human heart to feeling
Can centre both the worlds of Heaven and Hell.

각양각색의 기기묘묘한 사랑의 모습을 담은 문학 작품이 많지만 『폭풍의 언덕』의 히스클리프와 캐시의 사랑만큼 낭만적이면서도 그로테스크하고, 아름다우면서도 뒤틀린 사랑을 만나기는 쉽지 않다. 거친 듯하지만 단 한번도 그들 사랑의 진정성을 부정할 수는 없다. 요크셔의 무어 지방에서 태어나, 거칠고 단단한 이 땅과 하늘을 마지막까지 느끼고 싶어했던 작가의 강인한 정신이 아니었다면 이런 형태의 사랑을 그리기는 어려웠을 것이다.

막내, 앤 브론테

막내인 앤에 대해서는 별로 남아 있는 자료가 없다. 그녀가 셋 중에 가장 약하고 부드러운 성격이었을 거라는 의견에 전기 작가들은 대체로 일치하고 있다. 짜임새가 뛰어나고 이야기가 다채로운 샬롯의 소설이나, 완전히 독특한 자기만의 세계를 만들어 낸 에밀리에 비한다면, 앤의 글은 그다지 큰 주목을 받지 못했다. 최근에 여성 작가들에 대한 관심이 높아지면서 다시 앤의 소설들이 각광을 받기 시작하고 있다. 그녀는 『아그네스 그레이』외에 멜로드라마 같은 내용의 『윌드헬 홀의 거주자 (The Tenant of Wildfell Hall)』를 썼는데, 2년 전에 BBC에서 이 소설을

해안 도시 스카보로우, 앤은 이곳에서 숨을 거두었다

드라마로 각색해서 꽤 높은 시청률을 올렸다.

앤이 특별히 사랑한 곳은 요크였다고 한다. 앤 브론테가 아니더라도 영국인들 대부분이 요크를 사랑한다. 황량한 겨울과 황금같은 여름으로 급격하게 이어지는 하워드에 비하면, 요크의 계절과 지형은 훨씬 문화적이고 유순하다. 북쪽에 위치하고 있으면서도 문화가 발달하고 역사가 깊은 데다 경치가 수려하다. 이곳이 미국 '뉴욕'의 원조인 '요크'인 것은 앞에서도 이야기했다. 요크의 크나큰 성당은 특별히 옛날 명칭대로 '민스터'라고 부른다. 도시 거의 절반을 차지한 듯한 크기의 이 성당은 그 크기에도 불구하고 세밀하고 부드러운 인상을 준다. 에밀리가 죽고 난 후 앤은 스카보로우로 가는 길에 요크 민스터를 보러 들른다.

그리고 바다 공기가 건강에 도움이 될 수도 있으리라 희망하며 스카보로우(Scarborough)를 찾는다. 혹시 사이몬 앤 가펑클의 노래 때문에 스카보로우에 가겠다는 사람이 있을지 몰라 잠깐 쉬어가자. 사이몬 앤 가펑클은 물론 미국 가수들이다. 그들의 '스카보로우 페어'도 자그마한 더스틴 호프만을 스타로 만든 〈졸업〉의 삽입곡이고 〈졸업〉도 물론 미국 영화다. 졸업은 순진한 하바드 졸업생의 성장극이다. 이러니 영화와 노래의 스카보로우가 영국에 있을 리 만무다. 노래의 스카보로우는 미국 동부에 있는 도시를 말하지, 영국 북부의 바닷가 휴양도시와는 아무 상관이 없다.

스카보로우는 이 당시에 이미 꽤 인기 있는 바닷가 휴양지였고, 앤은 한때 이 근방에서 가정교사를 했었다. 앤은 항상 바다를 사랑했고, 바닷가 마을에 큰 매력을 느꼈었다. 스카보로우 근방에서 가정교사를 하는 동안 심각한 우울증을 앓기는 했지만 앤은 스카보로우의 바닷가를 사랑했었다. 『아그네스 그레이』의 주인공 아그네스는 소설의 행복한 결말 부분에서 스카보로우에 학교를 세우리라 결심한다.

"바로 이 거리에는 신선함과 활력이 느껴진다. 내가 마을을 벗어나, 모래사장에 발을 디디고 넓고 밝은 바닷가를 향하고 있노라면, 하늘과 바다의 그 깊고 선명한 푸르름, 울퉁불퉁한 계곡의 둥그스름한 꼭대기 위에 비치는 밝은 아침 햇살, 넓은 모래사장, 저 멀리 바다에 보이는 나즈막한 바위들―이끼와 잡초로 덮여서 잔디 섬처럼 보이기도 하는 바위들과 무엇보다도 아름답고 반짝이는 물결들을 어떻게 표현할 도리가 없을 정도다. 그리고 말할 수 없이 순수하고 신선한 공기!"

이렇게 순수하고 신선한 바다 공기도 앤에게는 도움이 되지 못했다. 그녀는 샬롯과 함께 이곳에 온 지 사흘 만에 죽음을 맞는다. 그녀만이

스카보로우의 교회에 위치한 앤 브론테의 묘지

유일하게 하워드의 교회 묘지를 떠나 이곳의 '세인트 매리' 교회에 묻혀 있다.

샬롯 브론테의 결혼과 죽음

샬롯 브론테는 동생들이 죽고 나서 하워드를 떠날 일들이 많아졌다. 소설이 성공을 거두면서 그녀는 무척 존경하던 당대 제일의 소설기 색커리도 만났고, 새로운 문학 동료들과 사귀어 호수 지방이나 남부 지방 여행도 했다. 특히 색커리와 주고 받은 편지 왕래나 문학 모임은 그녀에게 큰 도움이 되었던 것으로 알려져 있다. 실제로 색커리의 부인은 결혼 후 정신 이상을 일으켜서 평생 동안 심한 광기에 시달렸던 사람이었으니, 『제인 에어』의 '다락방의 미친 여자'의 모델이 바로 색커리 부인이라는 설도 만만치 않다.

앤이 죽고 나자 샬롯은 브론테 형제 중 유일한 생존자가 되어 아버지와 함께 이 하워드 목사관에서 살았다. 잦은 여행과 나들이로 집을 비웠지만 그녀는 언제나 하워드로 돌아왔다. 교회의 부목사였던 니콜스 목사가 청혼을 했으나 아버지의 심한 반대로 결혼이 성사되지 못하다가, 1년 반이 지나 1854년 두 사람은 하워드에서 결혼식을 올렸다. 그 후 샬롯은 남편의 고향인 아일랜드로 신혼 여행을 다녀왔다. 1855년 겨울 산책 끝에 몸살을 앓게 되는데 임신 중의 약한 몸이었기 때문에 회복하지 못하고 결국 3월에 죽음을 맞게 된다.

샬롯은 1845년 브뤼셀에서 돌아와 학교도 세우지 못하고, 그때까지 아무런 작품도 출판하지 못한 채, 30살이 되어 갈 무렵 친구인 엘렌 너시에게 이렇게 편지를 썼다.

> 여기 하워드에서는 … 매일 매일이 똑같아요. ─ 그리고 모두 아무런 생기도 없이 무서운 표정들이에요. 이제 곧 나는 서른 살이 되겠지요. ─ 그런데 지금껏 해 놓은 게 아무것도 없군요. 우리 모두 이곳에 묻혀 있는 것 같아요.

그녀는 확실히 동생인 에밀리보다는 하워드를 사랑하지 않아서 이런 말을 했겠지만, 이런 저런 가설은 그만두고라도 이 편지의 기묘한 여운은 우울하면서도 섬뜩하다. 일상의 무의미한 순환으로 말미암아 재능이 낭비될까 두려워하는 그녀의 초조한 느낌보다는 마지막 말의 비유는 결국 음울한 예언이 되고 말았다. 그녀는 이 짧은 편지에서 말했던 대로 자신의 가족들과 함께 이 교회 묘지에 묻혔다.

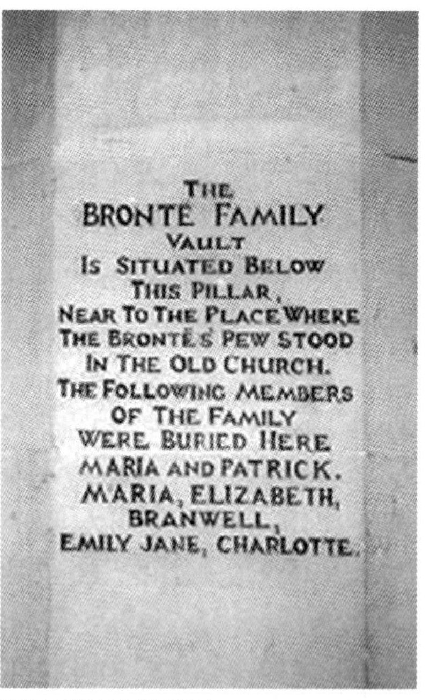

하워드 교회의 브론테 가족묘

체스터튼은 샬롯 브론테의 소설을 읽으면 평범한 여자 가정교사의 마음속에 심연이 자리하고, 하찮은 제조업자의 마음에도 영원(永遠)이 있을 수 있음을 느낀다고 했다. 외딴 시골에 사는 목사님의 조용한 딸들의 마음속에 세상을 흔드는 크나큰 폭풍이 있을 수 있었던 것이다.

에밀리 브론테의 대담한 개성과 남다른 상상력이 특히 돋보인다고 하지만, 세 자매 모두 자기 경험을 바탕으로 또 다른 세계를 만들어 내고 남자들의 세계 속에서 자기 이름으로 글을 발표할 수 있었던 용기와 추진력을 가지고 있었다. 세 자매가 마음 깊숙이 크나큰 정열과 야심을 가지고 있으면서도 조용하고 단조롭게 일상을 보낼 수 있었던 것은 아마 요크 지방의 거친 무어 지대에서 자기 절제를 단련했기 때문인지도 모른다.

『폭풍의 언덕』의 마지막 장면에서 '나' 는 그 집을 빠져 나와 무어를 걸으면서 바로 깨닫는다 '이렇게 조용한 지상에서 잠자는 사람들에게 불온한 꿈이 있으리라고 누구도 상상할 수 없었으리라'. 차분하고 단정한 모습의 이 자매들은 겉모습의 왜소함과는 다른 정열과 투지와 용기를 가지고 있었다.

4. 크리스마스 이야기

찰스 디킨즈

– 런던, 로체스터, 채텀, 브로드스테어즈, 포츠머스

런던의 작가

런던은 영국의 수도지만, 최소한 영국인들에게는 얼마 전까지만 해도 세계의 중심이었다. 그만큼 세계를 식민지로 거닐던 자부심과 거만함이 하늘을 찌를 듯했다. 지금도 영국의 시골 노인네들 중에는 영국이 아직도 세계 최강이고, 런던이 아직도 우주의 중심인 줄 알고 있는 분들이 많다. 2차 대전 당시 절대 항복 불가라는 명령에 따라 동남아 외딴 섬에 숨어살면서 아직도 전투 중이라고 착각하는 늙은 일본 병사들이 있듯이, 지구상 다른 지역에서도 이런 시대착오적인 발상을 하는 노인들이 있을 수 있다. 하지만 영국 노인들의 착란증은 외국인 경멸과 공포를 동시에 담고 있는 다소 의도적인 현상같아, 겪고 나면 기분이 썩 좋지 않다.

시골 노인네뿐 아니라 영국인들이 전 국민적 규모로 런던을 우주의 중심이라고 여기던 때는 단연코 빅토리아 시대가 될 것이다. '해가 지지 않을' 정도로 동서남북의 많은 나라를 거느린 나라의 수도니 우주의 중심이라고 해서 전혀 손색이 없었다. 세계 각국으로부터 저명한 인사들이 이곳에 모여들었고, 성공과 기회를 노리는 사람들은 모두 런던에 기웃거렸다.

어느 나라 없이 수도에 대해 각별한 정책적 배려뿐 아니라 특별한 정서적 의미도 부여하는 법인데, 여기에 더해 런던은 세계 문화의 중심지로서 당당한 권위를 가지고 있었다. 또 그 전부터도 대대로 영국 문인들이나 예술가들은 성공하면 런던으로 모여들었고, 런던에서 활동하며 런던에서 생활했다. 셰익스피어도 그랬고, 밀턴도 그랬고, 엘리엇도 그랬다. 런던에 자리한 이 많은 문인들 가운데 굳이 어떤 한 사람을 런던의

런던 디킨즈 집 유리창에 있는 찰스 디킨즈

작가라고 말하기가 이래서 부담스럽다.

누구의 불평도 듣지 않고 런던의 작가라는 타이틀을 가질 수 있는 작가를 들자면, 찰스 디킨즈(Charles Dickens, 1812-70)를 말하지 않을 수 없다. 그는 런던 출생이 아니다. 런던에서 학교를 다닌 것도 아니다. 런던에서 삶을 마감한 것도 아니다. 그런데도 불구하고 그를 명실상부한 런던 작가라고 할 수 있는 것은 바로 그의 소설의 배경이 더도 덜도 아닌 당대의 런던 그 자체였기 때문이다.

디킨즈는 빅토리아 시대 문인들이 그러하듯 다양한 재능을 보였고, 아주 부지런했다. 기가 질리는 분량의 소설을 써 내려간 소설가이면서, 잡지도 간행했으며, 서평이나 시사 기사도 썼다. 그는 유복하게 자라지도 않았고 제대로 된 학교 교육을 받지도 못했지만, 그렇다고 열등감으로 과민하게 반응하기보다는 그 경험을 원천으로 부당한 사회 현실을 생생하게 그려냈다. 카알라일의 부인이 "철의 얼굴을 한 사람"이라고 했듯이, 그는 부지런히 글을 써서 자수성가했고, 노골적이지는 않았지만 소설가로서 자신의 위대성을 믿어 의심치 않았다. 디킨즈는 근면성, 자기 확신, 열의, 그리고 빅토리아 시대의 도덕성을 한 몸에 구현하고 있었던 그 시대의 소설가였다.

영국의 큰 전설

TV가 나오기 전 디킨즈의 소설은 빅토리아 시대 전 국민의 유일한 오락물이었다. 산업화에 따라 도시 인구가 폭발적으로 증가하고, 대중 교육의 확산으로 전 시대에서는 상상할 수 없을 정도로 많은 인구가 독서계층으로 편입되자 자신들의 삶과 세계를 다룬 문학 작품에 대한 수요와 욕구가 강렬해졌다. 19세기가 되면서 유별나게 소설가들이 많이 등장한 것은 이런 독서시장의 변화에 기인했고, 오랜 문학 훈련을 요한다는 점에서 시가 귀족의 문학인 반면 소설이 대중의 문학이라고 불리우는 것도 이런 이유 때문이다. 독서계층의 대중화가 일어난 상황에서 '주인 마님부터 하인, 아이와 어른이 다 좋아할 수 있는 소설'이 디킨즈의 작품들이었다. 전 식구가 침침한 불빛 아래 모여 새로 나온 그의 소설을 읽는 것이 그 당시 사람들의 국민적인 취미활동이었다.

지금 우리가 보기에는 지나치게 감상적인 묘사, 과장된 인물 설정도 오히려 당시 사람들의 취향에 맞았다. 가련하고 어린 '리틀 넬'이 죽었을 때는 당대의 가장 근엄하다는 남자들도 울었다. 그의 연재소설이 나오는 날이면 한밤중이라도 마차 배달부가 소설의 내용을 외치며 런던 곳곳을 돌아다녔고, 런던 부두에는 월간이나 격주간으로 나오는 디킨즈의 소설을 받아 가느라 미국에서 온 배들이 줄을 이어 기다렸다.

영국인들에게 찰스 디킨즈는 문학성이나 현재의 인기 여부와는 관계없이 하나의 큰 전설이 되었다는 점에서 셰익스피어와 같다. 예를 들어 어떤 사람을 가리켜 "팔스타프 같은 사람이야."라고 하면 영국인이라면 누구나 그를 '뚱뚱하고, 다혈질이고, 적당히 기회주의적이면서도 유머 있는 사람'이라고 이해한다. 어느 누구도 '팔스타프가 어디 사는 분인가요?' 라고 묻지 않는다. 셰익스피어 사극의 등장인물이었던 팔스타프는 이제 유식하든 무식하든 모든 영국인들의 국민적 상식이 되었다. 우리가 예쁘고 헌신적인 여자를 '춘향이' 같다고 한다든지, 재빠르고 변화무쌍한 사람을 '홍길동' 이라 하는 것과 같은 '제도화' 가 일어난 것이다.

디킨즈의 수많은 인물들, 가난하지만 '진정한 신사' 로 자라는 핍, 결혼의 실패로 기괴해지는 미스 하비샴, 당나귀와 다투었던 베치 트로트우드, 섬세하고 따뜻했던 올리버, 넉살좋은 샘 월러, 눈물겹게 착한 리틀 넬 등은 모두 영국의 '제도화' 된 인물이다. 얼마 전 한 음식 광고에서는 "조금 더 주세요.(Can I have some more?)"라는 문장이 차용되었다. 영국인들은 이 단순한 문장으로 올리버 트위스트의 순진한 요청과 고아원의 폭력을 동시에 떠올릴 수 있는 것이다.

소설이나 문학에 관심이 없는 사람들이라도 디킨즈라는 작가 이름, 혹은 그 이름은 몰라도 그의 작품 한 두 편에 대해서는 들어봤을 것이다. 그의 작품은 잊혀질 만하면 영화화되기도 해서 전 세계인들의 기억에 자취를 남긴다. 『위대한 유산』은 그 중에서도 가장 빈번하게 영화로 만들어지는 디킨즈 작품이다.

『데이비드 커퍼필드』는 사기꾼처럼 잘생긴 미국 마술사의 이름이 아니라 찰스 디킨즈의 인기 소설이었다. 런던 한복판에서 몇 년째 공연되는 '올리버' 라는 연극도 그의 소설 『올리버 트위스트』를 각색한 것이다. 가난한 고아 소년이 런던의 밑바닥 생활을 전전하며 갖은 고생끝에 잃어버린 부모를 만나 행복해진다는 이 소설은 한 마디로 '옛날, 옛날에 한 아이가 있었는데…' 로 시작해서 '오래오래 행복하게 잘 살았습니다' 로 끝나는 동화의 전형적인 줄거리를 가지고 있어 아동용 만화로도 지속적인 인기를 끌고 있다.

"크리스마스 소설"

이런 저런 작품에 대해 도통 관심이 없는 사람이라도 "꼭 스크루지 같다"는 소리를 듣게 되면 화를 낸다. '스크루지'는 크리스마스를 기리는 나라라면, 굳이 기독교 국가가 아니더라도 TV 시청이 가능한 곳이면 거의 누구나 알고 있는 유명인사다. 고집스럽게 혼자 살면서, 주변 사람들에게 몰인정하고, 다른 재미 하나 없이 돈밖에 모르는 스크루지를 만든 사람이 바로 찰스 디킨즈다. 디킨즈의 이 작품이 크리스마스 가족오락물의 대명사가 되었듯이, 디킨즈는 빅토리아 여왕 시절에 크리스마스 행사를 하나의 '제도'로 확립하는 데도 일조했다.

원래 크리스마스는 기독교에서 주장하는 예수 탄생의 의미보다는 봄을 기원하는 오랜 이교 전통에서 기원한 것이다. 유럽이 기독교 문화권으로 확립되자 크리스마스는 종교적 의미로 가득 차고, 모든 행사는 교회를 중심으로 이루어졌다. 지금처럼 갖가지 선물과 상술이 뒤범벅이 되어 크리스마스에 교회는 가지 않더라도 쇼핑은 가야 하는 행태가 시작된 것은 겨우 100년 정도밖에 되지 않았다. 물론 그때야 다들 기독교인이었기 때문에 이런 크리스마스 장식이나 선물을 주고받는 행위는 기독교의 사랑의 정신을 구현하는 것으로 이해되었다. 집안을 장식하고, 아이들 선물을 크리스마스 나무 아래 두고, 종을 달고, 긴 양말을 화로에 달아 두는 자잘한 의식들은 제국주의의 성공으로 유럽의 부가 넘쳐나던 19세기에 시작되었다.

디킨즈가 크리스마스 같은 날을 통해 가난한 사람이 배불리 먹고, 악한 사람이 선량해지고, 부자가 너그러워지는 세계를 감동적으로 그려냈기 때문에 그의 소설들은 모두 '크리스마스 소설'이라고 불리기도 한다. 그러나 한편으로 '크리스마스 소설'이라는 이 말은 디킨즈 소설의 깊이 없음을 꼬집는 말이기도 하다. 아무리 과정이 어려워도 끝에는 기이하게 잘 풀리니 작품의 신빙성이 떨어지기 때문이다.

'런던 작가'라고 불리운 디킨즈

디킨즈의 집은 런던의 중심지 블룸스비리에 위치해 있다. 대영박물관과 런던대학 건물을 벗어나 관광객들의 번잡을 피해 한가한 다우티 거리(Doughty Street)에서 디킨즈의 집을 찾을 수 있다. 디킨즈는 '런던 작가'라고 할 만큼 그의 소설을 통해 19세기 런던의 생활상을 세세히 전달해 준다. 이것이 가능했던 것은 런던에서 산업화 사회의 극빈 계층으로 살았던 그의 경험과, 나중에 성공한 소설가로서 런던의 안락한 거주지를 이사 다니면서 보았던 그의 관찰 덕분이다.

다우티 거리의 집은 지금 유일하게 남아 있는 그의 런던 거주지이다. 말하자면 다른 곳에도 디킨즈의 집이 남아 있다는 뜻이다. 미국 필라델피아에도 디킨즈의 동상이 있는 걸로 미루어 보아 분명 내가 아는 것보다 더 많이 있으리라 생각되는데, 디킨즈에 관계된 기념 장소는 런던과 남쪽 지방에서만 적어도 5군데 넘게 남아 있다. 런던의 이 집은 그 중에서도 소설가 디킨즈에게 가장 의미 있는 집이다. 또 그에 걸맞게 이 집은 세계에서 디킨즈 관련 자료를 가장 많이 가지고 있다.

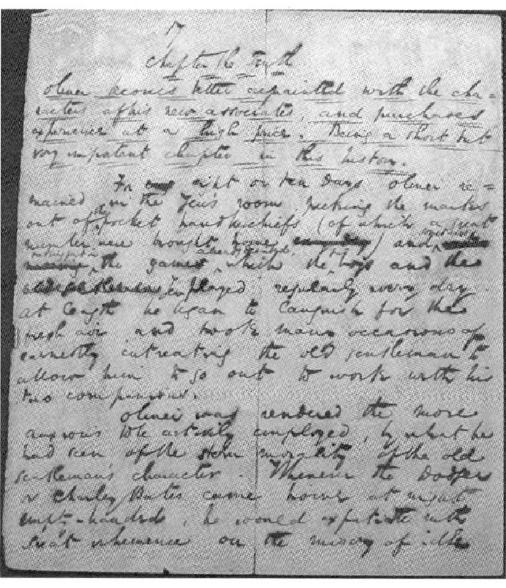

(좌) 런던에 있는 디킨즈의 집
(위) 『올리버 트위스트』의 10장, 자필 원고

다우티 거리 48번지

디킨즈가 이 다우티 거리 48번지로 이사온 때는 1837년이었다. 그 전 해부터 디킨즈는 『보즈의 스케치(Sketches by Boz)』를 모아 출판하고, 첫 소설, 『피크위크 페이퍼즈(Pickwick Papers)』를 연재하면서 서서히 필명을 얻어 가고 있었다. 이 집은 그가 런던 생활을 안정적으로 시작하고, 작가로서 안정된 기반을 쌓아가던 곳이다.

개인적으로도 캐더린 호가스와 결혼하여 안정된 가정생활을 시작할 수 있었다. 이 집으로 이사왔을 때 '새로운 별'이었던 디킨즈는 이곳에

18세의 찰스 디킨즈

사는 거의 만 3년 동안 『올리버 』, 『니콜라스 니클비』를 완성하고, 『바나비 존스』를 새롭게 연재하면서 온전한 작가로 자랐다. 이 집은 그에게 작가로서 밝은 희망과 미래를 약속하던 곳이었다.

이 건물은 전형적인 조지 왕조 시대풍이라 입구는 좁지만 집 전체는 몇 층으로 높게 만들어져 있다. 안으로 들어가면 좁은 홀을 지나 매표소 겸 기념품 상섬이 있는데, 예선 그가 살 때에 이 아래층은 손님을 맞는 응접실과 아침 식사를 하던 곳이었다. 도로변에 접한 응접실 창에는 디킨즈의 '디킨즈다운' 얼굴이 그려져 있다. 그에 관한 전기나 관광 안내장에서 가끔 18살 때의 디킨즈 초상화를 볼 수 있었던 사람은 정말 운이 좋은 사람이다. 물론 사실화는 아니겠지만 눈이 커다란 18살 총각의 모습이 너무나 부드럽고 고와서 나중에 우리가 알고 있는 그 그림에서 '디킨즈다운' 디킨즈의 모습은 찾아볼 수 없다.

대체로 공식적인 디킨즈의 초상화들은 전형적인 빅토리아 시대인의 모습을 나타내고 있다. 나이 들수록 점점 머리가 까져서 이마가 높고 환하며 꼬마 산신령만큼 기른 수염에 입매가 다부지다. 어릴 때 소녀처럼 순하고 수줍던 눈빛은 찾아볼 수 없이, 나이 들수록 그의 눈길은 날카롭고 엄숙하다. 그런 모습이 디킨즈다운 디킨즈다. 나는 아직 그가 웃고 있는 초상화를 본 적이 없다. 엄숙하고, 강건하고, 다부지고, 철저한 그 느낌이 하도 강렬하다 보니 밀란 쿤데라의 평을 완전히 거부할 수가 없다. 쿤데라는 디킨즈 소설의 따뜻함과 유머는 단지 껍질이라고 했다. 그는 디킨즈 소설의 특징이 "냉혹함이고, 감정이 넘쳐흐르는 문체로 그것을 가렸을 뿐"이라고 보았다.

'가정의 수호자'의 이미지를 소중히 여기다

하긴 나도 이 집의 2층을 돌아보면서 디킨즈가 참 차가운 사람이라는 인상을 받았다. 다우티 시절에 작가로서의 디킨즈는 성공을 얻었지만, 인간 디킨즈는 불안했었다. 그는 당대인들의 관례대로 겉으로 드러난 이미지와 체면을 흐트러짐없이 잘 유지했지만, 실제 그의 생활과 내면에는 갈등이 많았던 것으로 알려져 있다.

빅토리아 시대인들은 체면을 너무나 중시한 나머지 남에게 좋은 이미지를 주기 위해 사생활을 굳세게 감추었다. 아니 오히려 여기에서 문제가 되는 것은 '사생활을 감춘다'는 점이 아니라, 사생활을 공식적인 체면의 틀에 맞추어서 드러낸다는 점이다. 성인이 된 디킨즈의 사생활은 소설의 사건들을 짜 맞춘 것이고, 나중에 그의 자손들이 이래저래 추측한 것이지, 실제로 작가 자신이 노골적으로 고백한 적은 없었다. 그는 가정의 가치를 강조하는 소설을 통해서, 또 7남 3녀를 둔 부지런한 아버지라는 공적인 이미지를 통해서 당대의 대표적인 '가정적인 남자'로 남아 있었다.

물론 이때의 '가정적인 남자'란 엄격한 노동의 성별 분업을 따랐던 그 시대 공간에서 이해해야 한다. 그는 식구들과 함께 즐겁게 어울리고, 가사에 개입하는 남자가 절대로 아니었다. '가정적인' 디킨즈는 가족이 편안하고 안락하게 지낼 수 있도록 경제 활동에서 최선을 다하는 남자였다는 의미다.

디킨즈는 '가정의 수호자' 라는 자신의 이런 이미지를 소중하게 생각했다. 가정의 가치를 절대시하는 사회에서 소설의 판매를 위해서도 이런 이미지는 필요했겠지만, 딱히 그것만이 유일한 이유는 아니었다. 아마 디킨즈 자신도 자기 자신을 그렇게 생각하고 싶었을 것이다. 지금부터 등장하는 그의 결혼 생활에 얽힌 간단한 개인사는 통념적으로 디킨즈에 대해 받아들여지고 있는 사실을 모아 본 것이다.

그와 아내는 처음부터 어울리지 않았다. 디킨즈가 아내 캐더린을 좋아한 것은 순전히 젊은 날의 감각적인 매력 때문이었다. 그는 결혼하고 나서야 아내가 지적으로 열등하다는 것을 깨달았기 때문에 사교 모임에 그녀를 동반하는 경우가 드물었고, 집에서도 아내보다는 처제와 더 많은 이야기를 나누었다. 여자가 학교를 다닐 수도 없던 시절이니 세월이 지난다고 열등한 아내가 갑자기 똑똑해질 리도 없고 부부 사이가 좋아질 수도 없었다. 디킨즈는 46살에 17살의 넬(Nell)이라는 애칭의 여배우, 엘렌 터난을 만나 교제한다.

다음 해 아내는 집을 나가고 이들의 별거가 공식화된다. 또 다른 처제는 형부의 편을 들어 그의 곁에 남아

엘렌 터난

서 그가 죽을 때까지 돌보았다. 디킨즈와 넬의 사이가 어느 정도였는지
는 모르지만 넬이 낳은 아이가 디킨즈의 아이였을 거라는 소문이 있다.
디킨즈는 1867년 정식으로 넬에게 집을 구해 주었고 생활비를 대주었
다.

디킨즈의 결혼 생활

　이같은 이야기는 순전히 전기 작가라든가 평론가들의 주장이다. 나는
이 집에 진열되어 있는 편지와 사진들을 보면서 그렇게 단정을 내리고
싶지 않았다. 디킨즈는 결혼 당시 젊고 단정하고, 장래가 촉망되는 청년
이었다. 캐더린은 디킨즈 친구의 딸이었다. 그녀의 아버지 조지 호가스
는 디킨즈의 소설을 연재해 주던 『이브닝 클로니클』의 편집기자였다.
결혼 당시 캐더린은 젊고 아름답고 이지적으로 보이는 아가씨였다.

　그리고 나이 들면서 점점 유명해
지는 디킨즈의 당당하고 엄숙한 초
상화들이 있다. 늙은 캐더린의 모습
도 있다. 늙고, 뚱뚱하고, 비둔하고,
답답하고, 그리고 아무런 이름도 없
는 여자의 초상화다. 그녀가 남긴 여
러 유품을 보면, 별거 후에 친구에게
보낸 편지가 있다. 그녀는 여기에서
"남편이 젊었을 때 나에게 보낸 편지
를 보면 한때 그가 나를 사랑했던 것

디킨즈의 부인 캐더린 호가스

이 기억난다"고 회고한다. 과연 그녀가 어리석었던 것일까? 쉬운 답은 아니다.

　캐더린에게는 여동생이 둘 있었다. 캐더린 결혼 당시 16살이었던 여동생 메리가 이 신혼 부부와 함께 살았다. 디킨즈는 신혼 때부터 아내보다는 재치 있고 활기찬 처제와 이야기 나누기를 더 좋아했다. 메리는 다우티 거리의 집에서 18살의 나이로 갑작스럽게 죽음을 맞이했다. 디킨즈는 그녀를 팔에 안고 임종을 지켰다고 한다. 그는 이 죽음에 큰 충격과 슬픔을 느꼈고, 오랜 세월이 지나도록 그 상처에서 회복되지 못했다. 메리의 죽음은 『낡은 골동품 가게(The Old Curiosity Shop)』의 가련한 리틀 넬의 모델이라고 할 성도로 슬픔으로 가득 찬 사건이었다. 심지어 그가 이 다우티 거리를 떠나게 된 것도 그녀의 죽음 때문이라고 한다.

　리젠트 공원 근처 넓고 편안한 집으로 이사하고 나서 캐더린의 또 다른 여동생 조지아나가 이 집에 와서 조카들을 돌보며 함께 지냈다. 조지아나는 캐더린이 가지고 있지 못한 지성과 사교성으로 디킨즈의 좋은 대화 상대가 되었다고 한다. 여배우와의 스캔들로 아내와 별거하고 양쪽 가족들 대부분이 디킨즈를 비난했을 때도 조지아나는 디킨즈 곁에 남았다. 그들 부부의 별거 후에 터져 나온 스캔들도 여배우보다는 조지아나에 초점이 맞추어져 있었다.

　나도 디킨즈 옹호자들과 마찬가지로 그와 조지아나가 서로 '마음이 맞는 대화 상대' 이상은 아니었다고 믿는다. 서양 사람들은 그렇게 엄혹하던 종교 전쟁 시절에도 아버지가 믿는 종교와 자식이 믿는 종교가 다를 수 있다고 생각했다. 우리는 '불효막심하다'고 할지 모르지만, 서양 사람들은 '삼족을 멸한다'든가 '연좌제' 같은 중국 문화권의 형법

제도에 대해 듣고는 놀라움을 금치 못한다. 각기 다른 개인의 결정을 존중하는 문화이다 보니 조지아나가 미련하고 모자란 언니보다는 똑똑하고 현명한 형부를 옹호했을 수도 있다.

하지만 이런 의문은 남는다. 어떻게 호가스 집안의 다른 딸들은 한결같이 똑똑하고 사교적이고 활기있었다고 하면서 캐더린만큼은 유독 '머리 나쁘고,' '말이 안 통하고,' '비사교적' 이었을까? 이상한 일이다. 결혼 전에 서로에게 어울리는 상대가 아니면 굳이 그들이 결혼을 감행했어야 할 이유가 없었다. 충분히 소설가 남편의 인생 상대가 될 수 있었던 그녀가 결혼 생활을 겪으면서 변했던 것은 아닐까. 이 변화는 그녀의 개인적인 자질 문제라기보다 결혼의 본질적인 한계 때문이 아니었을까?

굳이 내가 결혼 때문에 낭비된 '재능 있는 여자들의 천재성'을 옹호하려는 건 아니다. 아무리 아인슈타인의 첫 번째 아내 밀레바가 재능이 있다고 하지만, 남자들이라고 다 아인슈타인이 되는 게 아닌데, 일방적으로 그녀의 쇠퇴를 아인슈타인 탓으로만 돌릴 수는 없다. 그런 양보에도 불구하고, 여자는 출산과 양육, 가사를 벗어나지 못한다고 못박아 놓은 사회 구조에 갇혀 살게 되면 어떤 밀레바라도 진정한 '밀레바', '뛰어난 수학자 밀레바' 가 되기는 어려운 게 사실이다.

또 아무리 활기 있고 지적인 여자라 하더라도 아이 10명을 낳은 뒤에도 소녀처럼 지저귀려면 디킨즈의 경제력이 제공했던 것보다 훨씬 더 많은 하인을 필요로 한다. 이런 점에서 바이런이 옳았나 보다. 로라가 페트라르카의 부인이었다면 페트라르카는 절대로 사랑의 소네트를 쓰지 않았을 것이다. 소네트에는 늦은 밤 부시시한 얼굴로 하품을 하며 아기 기저귀를 가는 여자를 위한 공간은 없다.

작가, 마치 어두운 방을 비치는 촛불 같은…

디킨즈뿐만 아니라 모든 창작활동을 하는 이들은 무섭게 이기적인 면이 있다. 한때 BBC에서는 몇 주에 걸쳐 버트란드 러셀 회고를 방영했었다. 살아남은 손자, 손녀들, 친구들, 평론가들이 그들의 입장과 관점을 솔직하게 표현했던 방송물이어서 아주 감명 깊게 본 기억이 난다. 러셀은 지구 반대쪽에 있는 사람까지 사랑했으면서도 주변의 가까운 사람들은 사랑할 수 없었던 인물이었다.

한 손녀는 러셀을 가리켜 사람들의 활기와 사랑을 먹는 '흡혈귀'와 같다고 했다. 사실 나도 그 기록물을 보면서 그 말에 동의할 수밖에 없었다. 수많은 여자들과 교제하면서 독신이건, 친구의 부인이건, 심지어 친아들의 부인이건 어떤 관계에 있는 여자라도 마다하지 않았으니 그 아내와 아들이 미친 건 오히려 당연한 일이었다. 결혼의 미련을 남기며 한 여자를 죽는 날까지 머물게 했지만 결혼 상대는 늘 다른 곳에서 찾았다. 밀턴만이 가족들에게 가혹했던 것이 아니다. 가족을 버리고 떠나버린 콜리지도 그랬고, 방탕한 바이런은 논란의 여지도 없으며, 셸리의 방종도 못지않게 잔인했다. 그렇기 때문에 나는 키츠도 믿지 못한다. 좀더 살았더라면 그도 아마 소시민 계층의 도덕성을 비웃는 무슨 일인가를 저질렀을 지도 모른다고 생각한다.

나의 말보다는 조지 오웰의 말을 들어보면 작가들이 왜 이렇게 막무가내로 이기적인지를 이해할 수 있다. "대부분의 사람들은 그다지 심각하게 이기적이지 않다. 대략 나이 서른 살이 넘으면 그들은 개인적인 야심을 포기한다. 아니, 대부분의 경우 자신이 개인이라는 생각 자체를 포기한다. 그리고 주로 다른 사람들을 위해 살거나, 혹은 힘든 노동으로 찌들어 간다. 그렇지만 소수의 재능 있고 고집 센 사람들이 있어서 끝까지 자기 인생을 살려고 하는데, 바로 작가들이 이 부류에 속한다.”

작가들은 마치 어두운 방을 비치는 촛불 같다. 먼 곳까지 은은한 빛으로 감싸지만 손으로 그 불을 잡으면 다치기 십상이다. 밀턴이든 러셀이든 디킨즈든 너무 가까이 있으면 다치고, 너무 멀어지면 조명 범위에서 멀어져 어둡게 지내야 한다. 그들의 인생을 읽고, 그 큰 그림자에 가려진 사람들을 알게 되면, 하늘의 별을 노래하기 위해서는 멀리 떨어져 이 땅에 살아야 한다는 걸 깨닫는다. 어떤 경우에는 그 별들의 중력장 안에 있어서 산산조각이 나지 않은 것에 감사해야 한다.

대영박물관의 단골, 디킨즈

다부지고 엄숙하고 냉정해 보이는 디킨즈의 외모는 사회의 밑바닥에서 최고의 저명인사로 올라섰던 사람의 단단한 자기 관리를 드러낸다. 디킨즈는 크게 잡아 4년 정도밖에 공식적인 학교 교육을 받지 못했다. 15살 전에 모든 교육이 끝났으며, 그나마 그것도 가난한 집안 사정으로 중간에 학교를 쉬고 공장에 다녀야 했다.

아버지가 빚을 갚지 못해 6개월간 감옥에 들어가자, 11살짜리 어린아이는 낮에는 더럽고 지저분한 공장에서 일하고, 저녁이면 족히 2시간을 걸어야 하는 거리에 있는 하숙집에 돌아와 혼자 지내야 했다. 『데이비드 커퍼필드』를 쓸 무렵 디킨즈는 "어떠한 말로도 그 당시 내 영혼의 비밀스러운 고통을 표현할 수 없다."고 회상했다.

그의 부모도 그다지 문화적 배경을 제공하지 못했다. 아버지는 해군의 말단 경리직원으로 사교적이며 매력도 있었다지만 금전 관리 면에서는 아주 허술했다. 아버지가 『데이비드 커퍼필드』의 미커버 씨라면 그의 어머니는 니클비 부인으로 나타나 있다. 그녀는 아주 어려서부터 아들에게 글읽기를 가르쳤다고 하지만, 자식에 대한 관심보다는 허영심이 더 많았던 사람이었다. 그래서 그녀는 감옥에서 나온 남편이 공장에 다니던 아이를 다시 학교에 보내려고 하자 반대했었다. 학교를 졸업한 후 15살의 디킨즈는 변호사 사무실에서 사동으로 일했다. 그리고 20살에 『모닝 크로니클』의 하원 출입 기자가 되었다. 이 공백 기간 동안 그는 자신을 작가로 만들어 갔다.

소설가든 시인이든 다른 직업과는 달라서 그 직종에 대한 안내서가 없다. 다른 직업 같으면 '출세하는 법' 이라든가 '당신도 성공할 수 있다' 는 종류의 성공 요령도 좀 있으련만, 워낙에 이 직업이 인기가 없어 그런지 그런 안내서도 없다. 내가 알기로는 작가가 되는 유일한 길은 좋은 글을 많이 읽고, 많이 써보는 수밖에 없는 것 같다. 화가가 되려면 남의 그림을 자꾸 보고, 베끼면서 배워 가야 되는 것과 마찬가지다. 블룸스버리의 대영박물관을 매일 찾았던 사람은 마르크스만이 아니다. 디킨즈도 매일 이곳에 와서 책을 읽었다. 속기도 혼자 배웠다. 그는 그런 식으로 자신을 소설가로 키워 갔다.

빅토리아 여왕 시대의 사람들은 근면과 체면을 아주 중요한 미덕으로 여겼다. 동시대인인 월터 스코트도 부지런했지만 디킨즈의 근면도 그 못지않았다. 처음으로 공식적인 작품 출판을 했던 1836년부터 1870년 죽을 때까지 그는 월간으로, 주간으로 쉬지 않고 계속 소설을 썼다. 그리고 젊었을 때 꿈이었던 연극에도 관여했고, 부유해진 뒤에는 자선 사업에도 열중했다.

그는 2권의 잡지를 간행했는데, 그 중에서도『올 더 이어 라운드(All the Year Round)』는 십만 부 정도의 지속적인 판매고를 보이던 당대 최고의 인기물이었다. 1860년대부터는 영국과 미국에서 디킨즈의 대중 낭독회가 큰 구경거리였다. 그야말로 디킨즈는 경제적으로도 문화적으로도 자수성가한 사람이었다.

디킨즈의 런던, 디킨즈의 테임즈강

디킨즈의 지독하게 가난한 어린 시절은 이제 하나의 전설이 되었을 정도로 유명하다. 그가 유별나게 자기 고백적인 소설가였기 때문이라기보다는 그의 작품 전반에 그 경험들이 담겨 있기 때문이다. 어떤 때는 그가 글을 통해 어린 날의 가난과 불행의 상처를 치유하려고 애쓰고 있는 것처럼 보이기도 한다. 디킨즈에게 런던은 어린 시절의 고통과 작가로서의 성공을 동시에 뜻하는 곳이었다. 런던은 그에게 혐오스러운 곳이며 동시에 사랑하는 곳이었다.

부당할 정도로 파헤쳐지고 버려진 런던에서 디킨즈는 혐오와 분노를 느낀다. 우리 나라 독자들은 디킨즈가 그리는 다음 대목이 런던의 캄덴이라기보다는 서울의 어느 한 구석이 아닐까 여기게 될 정도로 그의 런던 묘사는 시대와 장소를 넘어 생생하게 전달된다. 『돔비와 아들(Domby and Son)』에서 런던의 캄덴 타운의 땅을 파헤치는 것을 굉장한 지진이 일어난 것처럼 그리고 있다. 건설 자체가 끔찍한 일이다.

　　　모든 곳에서 그 흔적을 볼 수 있다. 집들은 무너지고, 거리는 부서진 채 멈춰 있다. 땅에는 깊은 구멍과 참호가 파여 있고, 굉장한 흙과 진흙 덩어리가 쌓여 있다. 건물이 무너지고 흔들리면서 거대한 나무 조각들이 떨어진다. 여기에 리어카들이 엎어지고 함께 뒤엉켜서 인공적으로 만들어진 가파른 언덕 바닥에 나뒹굴고 있다. 거기 생긴 연못에 철골들이 잠겨 녹이 슨다. 모든 곳에 다리가 있는데 그게 어디로 가는 건지 모르겠다. 건널목은 결코 사람이 건널 곳이 아니다. 굴뚝들은 이미 바벨탑 같으면서도 그보다 반이나 더 높아지고 싶어한다. 도저히 어울리지 않는 임시 가건물들이 늘어서 있다. 시체처럼 널려 있는 너덜너덜한 빈민 아파트, 끝내지 않은 벽과 천장 조각들, 겹쳐 쌓여 있는 건축용 발판, 벽돌의 황무지, 거대한 형태의 크레인들 …….

이들은 도무지 어울리지 않게 거칠게 뒤섞여 있고, 뒤집히고, 엉망으로 뒹굴고 있다. 여기에 과학과 발전에 대한 찬양은 전혀 없다. 디킨즈는 산업혁명의 발전과 과학의 혜택보다는 혼돈과 혼란만 본다. 기계가 이루어내는 냉정한 질서보다는 폭발적인 무질서에 대한 두려움이 가득하다.

그런데도 그의 런던은 움직이고 있고 살아 있다.

중북부 지방, 즉 '검은 마을(Black Country)'이라는 별칭을 가졌던 산업 단지 지역 출신인 가스켈 부인이나 알란 베넷의 소설은 디킨즈처럼 비판적이지만, 디킨즈보다 훨씬 가라앉고 차갑다. 그들은 영국을 '세계의 공장'으로 만드는 지대에서 태어나고 살아가면서 그 생활을 직접 겪었던 사람들이다. 그들은 당장 공장이 돌아가고, 물이 더러워지고, 공기가 탁해지는 곳에서 살았다. 디킨즈도 어린 시절 공장 직공 노릇을 했지만, 그의 런던은 분명 더러우면서도 기묘하게 신비스럽고 극적이다.

그가 그린 테임즈 강은 디킨즈의 런던을 집약하는 상징이다. 디킨즈의 테임즈 강은 포프나 왈폴이 사랑했던 녹색으로 우거진 상류 테임즈도 아니고, 스펜서의 '달콤한 테임즈'도 아니고 존 데넘이 "오 내가 그대처럼 흐를 수 있다면, 그대 물결이 / 나의 표본이 되기를" 바라는 그 강도 아니다.

디킨즈의 테임즈는 고요하고 깨끗한 것과는 거리가 멀다. 시커먼 화물선과 낡은 물건들, 죽은 고양이, 죽은 사람들이 엉켜 있고, 때로는 위험으로 가득 차 있다. 디킨즈의 작품 속에 흐르는 테임즈는 위험하고, 더럽고, 시체가 떠 있고, 쥐 떼가 가득하고, 범죄자가 들끓고, 묘지에서 흐르는 썩은 물, 도살장과 공장의 폐수들로 오염되어 있다. 에드먼드 윌슨이 "그 시대의 어떤 소설가들보다 디킨즈가 빅토리아 시대 자체에 대해 가장 적대적"이라고 평했던 것은 이런 점에서 보면 옳다.

그렇지만 그의 테임즈는 사랑과 찬사를 받았던 다른 작가들의 강보다도 훨씬 강렬하고 생생하다. 그의 런던도 마찬가지다. 디킨즈가 '마치 특파원처럼' 전해 주고 있는 런던은 '스모그 제거법(Smoke Abatement Acts)'이나 20세기의 '공기 정화법(Clean Air Acts)'이 나오기 전의 런던이다. 런던의 유명한 스모그가 어떠했는지 그의 글을 통해서 쉽게 상상할 수 있다. 재판의 부당한 지연 문제를 고발했던 『황폐의 집(Bleak House)』의 첫 장은 11월의 런던을 이렇게 그린다.

런던, 미클마스 학기가 막 끝났고, 대법관께서는 법학원 강당에 앉아 계신다. 준엄한 11월의 날씨다. 거리에는 진흙이 가득하다.……연기는 굴뚝에서 나지막하게 깔리면서 부드럽고 검은 이슬비를 만든다. 빗줄기를 탄 그을음 조각들은 풍성한 눈송이만큼 크다. 해의 죽음을 애도하는 것처럼 보이기도 한다. 개들은 진창에 빠져서 알아볼 수도 없다. 말(馬)들의 형편도 그보다 나을 것도 없다. 보행자들은…….

안개는 모든 곳에 있다. 강 위에 안개가 있어 초록의 작은 섬과 초원에 흐르고, 강 아래에도 안개가 있다. 안개는 배들이 쌓여 있는 사이를 일렬로 지나가고, 커다랗고 (더러운) 도시의 물가의 매연을 지나갔다. 에섹스의 들판에도, 켄트의 고원에도 안개가 있다. 석탄선의 선실 위로 기어오르고, 안개는 돛 위에두 있고, 큰 배의 장비들 위에 떠돌고 있다……안개는 병동의 난로가에서 씨근거리고 있는 늙은 그리니치 연금 수령자의 눈과 목에도 기어든다…… 납덩이같이 낡은 재판 지연은 납덩이같이 낡은 단체의 입구로는 가장 적절한 장식이다. 법학원 강당 근처에서 거친 오후는 가장 거칠고, 진한 안개는 가장 진하며, 거리는 가장 진창이다. 템플 바 곁에 안개의 바로 그 중심에 챈서리 법원의 대법원장이 앉아 계신다.

진한 안개와 오리무중으로 돌아가는 재판소를 연결하는 솜씨도 좋지만, 안개의 은밀하고 가벼운 움직임을 그리는 솜씨는 '과연 디킨즈다운 솜씨' 이다. 그리고 그건 반드시 증오에서 나온 것만은 아니다. 비밀스러운 그 움직임의 공포를 전달하면서 작가는 필경 즐거움을 느끼는 것 같다.

경쾌한 것도 아니고 가벼운 것도 아니지만, 런던의 진흙탕과 더러운 공기를 그리는 그의 눈은 과학적인 것도, 냉정한 것도, 객관적이기만 한 것도 아니다. 더러움에도 불구하고 사랑한다는 말을 받아 들일 수 없는 사람은, 아마도 새벽 시장의 진창을 걸으며 살아 있음의 아름다움을 느껴 보지 못한 사람일 것이다.

디킨즈는 이렇게 끔찍하게 사실적인 묘사로 런던을 그리고, 사람들에게 그 문제를 깨닫게 했다. 지금 런던에는 스모그가 없다. '블랙 컨추리'도 더 이상 '블랙'이 아니다. 매연 없는 석탄을 시용한 것도 그 변화의 원인이 되었을 테고, 온갖 오염 산업을 외국으로 빼버린 정책도 도움이 되었을 거다.

그렇지만 부강한 시대의 참담함을 그리는 디킨즈의 소설과 그걸 읽고 그 문제를 거부하지 않고 해결하려고 한 당시 사람들의 태도도 큰 자극제가 되었다. 현재 영국에서 디킨즈 생존 당시 상태대로 보존된 마을을 찾아보기는 어렵다. 중북부의 도자기 마을(Potteries)을 배경으로 알란 베넷트의 소설 『카드(The Card)』를 영화화했을 때 영화 제작자들이 가장 고생했던 것은 그 당시의 매연과 오염으로 찌든 사회 환경을 찾을 수가 없었다는 점이었다.

하이햄의 개즈 힐 플레이스

작가로서 성공을 확인한 뒤에 디킨즈는 자주 런던을 떠났다. 스위스나 프랑스에서 여름을 나기도 하고, 두 번씩 미국을 방문했다. 영국에 있을 때도 창작의 여유를 누리기 위해 런던 이외의 다른 곳을 찾았다. 그가 영국에서 찾았던 곳은 언제나 켄트 주의 마을들로, 그 마을들은 모두 바닷가에 인접하고 있었다.

　1856년 44살의 디킨즈는 켄트 주, 하이햄(Higham)에 있는 개즈 힐 플레이스(Gad's Hill Place)를 구입했다. 개즈 힐은 지금 여자 중등학교 건물로 사용될 만큼 높고 큰 건물과 넓은 정원을 가지고 있는데, 셰익스피어의 극, 『헨리 4세』에서 할 왕자(Prince Hal)와 팔스타프가 만나 강도 짓을 모의하던 장소가 바로 이곳이었던 것으로 되어 있다. 장미 빛깔이 도는 붉은 이 벽돌집은 디킨즈가 임대한 것이 아니라 소유했던 유일한 집이었다.

　아버지가 포츠머스에서 런던으로, 다시 또 채탐의 부두에 있는 해군 경리부로 이전되어 왔을 때 디킨즈의 나이는 4살이었다. 그들 가족은 이곳에서 유복하지는 않았지만 안정된 생활을 했었다. 아버지는 어린 디킨즈를 데리고 이 개즈 힐 플레이스를 지나며 "나중에 돈을 많이 벌면 이곳에 살 수 있다."고 말했다.

　그는 40년이 지나서도 그 사실을 잊지 않고 이곳에 돌아왔다. 그리고 이곳에서 덴마크의 동화 작가인 안데르센을 비롯하여 많은 문인 친구들을 환대했고, 넓은 정원을 동네 사람들의 크리켓 장소로 빌려주기도 했다. 그가 마지막으로 죽음을 맞이한 곳도 이곳이다. 디킨즈 사후 그의 유산과 유물을 처리하면서 이 집도 다른 사람들의 소유로 넘어갔고, 여러 소유주를 거쳐 지금은 학교 건물로 사용되고 있다.

'디킨즈 마을' 로체스터의 디킨즈 축제

디킨즈는 1870년 마지막 소설, 『에드윈 드루드(The Mystery of Edwin Drood)』를 마치지 못하고 심장마비로 갑자기 숨졌다. 죽기 전날 그가 남긴 마지막 장은 디킨즈가 편안하고 따뜻한 유년을 보냈던 이 지역의 로체스터를 어떻게 생각하고 있었는지 잘 보여 준다. 그는 밝은 태양이 비치는 날의 로체스터를 편안하고 부드러운 어조로 살려 낸다.

흔들리는 나뭇가지 사이로 찬란한 햇살이 움직이고, 새들의 노래, 정원과 나무, 들판의 향기가……성당에 스며들면, 그 세속의 때는 움츠러들고, 부활과 생명을 가르친다. 몇 세기 전의 차가운 돌무덤은 따뜻해지고, 가장 선명한 빛이 성당의 엄숙한 대리석 조각으로 파고들어 날개처럼 퍼덕인다.

매연과 스모그를 그리는 데 천재적이라는 디킨즈가 이렇게 목가적인 그림으로 떠올리는 곳이니, 로체스터를 '디킨즈 마을'이라고 해도 틀리지는 않을 것이다. 로체스터는 5월에서 6월 사이에 디킨즈 축제를 하면서 그 작가의 사랑을 상기한다. 로체스터가 위치한 남쪽의 켄트 주는 '영국의 정원'이라는 별명이 어울리게 11월에도 날씨가 곱다. 그러다 보니 로체스터를 켄트 주에서 두드러지게 돋보이는 아름다운 도시라고 하기에는 무리다. 그렇다고 하더라도 켄트 주의 다른 마을에 비해 전혀 빠질 것은 없는 곳이기도 하다.

디킨즈가 말한 곳은 지금 로체스터의 새 주거지가 아니고 옛 고적지를 뜻한다. 메드웨이(Medway) 강을 건너 '로체스터 역사지'라는 푯말

로체스터 성

을 따라가면 바로 하이 스트리트에 들어갈 수 있다. 이 길을 따라 골동품 가게들이 아기자기하게 늘어서 있고, 화랑들노 눈에 띈다. 관광 안내소는 그 길 중간에 자리잡고 있는데, 넓은 공간에 관광 안내문이 잘 정돈되어 있으며, 요일을 불문하고 개방되어 있어 디킨즈에 관한 자료를 얼마든지 구할 수 있다.

  디킨즈가 말한 로체스터 성당은 그 길이 끝나는 무렵 작은 골목길을 끼고 대로변에 자리하고 있다. 약간 비탈진 도로를 사이에 두고 성당과 마주하고 있는 사각의 돌 건물이 12세기 로체스터 성의 아성(牙城)이다. 성의 푸른 잔디밭을 밟고 이 성당을 바라보면 인형의 집처럼 뾰족한 탑들과 커다란 입구 스테인드 글라스 창을 즐길 수 있다.

  길을 건너면 성당의 묘지가 바로 나타난다. 디킨즈는 아주 각별하게 이곳을 기억했다. 그의 첫 소설에서 피크위크 일행이 감탄을 하는 것도 이 성당 풍경이고, 마지막 소설의 배경도 이 성당이다. 누구에게나 유년의 기억이 소중하겠지만, 극도의 가난을 겪었던 디킨즈로서는 짧지만 행복했던 유년 시절의 고향이 언제나 더할 수 없이 귀중했었나 보다.

로체스터의 하이 스트리트를 포함해서 이 근방의 부두와 마을들을 모아서 '디킨즈의 길'이라고 명명한다. 이 길을 걸어서 다 돌기는 무리라고 하더라도, 차가 있다면 1시간도 안 걸리는 거리라 오래되고 유서 깊은 옛 항구를 차로 돌아보기에는 적절하다.

찰스 디킨즈 센터

하이 스트리트의 상점들을 지나 중간에 공용 주차장 시설을 넘어가면 바로 이스트게이트 하우스(Eastgate House)가 나타난다. 원래 하이 스트리트의 이름이 이스트게이트였던 데에서 이 집의 이름이 생겼다고 하는데, 지금은 찰스 디킨즈 센터가 되어 있다. 영국 관광지에서 무슨 '센터'는 대부분 실물크기 인형들을 정성스럽게 배치하여 시청각 학습의 효율을 높이려는 곳이지, 어떤 인물이나 사건과 특별한 관계를 맺고 있는 경우는 드물다. 그러다 보니 평소 관심이 없는 인물이었으면 비싼 입장료 때문에 아까울 때가 있다. 굳이 밀랍 인형들에 대해 각별한 애호가 없다면 나는 이런 '센터' 방문을 권하고 싶지 않다. 차라리 그 돈으로 그에 관련된 책을 하나 더 사 보는 게 훨씬 유익하다.

이 센터도 예외는 아니었다. 이 건물이 디킨즈의 마지막 소설에서 여학교의 모델로 쓰이기도 했다는데, 그런 식으로 작품의 모델을 따라가다 보면 후보지가 너무 많아 어지러울 지경이다. 디킨즈는 이 마을로 신혼 여행을 왔는데, 지금도 그가 당시 묵었던 집이라고 '우기는' 집이 2군데나 있다. 한 여자랑 결혼하고 왔으니 필경 한 집에서 지냈을 텐데…. 그렇다면 이 두 집 중의 한 집은 아니라는 얘기가 된다. 최악의 경

로체스터에 있는 이스트게이트 하우스 디킨즈 센터

우에는 어쩌면 두 집 다 아닐 수도 있다.

비슷한 예로 영화 배우로 성공하기 전, 숀 코네리는 스코틀랜드에서 슈퍼마켓 코업(co-op) 배달원 노릇을 했었다. 그 기사가 나가자 그 슈퍼에서 자동차로 하루 걸리는 거리 안에 사는 사람들 모두가 숀 코네리가 배달해 준 우유를 마셨다고 했다.

여행을 다니다 보면 이곳이 어떤 소설가의 어느 작품에 나오는 무슨 모델이라면서 마치 그 장소가 대단히 중요한 것처럼 광고하는 곳이 있다. 특히 다른 작가들보다 소설가들의 경우는 심하다. 소설의 배경 묘사가 치밀하다 보니 그런 주장이 나올 만도 하겠지만, 그곳을 바라본 사람이 어디 그 사람뿐이며, 그가 바라본 것이 어디 그곳뿐이겠는가. 그런 모든 광경과 장면과 인물들을 마음에 담아 두고 황산처럼 녹여 내던 작가의 힘에 놀라는 것으로 충분하리라.

나는 이곳까지 왔으니 이 센터를 구경했다. 크고 깨끗한 건물 외관에 걸맞게 안의 시설들도 정성스럽게 진열되어 있었다. 매표소를 지나 제일 처음 나타나는 전시물은 디킨즈의 연대기와 그 당시 사회상에 대한 기록물이다. 그가 나폴레옹이 전쟁을 일으키던 시절을 살았다는 것, 그리고 그가 태어난 해가 차이코프스키의 서곡인 '1812년' 이라는 등의 사실을 친절히 설명해 준다.

그 다음부터 마지막 층까지 모두 19개의 작게 분할된 공간에서 밀랍 인형들과 소품의 정교한 배치로 디킨즈 소설의 특이하고 전형적인 장면들이 재현되고 있다. 그의 인생 경험과 소설이 워낙 유기적으로 연관되어 있다 보니 이 삽화들 사이사이에 디킨즈의 사생활이 병치되어 있기도 하다. 2층으로 올라가는 곳은 특히 인상적이다. 계단의 높이를 이용해서 디킨즈 생존 당시의 낡고 비참한 런던 빈민가의 건물 모습이 실감나게 나타난다.

디킨즈 작품의 어두운 세계

디킨즈는 어린이 만화나 가족 영화의 대명사처럼 여겨지지만, 그의 세계는 밝은 면보다는 어둡고 뒤틀리고 억눌린 면이 많다. 행복한 결론은 짧고, 고통과 억압의 시간은 길다. 이곳의 전시물들 중에서 제일 처음 만나는 피크위크와 그의 친구들의 흥겨운 크리스마스 잔치를 빼면, 나머지 소설 장면들은 한결같이 어둡고, 비참하고, 슬프고, 어떨 때는 기괴하기까지 하다.

디킨즈 센터의 전시물 중
파긴의 소굴에 있는
소매치기 실습 현장

스크루지를 경고했던 말리의 유령이 왔다갔다 하고, 창백하고 푸른 유리창 너머 먼지 쌓인 웨딩드레스를 입은 메마른 미스 하비샴이 거울을 통해 관람객을 바라본다. 핍이 매그위치를 만나는 어둡고 차가운 묘지에 들어서는 것도 으스스하다. 올리버와 소매치기 두목 파긴의 장면을 바라보는 것도, 그림자를 통해 낸시가 거친 빌에게 살해당하는 걸 상상하는 것도, 무지하고 잔인한 스퀴어즈의 참담한 교실 풍경을 떠올리는 것도 모두 다 고통스러운 경험이다. 이런 느낌을 가지게 되는 데에는 그가 그린 사악함이 아직까지도 머나먼 옛 이야기가 아니라, 우리들 주변에 건재하게 남아 있기 때문일 것이다.

처음의 전시실을 한번 더 지나서 반대 방향으로 올라가면 '디킨즈의

로체스터에 있는 디킨즈 센터의 '디킨즈의 꿈'

꿈' 이라는 시청각 입체 영상 전시물이 있다. 개즈 힐의 책상 앞에 앉아 디킨즈는 따뜻한 화롯불을 받으며 문득 잠에 빠져든다. 이 상황은 로버트 윌리엄 버스가 그린 미완성 그림을 보고 생각해 낸 것이다.

원래 그림은 디킨즈를 중앙에 배치하고 그의 수많은 작중 인물들을 화면 구석구석, 책꽂이 앞, 바닥, 책상 위, 또 디킨즈의 손 위에까지 올려놓으며 한 화면에 담으려던 계획이었다. 이곳의 전시물은 입체 음향 시설을 이용해서 잠에 빠진 디킨즈가 자신의 작중 인물들을 머릿속에 떠올리는 것으로 구성되어 있다.

자신의 소설이 성공적이었는지 의심하던 디킨즈는 차례로 나타나는 작중 인물들의 생생한 개성과 현실감에서 성공의 확신을 얻게 된다. 이곳의 책상은 개즈 힐에서 쓰던 책상의 모방물이고 실제 책상은 지금 런던 다우티 거리의 집에 있다.

개즈 힐에서 쓰던 물건으로 이 센터에서 볼 수 있는 것은 뒤쪽 정원에 있는 스위스 풍의 하얀 2층 목조 건물(Swiss Chalet)이다. 흰색 레이스를 늘어뜨린 것처럼 처리된 지붕 끝이나 정교한 나무창의 무늬를 보면 이 집이 조립품이라는 것이 믿어지지 않는다.

이 건물은 스위스에 있던 그의 친구가 선물한 것으로, 58개의 화물 상자로 나뉘어 배달되었다. 디킨즈는 이곳을 그의 여름 서재로 사용했고, 마지막 작품을 쓴 곳도 여기였다. 작은 화단들도 바로 손질한 듯 단정하고, 많은 관광객들에도 불구하고 건물이나 거리가 모두 깨끗해서 깔끔하다고 소문났던 디킨즈의 성품을 자연스레 떠오르게 한다.

디킨즈와는 아무 상관없지만, 이 건물의 깨끗함에 대해 한 마디 더 덧붙여도 될 것 같다. 이곳의 화장실이 '올해의 화장실(The Loo of the Year)'로 뽑혔단다. 지름이 4cm 쯤 되는 작은 스티커에 그렇게 써서 붙여 놓았으니 분명 사실일 게다. 하긴 런던의 우리 집 앞을 지나던 24번 버스도 페인트로 작은 노란 띠를 그려 놓고, 그 위에 '올해의 버스' 라고 쓰고 다녔던 기억이 난다. 그 버스가 '시간 안 지키기' 원칙을 하도 잘 지키기에 그냥 30분 정도 걷기는 운명이라고 체념하고 살았는데, '언제 저런 상을 받았나' 의아하게 여겼었다.

'올해의 식당,' '올해의 합창단,' '올해의 정원' 따위는 봤지만 '올해의 화장실' 을 본 곳은 이곳이 처음이었다. 디킨즈 센터를 지겹게 따라다니던 아이들이 갑자기 "어떻게 올해의 화장실을 뽑았을까?" 궁리하느라 활기를 띤다. 또 느끼지만, 사람마다 관심이 참 제각각이다.

또 다른 디킨즈 마을 – 브로드스테어즈

디킨즈는 켄트 주의 여러 곳을 다니며 여름을 지냈는데 그곳 모두 바닷가 마을이다. 그 중에서 그가 가장 추천하던 곳은 브로드스테어즈(Broadstairs)였다. 이곳은 캔터베리를 지나 동쪽에 있는 바닷가 마을인데, 근처에 네덜란드나 벨기에 행 항구로 잘 알려진 마게이트(Margate), 램스게이트(Ramsgate)가 있다.

광활하면서도 인가가 없어 황량하기까지 한 길을 달려서 바다 쪽을 향해 가다 보면 항구 가까이 다가가는 길에 하얀 꽃을 뿌려 놓은 것처럼 정연하게 늘어선 묘지들이 낮은 언덕 위로 나타난다. 초록색 들판이 펼쳐진 곳에 드러나는 하얀 묘지가 죽음의 어두운 면을 상기시키기보다는 이 마을의 적막한 평화를 상징하는 것처럼 보이니, 켄트 주의 햇빛이 곱기는 고운 모양이다. 이 마을의 생기와 신선함을 무척 좋아했던 디킨즈는 친구들에게 광고하는 것으로 만족하지 않고, 「우리들의 영국 샘터(Our English Watering-Place)」라는 짧은 찬양 에세이를 쓰기도 했다.

이 정도니 브로드스테어즈에서도 여름마다 디킨즈 축제를 한다. 어느 곳에서 하는 디킨즈 축제든 이 행사의 주요한 볼거리는 길고 치렁치렁한 빅토리아 시대 의상을 입은 사람들의 행렬이다. 이곳의 해안가에 있는 '디킨즈 집 박물관'의 2층에도 그 당시 의상들이 가득 진열되어 있다. 섬세한 결혼식 의상, 해군복의 큰 깃을 연상시키는 아이들의 귀여운 복장, 그에 맞춘 모자, 고운 무늬의 우산들이 색이 바랜 얇은 레이스나 장식적인 부채들과 함께 전시되어 있다.

질질 끌리는 듯한 옛 의상들을 보면서 저런 걸 입고 어떻게 살았나 싶었는데, 당시 남자들은 그걸 입고 사냥을 하고, 여자들은 빨래도 했으니 사람의 적응력과 습관의 힘에 새삼 놀란다. 그러고 보면 나폴레옹만 혁명가는 아닌 것 같다. 바지를 입고, 치마 길이를 잘랐던 샤넬의 용기도 그 못지 않았다는 생각이 든다.

태탐 가족의 사랑 – 디킨즈 박물관

브로드스테어즈의 디킨즈 박물관은 디킨즈가 1837년부터 1851년까지 이곳에서 잠깐 여름을 지낼 때마다 묵었던 많은 거처 중의 하나다. 워낙 그가 이곳을 즐겨 찾다 보니 해변을 따라 줄지어 서 있는 집들이나 호텔들마다 서로 디킨즈의 사연이나 소실과 연관성이 있다고 주상한다.

이 집은 20세기 초반에 태탐(Tattam) 가족의 소유였는데, 이미 그 전부터 '디킨즈 하우스' 라고 불려졌다고 한다. 이 진실성에 대해서는 '믿거나 말거나' 지만, 이 집의 딸, 도라 태탐이 유언으로 이 집을 내놓고 그의 박물관으로 해 달라고 한 걸 보면 이 사람들의 작가 사랑이 지극했던 것만은 분명하다. 그렇다면 디킨즈 박물관이라고 불려지는 데 시비를 걸 수는 없다.

이 집에는 디킨즈가 살았다는 방이나 자리는 없다. 단지 그의 작품을 이해하는 데 배경이 될 만한 것들이 전시되어 있

브로드스테어즈 디킨즈 박물관 앞에서

브로드스테어즈에 있는 디킨즈의 집 박물관의 베치 트로트우드의 방

다. 바닷가를 향해 있는 정원을 지나 입구로 들어가면 오른쪽에 『데이비드 커퍼필드』의 베치 트로트우드의 거실이 그대로 재현되어 있다. 탁자 위에 새장과 그 밑에 사기 화분, "오래된 가구로 가득 차 있었다"는 표현대로 낡은 가구들과 긴 시계가 구석에 놓여 있다. 수다스러운 트로트우드가 이제 막 자리를 떠난 것처럼 뜨개질 거리가 바닥에 놓여 있다.

왼쪽 방에는 디킨즈 작품들의 초판본이 꽂혀 있는 책꽂이가 놓여 있다. 그 책꽂이 맞은편에 있는 마호가니 장식장은 디킨즈가 팔았던 것을 태탐 가족이 다시 사들인 것이라는데, 가운데 유리 전시장에는 디킨즈 소유였다는 자잘한 물건들이 들어 있다. 디킨즈의 소설이 인기를 얻은 데에는 당대의 삽화가들이었던 크루익샨크(Cruikshank)와 '피즈(Phiz)'라는 애칭의 브라운(H. K. Brown)의 공이 컸다. 이곳에서 피즈가 그린 그림들도 볼 수 있다.

'황폐의 집'에서의 디킨즈

이 박물관에서 나와 서면, 저 멀리 방파제 맞은편 언덕 위로 영국기가 휘날리는 집을 볼 수 있다. 해안을 따라 방파제에 이르고, 그곳에서 '방파제 가는 길(Pier Approach)'이라는 언덕을 따라 오르면 조개들이 군데군데 박힌 돌담이 길게 이어진다. 이 집의 2층 벽 한가운데 디킨즈의 흉상을 볼 수 있다. 이 집이 '성채 하우스(Fort House)'라는 원래의 멋진 이름을 잃고 대신 '황폐의 집(Bleak House)'이라고 불리게 된 것은 온전히 디킨즈 탓이다. 그는 이 지역의 다른 곳에서는 다 임시 하숙처로 머물렀지만 이 집만은 1850년부터 정식으로 임대해서 사용했다.

브로드스테어즈에 있는 '황폐의 집'

이 집의 이름이 바뀌게 된 것은 그가 이곳에서 소설 『황폐의 집』을 썼기 때문이다. 디킨즈가 그 소설을 썼던 곳은 이렇게 남쪽이지만, 정작 소설에 나타난 배경은 런던 북쪽의 세인트 올반(St. Alban) 근처 어딘가 광활한 시골 언덕에 있는 집으로 설정되어 있다.

얼마 되지 않은 여행 경험 중에서 이렇게 대책 없이 어지럽고, 정신없이 전시되어 있는 집은 처음이었다. 이 박물관의 이름은 '황폐의 집과 밀수 박물관'이다. 도무지 연관이 없을 법한 이 두 가지가 함께 있으니 이곳의 무질서를 상상할 수 있을 것이다. 이 건물은 디킨즈가 살던 곳보다 더 확장된 건물이다. 20세기 들어서면서 서쪽 건물이 합쳐져서 지금의 큰 규모를 갖게 되었고, 디킨즈가 쓰던 부분은 건물의 한쪽 부분에만 해당된다.

그래서 집안 한쪽에는 전함 '스터링 성'의 모형과 전함 및 상선의 각종 장비들이 전시되어 있고, 개즈 힐에서 가져온 디킨즈의 커다란 의자와 벽장이 한 벽을 차지하고 있는가 하면, 멋모르고 내려간 지하에서는 불쑥 밀수 현장이 재현되어 있다. 눅눅한 습기의 냄새를 맡으며 어두운 범죄의 현장을 빠져나가면 입구의 상점이 다시 나타난다. 이곳에서는 온통 조개껍질로 된 기념품들을 판다. 집안 곳곳에서 물고기 박제품을 만나는 것끼지도 해인 지방 특산물이라고 이해들 했지만, 계단 잠이나 벽면에서 갑작스러이 고개를 들고 있는 코브라 모형들은 도대체 무슨 깊은 뜻이 있는 것인지 모르겠다. 디킨즈가 박제를 즐겼나, 아니면 인도에 갔었나, 밀수업자들과 거래를 했나, 디킨즈 전공자에게 물어 봐야겠다.

그래도 이 집에는 바다를 바로 내려다볼 수 있는 디킨즈의 서재가 있어 감격적이다. 이곳에서 디킨즈는 바다를 내려다보며 『데이비드 커퍼필드』의 거의 대부분을 썼고, 『황폐의 집』에 착수했다. 비록 모조품이긴 하지만 그가 연극적인 태도로 대중 낭독회를 할 때 사용하던 책상을 볼 수 있는 곳도 이곳의 당구실이다. 그리고 이곳에는 결혼 당시 디킨즈 부인의 사진과 별거 무렵의 사진이 전시되어 있다.

디킨즈의 흉상도 여러 군데 전시되어 있고, 이름 밑에 사정없이 밑줄을 그어 대던 그의 특이한 사인이 담긴 수표도 볼 수 있다. 식당 겸 거실이었던 곳도 넓고 환한 앞쪽 정원을 향하고 있고, 2층의 침실도 바다를 바라보고 있어, 그가 이 집을 사랑했던 이유를 알 만하다.

이 집의 제일 좋은 점은 마음 편하게 홀로 돌아다니도록 내버려둔다는 점이다. 단체로 가거나 성수기인 한여름에 가면 어떻게 달라질지 모르지만, 10월 초의 바닷가는 한산하고 쓸쓸하다. 오랜 시간 마음대로 돌아다니고, 그의 서재에서 바다를 바라보면서 한참 서 있어도 미안하지 않아 좋았다. 낡은 책상 위 창 너머로 바다를 내려다보고 바다 냄새를 느끼기엔 이 집 만한 곳이 없는 것 같다. 골동품이 될 만한 귀중품이 많은데도 불구하고 관광객이 편안하게 둘러볼 수 있게 해 주는 곳은 아무래도 드물기 때문이다.

디킨즈의 고향 – 포츠머스

개즈 힐 플레이스는 디킨즈가 죽고 나자 모든 소유품들을 공개 경매했다. 영국에서는 사망한 사람의 소유물을 그렇게 처분하는 경우가 많다. 가는 데마다 디킨즈의 의자나 책상, 심지어 소파나 벽장까지 흩어져 있는 것은 개즈 힐의 소품들과 가구들이 다른 소유주들을 통해 전해졌기 때문이다. 디킨즈가 마지막을 보냈던 소파는 우연인지 계획적인 의도였는지 그의 생가에 가 있다. 디킨즈의 생가는 바닷가에 위치하고 있는데, 그것도 '지휘선(Flagship) 도시'라는 별칭을 가진 포츠머스(Portsmouth)가 바로 그의 고향이다.

디킨즈가 태어날 무렵 포츠머스의 이름은 랜드포트(Landport)였다. 대표적인 항구도시답게 이곳에는 크고 넓은 부두에 전함 '워리어,' 넬슨의 전함 '빅토리,' 16세기에 침몰되었다 새롭게 인양된 '메리 로즈' 호가 전시되어 있다. 부두를 조금 벗어나 시내를 가로질러 가면 아무런

포츠머스의 생가

운치도 없이 늘어서 있는 무미건조한 건물들을 지나 골목길에 그의 집이 위치하고 있다.

오래된 집인데도 불구하고 깨끗하게 단장이 되어 있어서인지 외관에서부터 디킨즈의 가족이 이곳에서 어렵지 않게 살았음을 예상할 수 있다. 집의 입구는 지하층에 마련되어 있었다. 디킨즈가 태어나고 2살이 되자 떠난 집인 데다가 박물관용으로 구입한 연도가 1903년이다 보니, 거주 당시 그들 가족 소유의 물건은 남아 있는 것이 별로 없다.

1층, 2층의 식당, 거실, 침실 등의 진열은 대부분 당시 그 정도 계층의 가정에서 누렸음직한 것들이고, 부모의 허영심을 고려해서 평균보다 약간 더 사치를 부렸다고 한다. 그가 출생한 방에는 그의 흉상이 있다. 거실에 있는 장식 책상 위에 그가 나중에 썼던 잉크나 펜 따위를 두었다.

유일하게 그가 사용한 것은 개
즈 힐에서 가져온 소파다. 키츠의
집에서 본 것과 같이 한쪽의 팔걸
이만 길게 있어, 낮잠 자기엔 그만
이다. 검소하지만 따뜻한 이 집의
분위기와 당대 최신 유행의 안락
한 이 소파를 보니, 디킨즈가 거친
유년의 물결을 넘어오며 겪은 상
처를 글로 치유할 수 있었으리라
는 근거 없는 확신이 든다.

포츠머스 생가의 그가 태어난 방에 있는 디킨즈 흉상

어느 누구도 따라올 수 없는 이야기꾼

심리적 분석에 탁월했던 헨리 제임스는 디킨즈를 "가장 대표적인 얄
팍한 소설가"라고 불렀다. 그는 "디킨즈 씨를 가장 위대한 소설가에 둔
다는 것은 인류에 대한 모욕"이라고 했다. 디킨즈의 소설은 대부분 결
말이 뻔하고, 줄거리의 흐름이 과장되고 인위적이며, 인물들도 심리적
깊이가 없이 희화적이어서 대체로 선악의 어느 한 면을 대변한다. 그가
좋은 교육을 받지 못하고 세련된 문화 환경에서 자라지 못한 것도 이런
한계의 원인일 수 있다. 디킨즈 소설은 어린이용이고, "착하게 살아라"
는 크리스마스 교훈 같은 거라고 잘라 말하는 사람들도 있다.

그렇지만 디킨즈는 어느 누구도 따라올 수 없는 이야기꾼이었다. E.
M. 포스터가 '슬픈 목소리'로 마지못해 받아들였듯이, 소설은 우선 '이

야기'다. 헨리 제임스나 버지니아 울프, 제임스 조이스 등의 작가들이
아무리 심리 분석과 의식의 흐름에 집요하게 파고든다 하더라도, '이야
기'가 없는 소설은 위태롭다. 이야기만 있으면 옛날이야기나 민담이나
동화밖에 못 되지만, 그렇다고 이야기를 포기하고 세련된 글쓰기에만
승부를 거는 것도 소설의 본령이 아니다.

디킨즈는 빅토리아 시대의 영국과 영국인들을 포용하는 거대한 드라
마를 만들어 냈고, 또 그것을 글로 다룰 수 있는 힘을 가지고 있었다. 그
는 유년 시절 자신이 직접 겪은 온갖 억압과 부조리를 자기 소설에 생생
히 옮겨 놓아 사람들의 관심과 개선의 의지를 키우도록 했다. 칼 마르크
스가 디킨즈의 『리틀 도릿』을 최초의 자본주의 공격 소설로 본 것도 이
때문이다.

또 디킨즈는 지나간 시대의 '보고자'만은 아니다. 이제 영국인들은
'탈산업화시대'에 살고 있다고 생각하면서 디킨즈의 런던과 디킨즈의
시대를 넘어섰다고 생각할지 모르지만, 최소한 그가 던진 의문은 여전
히 남아 있다. 사회의 진보가 사람의 행복을 보장하는 방향일까. 사회에
서 가장 혜택받지 못한 사람들이 그 발전의 대열에서 낙오되지 않았을
까. 갈수록 소수의 사람들을 위한 발전이 아닐까.

그건 지금도 쉬운 문제가 아니다.

5. '위대한 전통'의 여자 소설가

조지 엘리엇
– 너니턴, 코벤트리, 런던

조지 엘리엇

너니턴
코벤트리
런던

소설가의 이름, 조지 엘리엇

문학사에서 19세기는 '소설의 시대'라 한다. '소설의 시대'라 함은 단순히 소설가가 많아졌고, 소설 출판이 많아졌다는 사실만 지칭하지는 않는다. '소설의 시대'라 함은 소설가가 글을 써서 시장에 팔아 그걸로 생계를 유지할 수 있을 정도로 소설에 대한 일반인들의 수효가 많아졌다는 뜻이다. 이 말을 달리하면 소수의 귀족이나 지주 계층만이 아니라 대중들이 문자를 해독할 수 있게 되었고, 문학 예술을 향유하게 되었다는 뜻이다. 또 더 나아가 계몽된 대중들의 수가 많아지면서 대중 민주주의와 자유주의로 나아가는 가능성을 가지게 되었다는 의미가 된다. 이 '대중'이라는 말에 여자도 포함되는 것은 당연하다. 그런데도 불구하고 여자들에게 일반 공립 교육이 허용되지 않았고, 옥스퍼드와 캠브리지에서는 여학생들의 입학을 허락하지 않았다.

1775년에 태어나 1817년에 세상을 떠난 제인 오스틴이 살았던 세계와 그녀가 죽고 나서 2년 후 태어난 조지 엘리엇의 세계는 외형상 기차 건설, 산업화, 선거법 개정, 여성 권리 운동 등의 변화를 보였지만, 그 안에 흐르는 커다란 일상의 흐름에는 변함이 없었다. 빅토리아 여왕이 다스리던 시기였지만, 조지 엘리엇이 글을 발표하던 시절에도 여자들에게 허락되었던 유일한 선택은 아직도 결혼뿐이었다. 그 울타리를 벗어나는 어떠한 공식적인 활동도 응분의 위험을 감수해야만 했다. 여성 작가들은 이름을 밝히지 않거나 가명을 쓰는 것으로 이런 위험을 최소화하려고 했다.

제인 오스틴이 이름을 밝히지 않은 채 소설을 출판했고, 브론테 자매가 야릇한 중성적인 느낌의 이름으로 시집을 출판했던 데에서 알 수 있듯이, '소설의 시대'라고 불리우는 19세기가 되어서도 여자들의 실명 출판은 다소 위험한 도박이었다. 조지 엘리엇(George Eliot 1819-1890) 역시 실명이 아니다. 이 이름은 또 한 사람의 여자 소설가가 남자 이름 뒤에 자신을 숨기기 위해 찾아낸 이름이다. '조지'는 그녀의 동거자이며 사실상의 남편인 '조지 헨리 루이즈'의 이름을 딴 것이다. '엘리엇'이라는 이름이 '멋지고, 입에 딱 맞고, 쉽게 발음할 수 있는 단어'여서 이것을 선택했다고 하지만, 그런 저런 이유를 다 제쳐놓고 이 이름의 남성성 때문에 매리 앤 에반스(Mary Ann Evans), 혹은 매리안 에반스(Marian Evans)는 '조지 엘리엇'이라는 필명을 골랐을 거다.

디킨즈는 그녀의 첫 단편모음집, 『목사관의 생활(Scenes of Clerical Life)』을 읽고 깊은 감명을 받았고, 작가로서의 혜안을 발휘해서 필경 이 작가가 여자일 거라고 추측했었다. 그렇지만 대부분의 사람들은 여자가 제법 큰 규모의 사건들을 다루면서 재미있게 잘 짜여진 소설을 쓸 수 있으리라고 생각하지 못했다. 1871년부터 1872년 사이에 출간된 『미들마치(Milddlemarch)』는 조지 엘리엇의 대표작으로 손꼽히고 있는데, 사회적 현상과 개인들의 인생을 연결한 솜씨가 그때까지의 여성 작가들과는 다른 깊이를 보이고 있다. 그러다 1859년 『아담 비드(Adam Bede)』가 대단한 성공을 거두고 나자 이미 조지 엘리엇이라는 소설가가 여자라는 사실은 다 알려지게 되었다.

헨리 제임스는 『아담 비드』의 모든 페이지에서 뛰어난 정신을 느낄 수 있으며, 이로써 이 책을 보면 "여성에 대한 기대 수준을 올리게 된다"고 했다. 같은 편지에서 제임스는 조지 엘리엇을 통해 여자들에 대한 기대 수준이 왜 달라져야 하는지를 설명한다. "우리는 여자의 마음에 대해서는 다 알고 있다. 이제 (조지 엘리엇을 보니) 여자에게도 머리가 있다"는 것을 알았기 때문이란다. 한 개인의 우수성이 한 민족의 우수성을 보장하지 않듯이, 한 여자의 성공이 모든 여성의 권리 향상을 뜻하는 것은 아니다. 조지 엘리엇의 성공은 오히려 당대 '여자 중 예외'에 해당하는 사건이며, 이런 의미에서 그녀의 인생은 일반 여성들의 삶과 시대의 편견을 역으로 부각시키는 거울과 같다.

"격조 있게 못생긴 그녀"

헨리 제임스는 조지 엘리엇의 생김새에 대해 가감 없는 평을 남긴 것으로도 유명하다. 남겨진 초상화들을 보면, 조지 엘리엇은 좀 못생긴 편이다. 서양의 초상화가 인물에 대한 사실화라기보다는 이상화라는 것을 고려해 본다면 '좀 못생겼다'는 인물의 실제 모습은 '못생겼다'쯤 될 것 같다. 머리를 이마 양옆으로 모아서 늘어뜨린 탓도 있겠지만 이마가 좁고, 약간 처진 눈을 하고 있어 잘 봐주면 '우수에 젖은' 듯하고 그냥 보면 '멍청하다.' 게다가 얼굴 전체의 반 이상을 차지하는 듯한 코는 길쭉하면서도 큼직하다. 영국 여자들 중에 그런 윤곽을 가진 사람들이 많지만 조지 엘리엇의 얼굴은 유별나게 길쭉하다. 우리 식대로 말하면 '말상'인데, 영어에도 얼굴이 긴 사람을 '말'에 빗대는 것은 우리와 마찬가지다. 헨리 제임스는 조지 엘리엇을 만나고 나서 친구에게 보낸 편지에서 "말상의 얼굴을 한 이 대단한 여류 작가(this great horse-faced blue-stocking)"라고 소개했다.

그런데 참 이상한 것은 이 못생긴 여자 주변에 언제나 재능 있는 남자들이 있었고, 그들이 그녀에게 매력을 느꼈다는 것이다. 헨리 제임스는 대단한 소설가답게 그녀의 외모와 그녀의 매력을 설명하는 적절한 표현을 알고 있었다. 그는 조지 엘리엇을 설명하면서 한국말로 옮기기도 참 어렵게 '격조있게 못생겼고 감칠나게 흉물스런(magnificently ugly, deliciously hideous)' 사람이라고 했다. 그가 놀란 것은 '이렇게 못생긴 여자에게 그토록 강력한 미모가 숨어 있다'는 점이었다. 그녀의 숨겨진 아름다움이 곧 빛을 발하고 사람을 매혹시켜서, 우리로 하여금 이 여자를 사랑하지 않을 수 없게 만든다.

조지 엘리엇은 그녀의 처진 눈에서 받게 되는 인상처럼 그렇게 '멍청한' 사람이 아니었다. 그녀는 변화무쌍한 사회 현상과 그 안에서 살아가는 다양한 개인들의 갈등을 자신의 작품 속에 실감나게 짜 넣을 줄 알았다. 사생활에 있어서도 그녀는 남다른 면이 있었다. 그녀는 영국이 근엄한 도덕을 자랑하던 빅토리아 여왕 시절에 유부남과 공개적인 동거를 해서 구설수에 올랐지만, 끝까지 그들의 '결혼'을 지켜 나간 사람이었다. 그가 죽고 나자 자기보다 20살이나 연하인 남자와 정식으로 결혼했던 이도 바로 60살의 조지 엘리엇이었다.

엘리엇과 조지 루이즈

엘리엇의 평생 동지였던 조지 루이즈(George Henry Lewes, 1817-1878)는 유부남이라고 하지만, 사실상 아내와 별거를 하고 있었다. 루이즈 부부는 소위 자유결혼관이라 할 만한 견해를 공동으로 가지고 있었다. 결혼 후에도 부부 각자가 원하는 대로 이성 교제를 할 수 있다는 입장이었고, 두 사람 모두 그런 생활에 만족하고 있었다. 그들 부부 사이에 첫 아들이 태어났지만, 그 후에도 두 사람은 각자 독립된 애정관계를 유지했다. 그러다 아내인 아그네스가 남편의 친구인 헌트의 아이를 출산하게 되었다. 루이즈는 그들의 입장을 존중했다. 그리고는 이혼으로 자기 아들에 대한 권리를 잃을지도 모른다는 우려로 이 아들을 자신의 아들로 입적했다. 이로써 그들 부부의 이혼은 사실상 불가능해지게 되었다.

그런데 아그네스가 다시 또 헌트의 아이를 낳는 일이 벌어졌다. 루이즈는 이런 상태로는 더 이상 결혼 생활을 이어갈 수 없다고 생각해서 두 사람은 별거로 들어갔고, 평생 그렇게 지냈다. 아그네스는 나중에 다시 또 한 아이를 출산했는데, 이 아이들 모두 루이즈의 아들로 입적되었고, 루이즈는 약속대로 별거를 했을망정 아버지로서 아이들의 양육과 교육비를 전적으로 부담했다.

루이즈는 '런던에서 가장 못생긴 남자'였다고 한다. 키가 작은 데다 얼굴에 마마 자국까지 있어 그를 결코 잘생겼다고 할 수 없는 것은 사실이다. 그러나 잘 다듬어 놓은 초상화를 보면 그 눈매만은 깊고 아주 풍부한 표정을 담고 있음을 느끼게 된다. 루이즈는 당대 제일의 지식인으로, 진화론적 관점으로 사회와 윤리의 문제에 접근한 '사회 다윈주의'의 대표적인 철학자, 허버트 스펜서(Herbert Spencer)와 더불어 사회 문제점검과 의식화에 큰 영향을 발휘하고 있었다. 특히 루이즈는 독일 문학과 문화에 정통했다. 그가 쓴 『괴테의 생애』는 지금까지도 괴테 연구의 고전으로 남아 있다.

루이즈는 당시 가장 중요한 정론지였던 『웨스트민스터 리뷰』의 정기적인 기고자였다. 그는 거의 한번도 빼놓지 않고 이 잡지에 글을 실었다. 당시 이 잡지의 부편집인이 조지 엘리엇이었다. 그녀는 스트라우스

(좌) 조지 헨리 루이즈, (우) 조지 엘리엇(매리 앤 에반스)

의 독일어판 『예수의 생애』를 번역 출판했고, 박식하고 유능하게 이 잡지 일에 관여하면서 디킨즈, 로버트 오웬, 스펜서 등 그 당시 런던의 지식인들과 교류하고 있었다. 『예수의 생애』는 비록 번역판이긴 하지만, 조지 엘리엇이 실명으로 출판한 유일한 책이다.

조지 엘리엇과 루이즈는 문학 동료의 관계에서 출발해서 사랑하는 사이로 발전했다. 조지 엘리엇은 정식으로 루이즈의 부인이 될 수 없다는 것을 알았지만 그와의 동거를 공식화하고 싶었다. 그들로서는 신혼 여행이라고 할 수 있는 독일 여행을 마치고 와서 그녀는 친지들에게 그들의 '결혼'을 공식적으로 알렸다. 비록 법적으로 부부 관계임을 등록할 수 없다고 하더라도 주변 사람들의 인정을 통해 그들 사이가 부부임을 확인하려는 것이 그녀의 심정이었다.

지금 우리의 눈으로 보면 루이즈가 이혼할 수 없다는 사실도 불합리하지만, 그들의 사실상의 부부 관계를 인정하지 않으려던 사회 분위기도 이해할 수 없다. 그렇지만 당시의 도덕적인 분위기로서는 이들의 동거는 너무나 파격적이어서 친구들까지도 조지 엘리엇을 만나거나 그 집을 방문하는 일을 꺼려했다. 그들의 공식적인 생활을 인정하는 뜻에서 런던에 있는 그들의 거처를 처음 방문한 사람은 열렬한 여성인권주의자인 바바라 리 스미드였다.

조지 엘리엇은 이 '결혼'으로 어린 시절의 친구들을 잃었고, 특히 가장 가깝게 여겼던 오빠 아이삭(Issac)으로부터 결별 소식을 듣게 되었다. 그녀의 자서전적인 소설, 『플로스 강가의 물방앗간(The Mill on the Floss)』은 정이 유별나게 두터운 남매 이야기를 다루고 있다. 여주인공 매기 털리버(Maggie Tulliver)는 밝고 자유롭고 따뜻한 반면, 오빠 톰은 책임감이 강하고, 엄격하고, 단호한 모습을 띤다. 소설이 진행되면서 매기와 톰의 갈등이 깊어 간다. 그 이유는 매기가 결혼 상대를 갑작스럽게 바꾸어 오빠의 노여움을 사기 때문이다. 너무나 다정하던 오빠가 갑작스럽게 냉랭한 태도로 매기를 질책하기 시작하자 메기는 외롭고 우울하게 지내게 된다. 조지 엘리엇은 소문과 비난의 대상이었음에도 불구하고 자신의 사생활을 소설에 투영하지 않은 것으로도 유명한데 이 소설만큼은 예외다. 자신과 오빠의 관계가 틀어지고, 그런 가운데 엘리엇이 겪었을 심리적인 고립감과 외로움이 솔직히 드러나 있다.

엘리엇은 결혼 후부터 소설을 쓰기 시작했다. 루이즈가 거래하던 『블랙우드』라는 잡지에 단편을 발표하고, 그 3편을 모아 1857년 『목사관의 생활』이라는 제목으로 출판했다. 아마 이 책이 거의 유일하게 그녀의 고향 사람들이나 어린 시절의 경험들을 소설 속에서 다루는 책이라고 보여진다.

조지 엘리엇의 와릭셔

엘리엇은 영국 중부, 와릭셔 출신이다. 와릭셔는 영국 중부 지방 중에서도 가장 영국적이다. 낡고 고풍스러운 영국의 매력이 가감 없이 그대로 보존되어 있다고 알려져 있는 곳이다. 그렇다고 해서 엘리엇의 고향이 셰익스피어의 스트라트포드-어폰-에이본처럼 고전적이고 우아하며 문학적 향기가 나는 곳이라고 오해해서는 안 된다. 그도 아니면, 압도적인 권력을 가졌던 킹메이커(King Maker), 워릭 백작의 워릭성을 연상시키는 역사의 권위와 품격이 있는 곳도 아니다.

그녀가 1819년에 태어나서 20세가 넘을 때까지 살았던 고향은 너니턴(Nuneaton)으로 와릭셔의 북쪽에 위치한 곳이다. 이 북쪽은 버밍햄, 코벤트리, 맨체스터 등으로 이어져 나가는 곳이다. 이 지역들은 한결같이 영국을 '세계의 공장'으로 만드는 데 핵심 역할을 했던 지역이었다. 그만큼 문학적 운치와는 거리가 먼 곳이기도 하다.

1841년 엘리엇 집안이 코벤트리로 이사한 것으로 알 수 있듯이 이 마을은 남쪽의 아늑하고 부드러운 고장들보다는 중북부의 산업화되고 도시화된 분위기에 더 가까운 곳이다. 엘리엇은 너니턴에서 아버리 농장(Arbury Farm)의 관리인이었던 아버지와 그의 두 번째 부인 사이에 막내딸로 태어났다.

그들이 살면서 관리했던 아버리 저택은 엘리자베스 여왕시대에 건축된 건물로 다른 귀족들의 저택들에 못지 않게 웅장하고 아름다운 자태를 자랑한다. 특히 조지 엘리엇이 이곳을 그의 첫 소설의 배경으로 썼다고 해서 더 유명해졌다. 그녀가 묘사했던 그대로 이 집은 높은 천장을 자랑하며 '성당 같은 분위기'다. 집안 전체에 걸쳐 이렇게 엄숙하면서

아버리 홀의 식당, 고딕 성당의 천장
처럼 레이스같은 장식이 섬세하다

도 화려한 분위기가 이어진다. 심지어 식당조차도 중세의 고딕 성당 같
다. 크림색의 밝고 환한 천장이 높이 솟아 있고, 레이스처럼 고운 돌 장
식이 섬세하게 둘러싸고 있다.

엘리엇의 아버지는 『아담 비드』의 칼렙 가스(Caleb Garth)마냥 부지
런하고 강한 성격의 사람이었던 모양이다. 그는 이 저택의 남쪽 농장
(South Farm)에 식구들과 함께 기거하면서 이 저택의 토지를 관리했는
데, 고용인들을 일일이 감독하고 토지와 정원을 돌보느라 조금도 쉴 틈
이 없었다고 한다. 엘리엇은 바로 이곳에서 태어난다.

1820년 식구들은 너니턴 도심과 좀더 가까운 곳으로 이사온다. 이곳
이 너니턴으로 들어가기 직전에 나타나는 그리프 하우스(Griff House)
다. 원래 이 집은 아버리 홀의 일부였으나 지금은 팔려서 비프이터라는
음식점과 트레블 인이라는 호텔이 겸용으로 쓰고 있다. 큰 도로변에 있

어서 자칫 그냥 지나치기 쉽지만 제법 큰 음식점이기 때문에 찾기도 쉽다. 그 벽에는 1820년 3월부터 1841년 3월까지 조지 엘리엇이 이곳에 살았다는 벽판이 붙어 있다. 그것이 장사꾼다운 상술인지 아니면 문학 애호가의 선심인지 모르겠지만, 건물의 실내장식은 엘리엇이 살았던 당시에 맞추어져 있고, 이름도 소설 등장 인물들의 이름을 따서 '캐서번의 서재,' '로자몬드의 거실' 등으로 되어 있다.

너니턴은 영국의 여느 마을과 마찬가지로 여름철에 가면 꽃으로 뒤덮여 아름답다. 그러다 막상 늦가을쯤 가 보면 그 도시에 별다른 매력이나 향기를 느끼지 못한다. 여름 한철의 꽃과 향기는 장식이었나 의심이 들 정도이다. 도시 한가운데 번잡한 상점가에서 약간 비껴난 뉴드게이트 (Newdegate) 스퀘어 복판에 조지 엘리엇의 동상이 있다. 이 상이 이곳에 놓인 때가 1986년이라 그런지 아직까지도 그 동상의 조지 엘리엇은 선명한 편이다. 엘리엇이 죽은 해가 1880년이니까 약 100여 년이 흐른 뒤에 이루어진 일이다.

캠브리지의 교수로 문학계에 상당한 영향력을 발휘했던 F. R. 리비스가 1948년 영국 소설의 '위대한 전통'으로 제인 오스틴, 조지 엘리엇, 헨리 제임스, 콘라드, D. H. 로렌스를 선정했었던 적이 있다. 블룸스버리 교양 집단을 극도로 싫어했던 리비스였던 만큼 이 의견 역시 그의 독단적인 취향에 근거한 편견이라고 할 수도 있다. 게다가 엘리엇이라는 이름에 익숙하지 않은 비영문학도들에게는 리비스의 공식적인 선언이 더욱 낯설게 들릴지도 모른다. 하지만, 그녀가 살아 있는 동안 소설가로서 엘리엇의 명성은 리비스의 선정보다 더 대단했다.

그녀와 루이즈는 둘 다 상업적으로도 성공한 작가였다. 특히 엘리엇의 소설 인세 수입은 상당했다. 그들의 수입으로 루이즈의 아이들을 교육시킬 수 있었고, 두 집이 모두 유복하게 살 수 있었으며, 말년에는 서리 지방에 큰 저택을 구입할 정도로 재력을 가지게 되었다. 영국 뿐 아니라 유럽 전역에서 유명 인사들이 그녀의 작품에서 얻은 감동으로 그녀를 찾아왔다.

그렇지만 그녀는 자기 고향과 코벤트리의 친구들에게는 버림받은 생활을 했다. 지금껏 깨끗한 너니턴의 동상은 그녀에 대한 사람들의 새로운 관심을 그대로 반영하는 것이다. 이 고장 사람들은 살아 있는 동안에는 그녀에게 백안시를 보냈거나 기껏 무관심을 보였던 것이 전부였다. 이제 시간의 손길로 가까운 사람들 사이에 쌓여있던 애증이 덮여지자 이곳에서조차 사연 많던 매리 앤 에반스는 사라지고 소설가 엘리엇만이 남았다. 그 동상이 상징하는 것이 과연 소설가 엘리엇에 대한 수용인지, 그녀의 사생활에 대한 이해인지, 그냥 도시 수입원의 일부인지는 알 수 없다.

복잡한 심정으로 바라본 그녀의 동상에서도 엘리엇은 그다지 미인이라는 느낌이 들지 않는다. 그녀는 당시의 의상대로 길고 풍성하지만 단순한 드레스를 입고 한쪽으로 고개를 숙인 채 앉아 있다. 소설을 쓰고 피아노를 즐겨 쳤다는 손을 하나는 치마 위에, 또 하나는 허리 뒤쪽으로 돌려서 책 위에 두고 있다. 머리에는 그녀의 초상화에서처럼 레이스를 쓰고 있는데, 숙인 얼굴의 표정이 밝지 않다.

너니턴에는 엘리엇의 동상 말고도 조지 엘리엇 기념 공원(Memorial Garden)이 있다. 이 공원은 리버즈리(Riversley) 강가에 위치하며, 크지는 않지만 아기자기한 모습을 하고 있다. 11월에는 그녀의 동상 아래에서, 6월에는 이 공원에서, 시장과 엘리엇을 아끼는 근처 문학인들이 모여 화환을 두는 행사가 있다. 또 6월에는 공원에 조지 엘리엇으로 꽃 모

너니턴의 조지 엘리엇

양을 만들기도 한다. 11월은 조지 엘
리엇이 태어난 달이어서 그렇다고 쳐
도, 그녀가 죽은 달이 12월인 걸 생각
해 보면 6월 행사는 왜 있는지 잘 모
르겠다.

기념 공원 건너편 리버스리 공원 안
에는 너니턴 박물관 및 전시관이 있
다. 공원의 동화 같은 작은 다리를 넘
어가면 이 2층 박물관에 닿게 된다.
그 정문 앞으로는 작은 화단들이 공
들여 가꾸어져 있다. 이곳의 일부에

너니턴, 조지 엘리엇 기념 공원의 오벨리스크

도 엘리엇에 관한 전시물들이 있다. 조지 엘리엇과 루이즈, 그리고 루이
즈 사후에 그녀의 남편이 된 존 크로스의 실물 크기 밀랍 인형들을 볼
수 있는 곳도 이곳 전시실이다. 엘리엇이 런던에서 살았던 곳은 모두 다
사라지거나 바뀌었으나, 이곳에는 그녀가 특히 사랑하던 런던 리젠트
공원 근처의 집, '작은 수도원(Priory)' 을 재현해 두었다. 그녀의 방에서
루이즈가 선물했다는 피아노를 볼 수 있고, 그녀가 즐겨 입었던 비단 드
레스가 눈에 띄는가 하면, 한쪽에 놓여 있는 작은 부츠들은 유별나게 작
은 발을 가졌다던 그녀를 떠올리게 한다.

우체국 곁에 너니턴 도서관은 관광 안내를 겸하고 있는데, 이곳에서
도 엘리엇의 책이나 편지, 다른 출판물과 비평서적, 전기물 등을 볼 수
있다. 도서관에서 나와 큰길을 사이에 두고 있어서 더 멀리 떨어진 것처
럼 보이는 교회는 세인트 니콜라스 교회다. 세월의 때가 끼어 거의 검은
빛이 도는 회색 돌의 이 교회는 돌 때문인지 세월 때문인지, 그 거리 때

문인지 단단하고 엄격한 느낌을 준다. 이 교회와 너니턴의 또 여러 장소들이 『목사관의 생활』의 배경과 소재가 되었다고 한다. 글쎄, 그런 교회나 그런 장소들이 여기에만 꼭 있는 것은 아니어서 그렇게만 보기에 좀 억지스러운 면이 있다.

엘리엇의 소설에 나타나는 사회 현실

고향을 떠난 후 그녀가 한번도 너니턴에 가지 않았음에도 불구하고 참 일일이 잘 기억해 내는 걸 보면서 자꾸 나는 '글쎄, 어쩐지….' 하는 소리만 하게 된다. 1884년 엘리엇이 죽은 뒤, 두 번째 남편이었던 크로스가 「조지 엘리엇의 생애(Life of George Eliot)」에서 우리에게 알려 주었듯이 그녀가 한 인간으로서 실제로 체험했던 삶의 현장은 단지 창작의 정신이 활동할 수 있는 수단일 뿐이다. 그녀가 거쳐간 어떤 한 건물, 하나의 인물이 이야기의 배경과 실마리가 될 수는 있지만, 그렇다고 해서 소설의 등장인물이나 배경을 완전히 독점하려 한다면 그건 좀 의심스러운 일이다.

그녀의 소설이 중부 지방을 배경으로 한 것만은 옳은 이야기다. 농부나 상인을 포함해서, 산업화를 향해 가는 중부 지방의 중·하류층에 대한 사실적인 재현은 그녀의 장기라 할 만하다. 그 공간을 꼼꼼하게 묘사하면서 기차가 놓이고, 의회가 개혁되고, 여성들의 움직임이 달라지는 시간적인 분위기를 독자에게 전달하는 것은 단연 엘리엇만이 할 수 있는 일이었다. 이런 점에서 디킨즈가 영국 제일의 이야기꾼이라면 여자로서 그에 버금가는 이야기꾼은 조지 엘리엇이라 해도 과언이 아니었다.

특히 그녀의 대표작인 『미들마치』는 산업화의 중심이었던 중부 지방 코벤트리를 배경으로 한다. 이 작품은 산업화를 겪으면서 큰 사회 변동과 가치 변화를 감당하게 되는 사람들의 생활을 다룬다는 점에서 엘리엇 소설의 핵심적인 면을 보여준다. 동시에 이런 거대한 변화를 배경으로 개인들이 어떤 선택과 인생을 만들어 나가는지 알려주는 구체적인 삶의 양상들을 보여준다. 특히 사랑과 결혼, 파경을 겪는 사람들을 통해 그녀가 이상적인 남녀관계를 어떻게 생각했는지 가늠하게 만드는 작품이기도 하다.

이야기의 축을 이루는 사람들은 도로시아 브룩과 로자몬드 빈시다. 높은 이상과 고귀한 정신을 가지고 있지만 결혼 선택에서 영리하지 못했던 도로시아에 비해, 로자몬드는 자기 중심적이고, 이기적이며, 지나치게 계산적이어서 도리어 지혜롭지 못하다. 도로시아의 남편 캐서번은 아내보다 나이도 많고 지식이나 학식이 뛰어난 것처럼 보이지만 기실 그는 지적 능력에서 아내에 미치지 못한 사람이었다.

당시의 사회 분위기나, 아니면 지금의 사회 분위기로도 아내보다 못하다는 사실을 인정하는 남자는 드물다. 영국 여왕의 남편이나 대처 수상의 남편 정도가 예외라고 할 수 있다. 아내의 재능을 인정하고 그것을 키워 주고, 앞으로 나아갈 수 있게 도와 주려면 판단력과 용기가 있어야 하는데, 남자가 우월하다고 굳게 믿고 컸던 사람으로서는 아내가 똑똑하다는 사실만으로도 감당하기 어려운 문화 충격이 아닐 수 없다. 이러니, 그 다음에 무슨 진도(?)가 더 나가길 바라기는 무리다.

그러나 루이즈는 그런 면에서 예외적인 남자였다. 그는 엘리엇의 글재주를 알았고, 그녀의 글을 출판하려고 출판업자들을 소개했으며 그녀

가 쓸데없는 비평과 험담에 흔들려 글쓰기를 두려워하지 않도록 큰 울
타리가 되어 주었다. 여류 작가가 많지 않던 시절에 이런 배려는 엘리엇
의 글쓰기에 큰 생명줄과 같았다. 둘 사이에는 아이가 없었지만 창작의
동지로서 서로에게 격려를 주고 자식을 출산하듯 작품을 남겼다.

1878년 거의 25년간 함께 살았던 루이즈가 사망한다. 그리고 1880년
엘리엇이 죽을 때까지 그녀는 수필집을 냈을 뿐, 소설을 쓰지 못했다.
19세기 사실주의 소설들의 그 두꺼운 분량을 써내기에는 2년이라는 세
월이 너무 짧았다고 할 수도 있다. 하지만 루이즈의 죽음과 더불어 사실
상 소설가 엘리엇도 죽었다는 생각을 버리기 어렵다.

런던 첼시의 조지 엘리엇

엘리엇과 루이즈는 1870년쯤 이태리 여행 중에 존 왈터 크로스라는
청년을 소개받았다. 이 청년은 영국에 돌아와서도 이 두 사람의 집을 자
주 방문했다. 그들도 이 청년을 '조니'라는 애칭으로 불렀고, '조카'라
고 친근하게 대했다. 루이즈가 사망할 무렵 크로스는 어머니를 잃었다.
엘리엇과 크로스는 서로 사랑하는 사람을 잃은 상실의 아픔을 나누고
상대를 위로하면서 많은 시간을 같이 보내게 되었다. 그리고 엘리엇은
망설이던 끝에 '조니(Johnnie)'의 청혼을 수락한다. 1880년 5월, 두 사
람은 런던의 리젠트 공원 근처에 있는 교회에서 결혼식을 올리고 이태
리로 신혼 여행을 떠난다. 이유는 알 수 없지만 베니스에서 크로스가 호
텔 창에서 강으로 뛰어내려 자살을 시도하는 일이 벌어졌지만, 아무 일
도 없었던 듯 원래 일정대로 이태리 신혼 여행을 계속하고 귀국한다.

이 결혼이 알려지고 나서 오빠 아이삭이 보낸 화해 편지를 받게 된 것이 조지 엘리엇으로서는 가장 큰 기쁨이었을 것이다. 그는 여동생이 이제서야 '정직한 여인'이 되었다고 기뻐했고, 그들의 결혼으로 이제 여동생이 품위 있는 사회 속으로 편입될 수 있음을 반가워했다. 그렇지만 반대로 그녀 주변의 문학 동료들은 엘리엇의 갑작스러운 결혼에 충격을 받았던 것이 사실이다. 엘리엇은 여행에서 돌아와 서리 지방에서 머물다 그 해 겨울에 런던의 첼시(Chelsea)로 이사온다.

첼시 지역은 지금 5월에 열리는 첼시 화훼 전시(Chelsea Flower Show)로 유명하다. 이곳은 런던의 중심가 피카딜리 남쪽에 위치하며 테임즈강을 끼고 있다. 근방에는 세계적인 유명 상점들이 늘어서 있고, 여기에서 좀 더 올라가면 세상의 귀한 물건을 다 살 수 있다는 해롯 백화점이나, 돈과 감각을 함께 자랑하는 사람들을 위한 하비 니콜스 백화점을 만나게 된다. 정작 첼시 지역은 시내 가운데 있으면서도 의외로 조용해서 19세기이래 작가들이나 예술가들이 이 지역에 많이 모여 살았다. 이런 의미에서 코울리지와 키츠가 살았던 햄스테드 지역이 런던 북쪽에 문인들의 터전이라면, 첼시는 런던 남쪽의 인기 지역이었다. 그 중에서 19세기 이래 체인 워크(Cheyne Walk)와 체인 로우(Cheyne Row)는 문인들에게 특히 인기 있었다. 라파엘 전기 시인이며 미술가인 단테 가브리엘 로제티가 이곳에 살았고, 20

체인 워크 모습

카알라일 하우스

세기 초 문학평론으로 영향력을 발휘했던 힐래어 벨록도 여기에 살았다. 1950년대에는 시인 T. S. 엘리엇이 이곳의 주민이었고, 『제임스 본드』의 작가인 이안 플레밍이 체인 로우에 살았으며, 헨리 제임스도 말년을 이곳에 거주하며 보냈다.

조지 엘리엇이 이곳으로 이사 올 무렵 이곳의 대표적인 거주민은 카알라일(Carlyle)이었다. 스코틀랜드 출신인 카알라일은 고향을 떠나 아내 세인과 함께 체인 로우에 정착하여 1882년 사망할 때까지 이곳에 살았다. 그가 살았던 작은 붉은 벽돌집은 지금 '카알라일 하우스'로 보존되어 그들이 살았던 모습 그대로 유지하고 있다. 나중에 방음 처리를 한 위층 서재에서 카알라일은 여러 편의 사회평론을 발표하며 당대 사람들에게 큰 영향력을 발휘했다. 그는 '첼시의 현자(Sage of Chelsea)'라는 별명답게 박학다식과 지혜로움으로 사람들의 존경을 얻었지만, 당대의 '디오게네스'라는 다른 별명에 어울리게 검약하고 소박하게 살았던 것으로도 알려져 있다.

조지 엘리엇과 루이즈는 카알라일과 아주 가까운 친분을 유지하고 있었다. 그녀가 체인 워크 4번으로 이사온 것은 자신을 이해하는 가까운 사람들 곁으로 오고 싶었기 때문이었을 것이다. 엘리엇은 61번째 생일을 지내고 이곳으로 이사오지만, 이사 직후부터 목에 통증을 느껴서 고생한다. 그리고 이사 후 3주 만에 후두염으로 사망한다.

죽음 이후의 장소

철학자 허버트 스펜서는 엘리엇을 '정신적으로 가장 존경할 만한 여성'이라고 불렀다. 엘리엇이 사망한 후 허버트를 중심으로 그녀를 웨스트민스터 사원에 안장해야 한다는 움직임이 있었지만, 그녀의 사생활과 회의적인 종교관이 시비가 되었다. 엘리엇은 어려서 복음주의 교회에 빠져 있었으나, 코벤트리에서 알게 된 브레이 남매와 헨넬을 통해 필연성을 주장하는 자연 철학에 접하면서 합리적이고 과학적인 태도로 종교를 대하게 되었다. 그녀 소설의 목사들이 '과학적인 목회자'라는 비판을 들었듯이 그녀는 평생 교회의 독단적인 교리에 대해서는 일정한 거리를 두었던 합리주의자로 살았다. 엘리엇이 이 모든 혐의에도 불구하고 웨스트민스터 사원의 '시인의 자리'에 오기까지 백 년을 기다려야 했다.

남편인 크로스와 친지들은 그녀의 장례식을 하이게이트 묘지에서 치렀다. 하이게이트 묘지는 시끄럽고 복잡한 런던에 있다는 것이 믿어지지 않을 정도로 조용해서 우울하기까지 한 곳이다. 햇빛이 봄꽃을 피어올릴 것만 같은 밝은 대낮에도 묘지의 적막과 우울은 그대로다. 이제는 더 이상 묘지터가 없어 새로 장지를 만들지 못하는 곳인데 워낙 유명 인사들의 묘가 많다 보니 가끔 우리처럼 뜬금없이 관광차 이곳을 찾는 이상스런 사람들이 많다.

유명 인사들이 모여 있다지만 이 묘지를 유명하게 만든 것은 그 누구보다도 칼 마르크스일 거다. 마르크스의 묘지는 이 묘지 전체에서 가장 웅장하고 당당하게 장식되어 있어서 그 묘지의 어느 주인공보다도 두드

하이게이트 묘지의 마르크스 묘비(우)와 조지 엘리엇 묘비(좌)

러진 위용을 자랑하고 있다. 안 그래도 원래 커 보이던 그의 얼굴이 묘비 위에 크게 장식되어 있어 웬만큼 무지한 사람이라도 이 곳을 그냥 지나치기는 어렵다. 마르크스 두상(頭上) 아래 비명에는 "전세계 노동자여, 단결하라.(Workers of the World Unite)"라는 공산당 선언의 첫 줄이 써 있다.

엘리엇은 마르크스 같은 혁명가가 아니었던 만큼 묘지도 그렇게 시끄럽고 당당하지 않다. 하이게이트 묘지 문에서 들어와 마르크스에게 유혹되어 그곳으로 가기 못미처 중간쯤에 그녀의 자리가 있다. 그것도 호젓하고 그늘진 곳에 숨어 있어서 나처럼 시력이 신통찮은 사람은 죽은 자들의 잠을 깨울까(?) 염려하며 그 묘비를 찾아야 했다. 묘비를 보고 있노라니, 너니턴에 있는 그녀의 동상처럼 그녀가 어쩐지 겸손하고 고왔을 것 같다는 생각이 든다. 근처에는 그녀의 동지이자 남편이었던 루이즈가 있다. 존 크로스는 1924년에 사망했는데, 그의 묘비도 조지 엘리엇 근처에서 볼 수 있다.

여성이 글을 쓴다는 것

올리판트 부인(Margaret Oliphant)은 조지 엘리엇과 동시대에 활동했던 여류 소설가다. 조지 엘리엇의 이름이야 이제 '위대한 전통'에 속하지만 마아가렛 올리판트라는 이름을 아는 사람은 거의 없다. 그녀는 스코틀랜드 출신으로 100여 권의 소설을 썼지만, 그 모두가 엘리엇과 같은 수준에 다다르기에는 역부족이었다.

그녀 자신뿐 아니라 누구라도 그녀를 이류 작가라고 여겼다. 올리판트 부인은 조지 엘리엇의 소설을 칭찬하는 세간의 평에 대해 "내가 그 여자만큼 정신적인 온실(a mental greenhouse) 속에 살면서 그런 보살핌을 받았더라면 그보다 더 잘 썼을 것"이라고 했다. 그녀는 30살이 넘어 홀로 되었다. 빚에 쫓기고, 세 아이를 키우면서 생활을 꾸려야 하는 절박함에 몰려서 글을 썼다.

엘리엇은 개인적으로 고향에서 추방되고 가족들과 단절되는 고통을 겪었지만 소설가로서는 평생 자신의 재능을 키우고 격려해 준 사람과 함께 지내는 행운을 누렸다. 다른 사람들이 어떤 식의 이름으로 그들을 규정하든 그것과는 상관없이 엘리엇과 루이즈는 참다운 부부로 살았다. 게다가 그녀 곁에는 그녀의 글을 아끼고 진심으로 그녀의 사람됨을 존경했던 문인들이 있었다.

올리판트 부인의 평가가 어느 정도 진실성을 담고 있는지는 모를 일이다. 조지 엘리엇과 같은 입장에 있다고 해서 모두 위대한 소설가가 되는 것은 물론 아니다. 그렇지만 지금 세계 제일의 보수를 받는다는 바바라 월터즈조차 여자는 '일과 사랑, 자녀'를 다 가질 수 없다고 '당당히' 말하는 세상을 살고 있다. 남자들은 일에서 성공하기 위해 사랑과 자녀를 버려야 할 필요가 없다. 오히려 그들은 그런 이유로 가족들의 더 많은 배려와 이해를 얻고, 성공을 하면 또 새로운 구애를 즐기기도 한다. 소설가들의 경우도 예외는 아니다.

모두 다 그러자고 작정을 한 것은 아니었겠지만, 제인 오스틴이나 브론테 자매나 조지 엘리엇이나 또 그 중 가장 문화적인 환경에서 자랐다는 버지니아 울프도 자식을 두지 못했다. 제인 오스틴이나 에밀리, 앤 브론테는 평생 독신으로 지냈다. 샬롯 브론테는 당시로서는 늦은 나이에 결혼을 했지만 아이를 낳지 못하고 사망한다. 조지 엘리엇은 루이즈의 아들들과 애정어린 모자 관계를 유지했지만 자신의 아이를 출산한 적은 없었다. 정신병을 앓았던 울프는 정신적인 우울증이 심해질 것을 두려워하여 일부러 자식을 가지지 않았으며, 그녀의 우울증은 소설을 발표하고 그 반응을 기다리는 동안에 가장 심했다. 물론 이들의 인생이 개인의 선택만으로 이루어진 것도 아니고, 또 그들이 글을 쓰기 위해서 이런 혹독한 절제 생활을 선택했다고 말하기도 어렵다. 그러나 글을 쓰고, 그로 해서 사회적인 성공이나 명예, 부를 얻었다고 해도 그녀들의 인생이 윤택해진 것은 아니었다는 데에는 재론의 여지가 없다. 만약 남자 소설가가 그 정도의 지명도를 누릴 수 있게 되었더라면 어떤 삶을 만들어갈 수 있었을까 상상해 보면 여자 소설가들이 맞닥뜨렸던 세계가 그다지 공정하다고 결코 말할 수 없다.

여자가 글을 쓰려면, 여기에 더하여 또 다른 구속이 따랐다. 우선 여자가 글을 쓴다는 행위 자체를 변호해야 한다. 그들이 다루는 여성적인 소재가 하찮다는 제일의 공격에도 맞서야 하고, 성애에 대한 묘사에서 남자보다 자유롭지 못한 심리적 구속에 시달려야 한다. 너무 '나댄다'는 평을 받을까 조심하고, 너무 '답답하다'는 평을 들을까 봐 수다스러워진다.

울프가 「자기만의 방」에서 말했듯이 소설을 비롯하여 예술 활동이란 과학과는 다르기 때문에 여류 작가들에게 가해지는 이 구속을 피하기 어렵다. 과학은 '조각돌이 땅바닥에 떨어지는 것'이라면 소설은 '거미줄' 같은 거다. '아주 가볍게 달라붙어 있어서' 종종 그런 고착을 알아챌 수 없을 정도이긴 하지만, '어떻든 이 거미줄은 사면이 모두 삶에 닿아 있어야 한다.' 그렇다면 보이지는 않지만 조금이라도 삶에서 떠나 있을 수 없다는 뜻이다. 소설가의 인생은 이렇게 소설의 세계, 소설의 특질에까지 영향을 남기게 된다.

거미줄이라는 비유가 얼마나 약하고 부서지기 쉬운 세계를 뜻하는지 생각해 볼 필요가 있다. 적대적인 세계에 살면서 그 세계를 향해 말할 수 있으려면 이 거미줄이 퍼져 나갈 수 있는 정신적인 온실의 보살핌이 어느 정도 필요하다. 그렇다면 올리판트 부인의 자조적인 그 평에는 일말의 진실이 담겨 있었다고 할 수 있다. 그러나 조지 엘리엇이 그 온실을 확보하기 위해 치루어야 했던 것도 있다. 햇살 밝은 날 하이게이트 묘지를 돌아 나오면 산 자와 죽은 자의 세계를 날카롭게 가르는 금을 느끼게 된다. 그러면서도 이 삶과 죽음을 이어가며 여전히 우리 주변에 떠도는 편견의 무게 역시 잊을 수 없다.

6. 웨식스의 전설

토마스 하디
– 솔즈버리, 스톤헨지, 도체스터, 하이어 보크햄톤

토마스 하디

솔즈버리
스톤헨지
도체스터
하이어 보크햄톤

'도셋의 소설가', 하디

런던에서 솔즈버리 성당과 스톤헨지를 지나 한참 남서쪽을 향해 달려
가다 보면 도셋(Dorset) 지방이 나타난다. 콘월(Cornwall)이 영국 지도
의 남서쪽 끝을 가리키는 지역들을 통칭하고, 그 곁이 데본(Devon), 그
보다 동쪽으로 붙은 것이 도셋 지방이다.

도셋 지방은 근처 지역들이 워낙 영국의 절경으로 소문난 곳이 많아
근방 다른 지역들에 비해 특별히 유적지가 색다르거나, 경치가 유별나
다고 할 곳이 아니다. 다니다 보면 아담하면서도 부드러운 색깔의 옛 오
두막집들이 보이고, 사과로 사이다를 만들어 팔거나 집에서 만든 치즈
나 빵과 함께 차를 파는 농장도 만날 수 있고, 넓은 초원에 양들이 드문
드문 눈에 띈다. 이런 것들은 영국의 여느 농촌과 다를 바 없다.

평범한 도셋 지방이 유독 유명한 관광지가 된 것은 토마스 하디
(Thomas Hardy, 1840-1928)가 이곳에서 태어나고, 생활했기 때문이다.
그는 '도셋의 소설가' 답게 웨식스
(Wessex)라는 그 지방의 옛 이름으로
마을들과 집, 사람들을 소설 속에 불
러내어, 누구보다도 뛰어난 영국 시
골 생활을 만들어 냈다.

토마스 하디

시골 묘사의 대가

버지니아 울프는 아버지의 친구인

하디에 대해 그보다 "영어를 못 쓰는 사람은 없으리라"고 했다. 그녀의 관점에서 보면 하디의 소설들은 "주책이고, 과장되고, 흉하고, 무표정하다." 그런데도 "하디는 어떤 때는 어떤 소설가라도 해낼 수 없는 아주 기묘하게 매력적인 일을 해냈다." 울프가 부정할 수 없었던 하디의 기묘한 매력은 그의 소설의 배경을 그려내는 솜씨를 말한다.

하디의 소설에서 영국의 전원과 농촌 모습은 아주 현실적인 그림으로 다가온다. 그는 땅의 상태, 마을의 윤곽, 작물이나 채소 농사의 아주 세세한 부분들까지 묘사했다. 시골 마을의 옛 지리에 대해 고물 수집상 같은 관심을 가지고 있었으며, 이 모든 내용을 시인의 언어로 표현했다. 도시 작가들의 글과는 달리 하디의 글 속에 나오는 나무들은 모두 다 자기 이름을 가지고 있고, 바람이 불어오면 지미다 다른 소리로 잎사귀를 바스락거린다.

시골 사람들의 일과 그들이 땅과 맺고 있는 관계에 대해서도 하디만큼 정확하고 세밀하게 알고 있는 작가도 드물다. 거리를 가지고 바라보는 작가들에게 시골 사람들은 한 덩어리로 뭉쳐진 농부나 일당 잡역부로 보인다. 그러나 하디의 이야기에서 그들은 시골의 경기에 따라 부침을 달리하는 아주 개별적인 존재들이 된다.

테스의 아버지, 잭 더비필드(Jack Durbeyfield)는 소설의 첫 부분에서는 비록 늙은 말이긴 하지만 말에 물건을 싣고 다니다가, 소설이 끝날 때는 짐 싣는 말도 없이 혼자 짐을 지고 다니는 사람이 된다. 처음에 '해글러(haggler)' 였다가 나중에는 '푸트 해글러(foot haggler)' 로 바뀌는 이런 차이를 하디만큼 예민하게 바라본 작가도 드물다. 가브리엘 오크는 처음에 목부로 시작해서 토지 관리인이 되었다가, 작은 농토나마 소유한 독립적인 농부로 생활하지만, 소설의 마지막에는 일당 고용인의 자리로 다시 떨어진다. 이들의 변화는 도시의 큰 움직임에서 사는 사람들이 보면 하찮은 것이지만, 그들의 인생에서 보면 나라의 정권이 뒤바뀌는 것 같은 엄청난 차이를 지닌다.

시골 생활의 일거리에 대해서도 하디만큼 잘 알고 있는 작가가 없다. 『삼림지대 사람들(The Woodlanders)』에서 그는 사이다를 만들고, 나무를 심고 나무껍질을 벗기고, 닭싸움을 시킨다. 소설 전체에 나무가 그득하고, 그곳의 날씨는 언제나 축축하다. 『테스(Tess of D' Urberville)』나 『속세를 멀리 떠나(Far From the Madding Crowd)』에서는 양떼가 등장하는 낙농의 생활이 그려진다.

그림같이 세밀하고 부드러운 시골 묘사는 옛 전원시의 전통대로 평화롭고 한가하지만, 그 가운데에서도 하디는 실제 생활의 문제를 버리지 않았다. 양들이 바람 때문에 고생하고, 짚가리가 타오르며, 양치기 개가 미쳐 날뛰고, 젖소들은 말을 듣지 않는 데다 젖 짜기도 어렵다. 목장에서 일하는 여자들은 남자들에게 유혹당하고 버림받고, 술을 마신다. 그의 소설에 등장하는 시골 사람들은 관광객용의 선전물도 아니요, 시인들이 가공한 낭만적인 목동도 아니고, 자연과 합일한 순진무구한 존재도 아니었다. 그들은 실제로 피와 살을 가지고 가난과 갈등을 겪으며 그 땅에 살아가는 사람들이었다.

하디의 소설

그가 사용한 언어조차도 도시인들의 세련된 언어가 아니었다. 외국인인 우리로서야 그 차이를 잘 알 수 없지만, 하디의 영어는 소설 배경이 되는 지방의 방언일 때가 많다. 영국인들조차 하디의 소설을 제대로 읽으려면 많은 단어들이나 어구를 이해하기 위해 특별한 사전의 도움을 구해야 한다. 그가 사전에 올린 단어들도 많았다.

하디는 어느 날 친구인 소설가 그레이브즈에게 이렇게 말했다. "또 단어를 새로 만들어 쓴다고 비난을 당할까봐 두려워서 요즈음은 몇 번씩 사전을 뒤져보고 있지. 그러면 찾고 있던 그 단어가 딱 거기 있는 거야. 계속 읽어보면 거기에서 인용한 유일한 용례는 나도 반쯤 잊어버린 내 소설밖에 없더군." 이렇게 그는 자기가 그리는 사람들의 실제 모습을 신빙성 있게 살려냈다.

하디는 영국 시골 생활을 되살려내고, 그곳에 사는 사람들의 생활을 있는 그대로 그려낸 작품들을 발표하면서 어느 소설가도 따라오기 어려운 인기를 누렸다. 살아 생전 그가 누렸던 인기에 비하면 현재 그의 인기가 떨어진 것은 사실이다. 여기에는 하디 소설의 반복된 주제 탓도 있었지만 소설 대중의 취향이 바뀐 것도 크게 작용했다. 하디가 그렸던 그런 마을이나 시골 사람들의 생활, 농촌의 살림, 노동의 모습들은 이미 그가 소설을 쓸 무렵 서서히, 또 강제적으로 사라져 가고 있었다.

그 자신이 밝혔듯이 하디에게 있어 시골은 그가 직접 생활한 터전이라기보다 그의 할머니가 들려 준 옛 생활이었다. 실제로 그 정도 거리를 두고 보면 사라져 가는 것의 뒷모습이 보일 만도 하다. 떠나는 사람이 아직 보일 때 가장 안타깝고 쓸쓸하고, 슬픈 법이다. 나중에 무엇이 가고 무엇이 남았는지 정리가 되고 나면 그런 애틋한 향수를 떠올리기 쉽지 않다.

영국의 농촌이 여전히 노동과 낮은 수입에 시달리긴 하지만, 하디의 소설의 자리와는 많이 다르다. 그의 글의 지나친 숙명성도 하디를 읽는

데 부담이 된다. 그의 주인공들이 겪는 불행도 어떨 때는 좀 부당해 보일 때가 있다. 그가 그리는 자연도 영국의 전원이 보이는 부드럽고 완만한 곡선이 아니라, 시골의 가난한 계층이 겪어야 하는 서글프고 날카로운 사선으로 드러날 때가 많다. 그래서 "하디는 시골 마을의 무신론자가 되어 시골의 멍청이들을 간섭하며 모욕한다"는 체스터튼의 신랄한 지적에 긍정이 갈 때도 있다.

세계인의 '하디 마을'

그럼에도 불구하고 '하디 마을'이라고 하는 도셋 지방의 도체스터 근방에 가면 그의 자취를 찾아서 전세계에서 온 관광객을 만나게 된다. 영국인들의 사랑도 지극하지만, 특히 미국인들과 일본인들의 열광은 대단한 모양이다. 확인되지 않은 사실이지만, 영국인 친구의 말로는 하디 마을이라는 것 자체가 일본 관광객을 위해 만들어진 일종의 세트장 같은 거라고 비웃었다. 하긴 일본인들은 뭘 좋아하면 좀 지나치다 싶을 정도로 몰려들기 때문에 일본 관광객만을 목표로 이런 세트장을 꾸미는 것도 크게 손해는 아닐 거라는 생각이 든다.

일본인들은 고호를 좋아하는 것으로도 유명하다. 몇 년 전 고호의 그림, '해바라기' 3점 중 1점을 일본의 노무라 증권이 어마어마한 돈을

도체스터의 표지판

들여서 구입하는 바람에 유럽인들의 기를 팍 죽였던 적이 있다. 자칭 타칭 유럽의 고흐 전문가들이 이 그림이 가짜라고 그럴듯한 이유를 들어가며 주장을 하지만, 노무라 증권을 포함한 일본인들의 고흐 사랑은 가히 사무라이 정신이라 목에 칼이 들어온대도 꿈쩍하지 않는다. 죽으면 고흐 옆에 묻히겠다는 일본인이 그렇게 많고, 네덜란드의 고흐 무덤 곁에는 실제로 일본인들의 무덤이 여럿 있다. 그러고 보면 우리도 수많은 서양화가들 중에서 고흐의 그림을 좋아하고, 수많은 서양 소설들 중에서 『테스』를 많이 읽고 있는 편이다. 일본 사람들이 우리를 따라하는 걸까. 우리가 일본 사람을 따라하는 걸까.

일본인이나 우리와 상관없이 미국인들도 하디를 좋아한다. 미국인들이 하디를 선호하는 까닭도 역시 『테스』 때문이다. 그런데 그 『테스』는 하디의 『테스』가 아니라 헐리우드의 '테스'를 말할 때가 많다. 『테스』는 하디의 작품 중에서 아름다운 여주인공의 사랑과 비극에 초점을 두고 있기 때문에, 새로운 젊은 여배우의 화려한 데뷔를 알리기에는 이보다 더 좋은 작품도 드물다. 아카데미 감독상을 받은 로만 폴란스키 감독이 이미 여러 차례 영화화된 '테스'를 또 만들겠다고 할 수 있었던 것도 나스타샤 킨스키라는 당시 무명의 배우와 테스의 매력을 동시에 이용할 수 있었기 때문이었다.

하디 생가로 가는 길

하디는 도체스터 외곽의 하이어 보크햄튼(Higher Bockhampton)에서 태어났다. 이 작은 시골 마을을 찾아가는 길은 멀고도 멀다. 정작 지도상에 나타난 물리적 거리가 멀어서라기보다는 중간에 너무나 많은 지역들이 '나도 하디'라고 유혹하고 있기 때문이다.

하디는 소설 속에서 도셋 지방의 여러 마을들을 배경으로 사용했다. 소설가가 진공 속에서 태어나지 않았으니 자기가 살던 곳이나 만났던 사람들, 겪었던 사건을 글 속에 집어넣는 것은 어쩔 수 없는 일이다. 우리 같은 이방인이 보면, '아, 테스가 이런 데 살았구나' 하고 소설 속의 세계로만 여길 섯도, 그 마을 주민들이 보면 '이긴 분명 우리 동네다, 이 길은 바로 그 길이고, 이 숲은 바로 그 숲이고, 이 성당은 바로 그 성당'이라고 소리치고 싶은 것이 당연지사다. 게다가 하디는 도셋 지방을 떠난 적이 별로 없다. 그래서 그곳에 살면서 작품마다 같은 지명을 반복해서 사용하다 보니, 그 근처 지방을 대상으로 꽤 정밀한 하디 소설 지도가 만들어져 있다.

도체스터(Dorcester)는 하디 소설 속의 카스터브리지(Casterbridge)로, 크랜본(Cranborne)은 체스버러(Chaseborough), 비미스터(Bea-mister)는 엠미스터(Emminster), 비어 리지스(Bere Regis)는 하디 소설의 킹스버러 서브 그린힐(Kingsbere-sub-Greenhill)로 나타난다. 영국에서 제일 높은 첨탑을 가진 성당으로 알려진 솔즈버리(Salisbury)는 멜체스터(Melchester), 셸리의 전시실을 찾아갈 수 있는 항구 도시 본마우스(Bournmouth)는 샌드번(Sandbourne), 하디가 태어난 하이어 보크햄톤은 어퍼 멜록(Upper Mellock)으로 확인되어 있다.

그런데 영국인들이 그리도 자랑하는 솔즈버리조차도 낯선 이방인에게 그걸 하디 소설의 멜체스터라고 강조한들 무슨 의미가 있을까 묻지 않을 수 없다. 『카스터브리지의 시장(The Mayor of Casterbridge)』을 소설이 아니라 관광 안내지도처럼 손에 들고 도체스터를 도는 건 너무 우스꽝스러운 일이다. 그런 걸 '호사가의 취미' 라고 하는지 모르겠지만, 이건 쉬운 낱말을 어렵게 설명한 것과 같이 혼돈스러움만 더한다.

이야기를 다시 풀이하자면 다음의 예도 마찬가지일 것이다. 영국은 섬나라답게 생선 요리가 많다. 생선 요리라고 하니 우리처럼 전 부치고, 회 뜨고, 옷 입혀서 튀겨 먹는 손길 많이 가는 고급스러운 음식을 상상하면 곤란하다. 흔히 '피시 앤 칩(fish and chip)' 이라고 하여 감자 튀김과 함께 나오는 영국식 생선 튀김은 자그마한 생선들을 한 마리 통째로 길게 반으로 갈라, 가시를 다 발라 내고 튀김옷을 망토마냥 크게 입혀 튀겨 낸 음식이다.

튀김에 자주 사용되는 단골 생선들로서는 '하독(haddock)' 과 '코드(cod)' 가 있다. 내가 보기에는 둘 다 흰 살 생선이고, 슈퍼마켓에서도 항상 다듬어져 있어서 그 두 종류를 구별하기가 어려웠다. 사전을 찾아 보니, '하독은 대구의 일종' 이고, '코드는 대구' 란다. 난 사실 대구도 제대로 모른다. 도회지에서 태어나 살았고, 생선 시장도 잘 가지 않지만, 생선 목을 자르고 싶지 않아서 되도록 손질이 다 된 것을 사다 보니 완전한 형태의 대구를 본 적이 없다. 설혹 봤다고 한들 그게 대구인지도 몰랐을 거다. 그러니 내가 무슨 재주로 '대구' 와 '대구의 일종, 북대서양 대구' 까지 구별할 수 있겠는가.

도체스터가 나한테 '대구' 라면 '카스터브리지' 는 '대구의 일종' 인 셈이다. 난 그걸 구별할 재간이 없다. 또 나한테 내 나라도 아닌 남의 나라에서 소설 속의 도시와 실제의 도시를 비교하며 즐기라고 한다면 수산학의 기본을 모르면 대구를 먹지 말라고 하는 거나 마찬가지다.

경건과 엄숙의 스톤헨지

나같은 이방인이라도 하디 소설의 지역에서 실제 지역과 틀림없는 유사성을 찾을 수 있는 곳이 바로 스톤헨지(Stonehenge)다. 알렉을 죽이고 도망친 테스는 엔젤과 더불어 거대한 돌의 "이교 사원(heathen temple)"에서 하루 저녁을 묵는다. 그곳 잔디에 앉아 두 사람은 "오랫동안 큰 돌기둥 사이를 지나는 바람 소리를 들었다." 다음날 새벽 테스는 체포된다.

스톤헨지는 누구나 알다시피 선사 시대의 유물이다. 아마 그 당시 종교적 기능으로 사용되었으리라 추측이 되지만, 이렇게 넓은 솔즈버리 평원 위에, 아무도 살지 않는 곳에 커다란 돌덩어리들이 어떻게 옮겨져서, 왜 이런 모양으로 서 있는지, 아직까지 정확한 사실이 밝혀지지 않았다.

북쪽 에딘버러에 살 때부터 나는 남쪽에 있는 스톤헨지가 보고 싶었다. 물론 그것은 하디와는 아무 상관이 없는 바램이었다. 영국에서 딱 하나만 보고 가라면 스톤헨지를 꼽았다. 처음 그곳을 찾았을 때 느낌은 지금도 강렬하다. 인가도 없이 지루할 정도로 이어지는 녹색 초원을 멍하니 바라보고 있다가 낮은 언덕을 넘어서자 문득 나타났던 엄청난 크기의 돌기둥들은 나에게 아직도 깊은 감동으로 남아 있다. 몇 세기를 그곳에 그렇게 서 있는 스톤헨지의 단순하고 단호한 진지함에는 어느 화려한 건물도 전달할 수 없는 경건과 엄숙이 있다. 와이 계곡의 무너진 틴턴 사원만큼이나 '내 마음의 사원'이라 할 만한 곳이었다.

10여 년 전만 해도 축축한 잔디밭을 밟으며 그 돌들을 만져 볼 수도 있었고, 사람들이 그 안에 써둔 쓸데없는 낙서까지 찾을 수 있었는데,

스톤헨지

이젠 사정이 달라졌다. 반대편에 만들어 둔 매표소에서 표를 사서 지하 굴다리를 지나야 그 평원에 다가갈 수 있고, 스톤헨지를 삥 둘러가며 출입 금지 표지 선이 가로막고 있기 때문에 가까이 다가가 그 돌을 만지고 거기 기대어 내 키를 재보는 일 따위는 꿈도 꿀 수 없다. 관광객의 손에서 이 무심한 돌을 지키겠다는 영국 관광청이나 유적 보존소의 배려 때문이겠지만, 오히려 이런 인위성이 저 돌의 엄숙을 해친다는 저항감이 들었다. 이렇게 인위적으로 감동을 과장한다면 그건 더 이상 누구의 '마음의 사원' 일 수가 없다.

뾰족한 첨탑을 자랑하는 솔즈버리의 성당

근처의 솔즈버리는 길고 뾰족한 첨탑을 자랑하는 성당으로 유명하다. 솔즈버리를 떠날 때도, 그 곳을 향해 들어올 때도 성당의 첨탑은 도시 넘어 하늘 저 위까지 닿아 있는 길잡이가 된다. 하디는 이곳을 '조용하고 마음을 달래 주는' 멜체스터로 그려냈다고 하는데, 실제로 그의

사제관 뜰에서 본 솔즈버리 대성당(컨스터블 그림, 1823)

누이들이 이곳에서 교육을 받았기 때문에 하디는 이곳에 아주 익숙했
었다.

성당을 찾아가는 길은 여러 갈래지만 도시의 좁은 성문을 지나 성당
에 닿게 되면 더 크고 찬란한 성당의 위용과 맞닥뜨리게 된다. 이 성당
의 원래 이름이 '성모 마리아의 성당(The Cathedral Church of the
Blessed Virgin Mary, Salisbury)' 이라 그런지 성당의 크기에 비해 곱고
평화로운 느낌이 든다. 성당 앞에는 넓은 공용 공간이 있어 사람들은 그
곳에서 산책도 즐기고 휴식도 한다.

성당 앞 광장에 '하디의 길(Hardy's Trail)' 이 친절히 그려져 있다. 그
가 즐거이 품고 살았던 웨식스 지방은 물론 소설에 등장했음직한 모든
마을을 포함하여 동쪽의 햄프서 주, 서쪽의 데본과 섬미셋 주까지 다 소
개하고 있다. 웨식스 지방의 안내책을 쓰는 것까지 도왔던 하디지만 그
도 소설 속의 마을과 실제 마을이 일치한다고 인정한 적은 한번도 없었
다. 설혹 일치한다고 해도 그의 마을은 생활 양식과 관습이 이미 민간의
잊혀져 버린 과거의 마을이지 현재 지도상의 지역은 아니다.

사랑이 넘쳤던 하디의 생가

'나도 하디' 라고 유혹하는 곳을 다 무시하고 곧바로 그의 생가를 찾
아가자면 도체스터에서 좀 떨어져 있는 아주 작은 시골 마을을 찾아야
한다. 도체스터 시를 향해 가면서부터 이미 심상치 않게 자주 표지판이
나타나기 때문에 이 작은 마을을 놓칠 수는 없지만, 여전히 쉬어 가라는
곳은 많다.

도체스터에는 하디가 앉아 있는 조각상이 있고, 하디 생가에 도착하기 직전에 나타나는 커다란 아델햄튼(Athelhampton) 하우스도 삼각형으로 정교하게 다듬어진 정원의 우아한 관목을 자랑하기보다는 어려서 아버지 따라 슬쩍 다녀간 하디를 들먹이면서 관광객을 유혹한다. 간신히 시골 마을 입구 주차장에 차를 세우고 축축한 비포장길을 따라 하디의 생가까지 걸어 들어가는 데는 5분도 걸리지 않는다.

가는 중간에 '에섹스'와 '트로이'라는 이름을 가진 당나귀 모자가 있어 우리는 이곳에 왜 왔는지 잊어버리고 한참 그 채식주의자 동물들을 구경했다. 당나귀가 하디보다 좋다는 아이들을 마치 당나귀 끌듯 몰고 그의 집에 들어서기까지 족히 50분의 시간은 흘렀을 것이다.

그의 집은 작지만 정원은 풍성하다. 갖가지 나무와 꽃들이 정성스럽게 다듬어진 정원은 언제나 무료로 개방되는 모양이다. 작은 오두막집에 비해 정원은 참 탐스럽고 아름답다. 그게 꼭 관광용의 전시만이 아니라 하디를 포함해서 거의 모든 영국인들이 정원을 이렇게 전문가처럼 아름답게 가꾼다.

D. H. 로렌스도 자기 정원 솜씨를 자랑했고, 미국인 헨리 제임스는 물론 자기가 직접 하지 않았지만 정원사를 들여 언제나 정갈하게 정원을 다듬었다. 버지니아 울프도 정원에 열광적이었고, 제인 오스틴도 계절이 오고 가는 정원의 모습을 편지에 자랑스럽게 담았다. 그 사람들이 부르는 다양한 꽃의 이름과 나무의 색깔이 아주 세심하고 정확해서 정말 세상

도체스터에 있는 하디의 조각상

삼각형의 관목을 자랑하는 아델햄튼 하우스

하이어 보크햄턴에 있는 하디의 생가

을 글로 잘 쓰려면 또 그만큼 세심한 관찰과 많은 이름을 알아야겠다는 생각이 든다.

17살의 하디가 이 집에 대해 쓴 시가 아직 남아 있다. 그 글도 이 정원의 풍성한 아름다움으로 시작한다.

이곳은 서쪽을 향하고, 집 뒤와 옆을 두르는　It faces west, and round the back and sides
큰 밤나무, 구부러져 나뭇가지 베일을 이루고　High beeches, bending, hang a veil of boughs,
지붕에 닿아 있구나. 야생의 꿀 새는　And sweep against the roof. Wild honey-sucks
벽을 오르고 소원을 키우는 듯　Climb on the walls, and seem to sprout a wish
(나무나 식물의 소원을 상상할 수 있다면)　(If we may fancy wish of trees and plants)
바로 가까이 사과나무를 넘어서려고　To overtop the apple-trees hard by.

정원 입장은 무료인데, 그에 비해 볼품없고 작은 집을 보려면 돈을 내야 한다. 그가 태어난 집은 하디의 증조 할아버지가 1800년에 직접 지은 것으로, 그때 이래 별로 바뀌지 않았다. 하디의 아버지는 석공 일을 주로 하면서 건축업을 했던 사람이고, 하디의 할아버지 역시 건축 일을 했었다. 하디는 —물론 아버지나 할아버지보다— 더 고급의 건축 일이긴 하지만, 처음에 그들과 마찬가지로 설계와 건축을 직업으로 택했다. 런던에서 건축을 공부하고, 일 때문에 가끔 집을 떠났지만, 그는 이 집에서 34살이 될 때까지 살았다.

이 집은 영국 유적 관리소(National Trust)가 보존, 운영하는 건물 중에서 아마 가장 작은 규모일 거라고 한다.

집에 들어서면 서쪽으로 작은 거실이 있는데, 그나마 이 공간이 이 집에서 제일 큰 공간이다. 바닥은 예전에 사용한 판석(板石)의 분위기를 되살려서 낡은 벽돌을 깔았고, 나무를 가운데 넣어 둘로 나눈 천장은 너무 낮아 팔만 펴도 닿을 정도였다.

2층으로 올라가는 구석의 벽에는 정말 아주 작은 창이 있다. 그쪽의 구석방은 할아버지와 아버지의 사무 공간으로 쓰였다고 한다. 2층 계단 입구에서 바로 보이는 방이 하디의 부모가 쓰던 방이고, 그가 태어난 방이다. 출생 당시 그는 죽었다고 생각될 만큼 병약한 아이였으나, 다행히 튼튼하게 자라서 88세까지 살았다.

현재 이곳에 하디 관련 출판물들과 소설들이 전시되어 있다. 전세계에서 번역된 그의 소설들도 여기에서 볼 수 있다. 우리 나라 번역본은 물론 유럽의 알 만한 나라들을 포함해서 일본, 핀란드, 아이슬란드, 터키, 유고 등지에서 보내 온 번역물들이 가지런히 꽂혀 있다.

하디는 어려서 근치에 로우이 보크헴딘(Lower Bockhampton)에 있는 학교를 다니다, 조금 나이가 들자 도체스터에 있는 학교로 옮겨 매일 6마일 이상의 거리를 걸어 다녔다. 그가 이곳 지리에 밝았던 것도 다 이런 까닭에서였다. 그는 어려서부터 글을 썼고, 어머니는 아들의 글재주를 아껴서 소설 쓰기를 격려했지만, 그는 직업 작가로 나서는 일을 오랫동안 망설였다. 20대에 그는 직업 관계로 몇 년 동안 런던에서 살았는데, 아마 이때가 여행 이외의 목적으로 도체스터 지방을 떠나 있던 유일한 때였다. 1867년 그는 다시 고향으로 돌아와 건축가 일을 하면서 소설을 썼는데, 4년 후에야 그 소설을 출간했다. 그의 첫 소설 『Desperate Remedies』가 출판된 것은 1871년으로, 그의 나이 31살 때였다.

세인트 줄리옷의 교회

첫 아내 엠마 기포드

콘월의 세인트 줄리옷(St. Juliot)의 목사관을 개조하는 일을 맡았을 때도 그는 이 집에서 새벽 일찍 콘월을 향해 떠났다. 하디가 첫 아내 엠마 기포드(Emma Gifford)를 만난 곳이 바로 그곳이었다. 엠마는 그곳 주임 목사의 처제였다. 그가 멀리 떨어진 콘월 지방을 '로우어 웨식스(Lower Wessex)'라 부르고, 특히 콘월 북쪽 지방을 리온니즈로 노래한 데에는 이 사랑의 탓이 컸다.

내가 리온니즈를 향해 떠날 때
백 마일 떨어져 있는 곳
가지마다 노래가 있고
별 빛이 내 외로움을 밝히네

When I set out for Lyonnesse,
A hundred miles away,
The rime was on the spray,
And starlight lit my lonesomeness

내가 리온니즈를 향해 떠날 때 　　　　　　　When I set out for Lyonnesse,
백 마일 떨어져 있는 곳 　　　　　　　　　　A hundred miles away,

노래부르듯 가벼운 사랑의 시를 썼던 하디는 엠마를 만나기 전 이미 연애도 했고, 둘 다 30이 넘은 나이였는데도 불구하고, 그는 엠마를 '서쪽 웨식스 아가씨(West of Wessex girl)' 라고 불렀다. 둘은 만날 때마다 함께 마을 근처를 산책하고, 피크닉을 다녔으며, 영국인들이 아서 왕의 출생지라고 '믿고 싶어' 하는 틴타젤 성까지 다니기도 했다.

하디는 1872년이 될 때까지 거의 일 년마다 한 편의 소설을 발표했고, 이 소설들이 성공하자 전업 작가로 출발할 확신을 얻게 되었다. 완전히 소설가로 직업을 바꾼 하디는 『속세를 멀리 떠나』를 출판하던 1874년 '사랑하는' 엠마와 결혼했고, 하이어 보크햄톤의 집을 떠났다.

그런데 소설가의 사랑은 겨우 2년도 가지 않았다. 결혼 후 2년 정도 지나자 '사랑의 환상' 이 깨졌다. 부부 사이에 금이 갔지만, 그는 이혼이나 별거를 택하지 않고 침묵과 무관심으로 그녀를 대했다. 둘 사이의 불협화음과 냉랭함은 친구들 사이에서도 다 공인된 사실이었고, 그는 아내 이외의 여자들을 만나 간간이 사랑하면서 그 공허를 메꾸었다. 1912년, 4년 연애와 2년 신혼 동안 '사랑하는 엠마' 였다가 나머지 36년 동안 '지겨운 엠마' 였던 이 아내가 하디보다 일찍 갑작스레 세상을 떠났다.

아내가 죽고 나자 그는 자신이 아내를 사랑했다는 걸 깨달았다. 다시 사랑하는 엠마를 찾았지만 그녀가 세상에 없으니 그 사랑이 더 간절할 수밖에 없었다. 그의 사랑의 노래를 담은 『시집(Poems, 1912-1913)』은 이렇게 나왔다. 이 사랑의 시는 사랑에 빠진 30살의 총각이 쓴 것도 아니고, 신혼의 재미에 잠긴 순진한 신랑이 쓴 것도 아니라, 70살이 넘은 남자가 아내를 떠나 보내고 쓴 것이다. 그 시집의 첫 비가, 「여행 (Going)」은 이렇게 표현한다.

결코 안녕이라 말하지 마라
아니, 부드러운 소리로 내게 입맞추어 주오
한마디 소망이라도 말할 수 있었으면,
내가 아침이 움직이지도 않은 채
단단히 굳어있는 걸 보는 동안,
당신의 긴 여행이 그 순간 남겨 놓은 아침,
그리고 모든 걸
바꾸어 버린 아침인 걸 알지도 못한 채…

Never to bid good-bye,
Or lip me the softest call,
Or utter a wish for a word, while I
Saw morning harden upon the wall,
Unmoved, unknowing
That your great going

Had place that moment, and altered all

최근에 테드 휴즈도 이혼 후 자살한 전 아내 실비아 플라스를 기리는 『편지』를 냈었다. 그런 걸 사람들은 사랑의 시라고 하는 모양이지만, 그 때의 사랑은 시인의 자기애를 가리키는 단어이지, 절대 시의 대상이 된 여성을 가리키는 말이 아니다. 사랑은 아주 강한 감정이라 거기에 빠진 사람은 그걸 노래하기 어렵고, 그 감정을 노래하는 사람은 그 감정을 즐기고 희롱할 수 있을망정 거기 빠져 있기가 어렵다. '사랑'을 입에 달고 다니는 사람일수록 사랑에 야박한 것은 이런 이유에서다.

하디는 아내가 죽은 지 2년 후에, 그 전부터 알고 지내던 플로렌스 더그데일(Florence Dugdale)과 결혼했다. 그리고 그녀와 함께 엠마의 고향을 자주 찾았다. 젊은 시절 그들이 자주 갔던 해안가나 산책로를 다시 다니며 달콤하고 쓸쓸한 사랑의 시를 썼고, 마을 교회에 죽은 아내를 기리는 현판을 걸기도 했다.

그의 두 번째 결혼이 불행했느니, 행복했느니 말이 많지만 한 가지 확실한 것은 플로렌스라는 여자는 참을성이 많았을 거라는 점이다. 그녀는 하디가 죽고 난 후 『토마스 하디의 생애(The Early Life of Thomas Hardy)』라는 회고록을 출간했다. 그녀가 이 책을 썼다기보다는 하디의 말을 받아썼다고 보는 것이 보통이다.

첫 아내와 결혼한 다음 20년 동안 하디는 12권 이상의 소설을 썼는데, 이 모두가 다 웨식스 지방을 중심으로 한 이야기들이었다. 1878년부터 1891년까지 지금까지 그의 대표작으로 꼽히는 『귀향(The Return of the Native)』, 『카스터브리지의 시장』, 『테스』 등을 발표하면서 소설가로서 그의 인기를 따라갈 사람이 없었다. 그런데 이런 대중적인 인기에도 불구하고 그는 늘 평론가들의 곱지 않은 시선을 받아왔다.

『테스』와 그에 이어 1895년 발표한 『주드(Jude the Obscure)』에 대한 평론가들의 혹평이 너무나 거세고 날카로워서 하디는 그 이후 소설을 포기하고 단편이나 시에 몰두했다. 하디라는 이름보다는 『테스』라는 이름을 더 잘 기억하는 우리 시대의 감성으로는 『테스』에 대한 당시의 평론가들의 공격을 참 이해하기 어렵다. 하지만 그들은 시골의 어리석은 사람들을 대상으로 연이어 일어나는 우연한 사건들의 신빙성을 받아들일 수가 없었다. 아내 플로렌스의 회고록을 보면, 하디는 "이런 일이 계속된다면 나는 더 이상 소설을 쓸 수 없다. 그냥 삐죽이 서서 남이 쏘는 총을 맞는 건 바보나 하는 짓"이라고 생각했다.

하디의 시

하디는 소설을 쓰면서도 항상 소설보다는 시를 제일의 문학 형식이라고 생각했다. 그러나 어떤 장르가 중요한 것이 아니라 얼마나 좋은 작품을 쓸 수 있느냐가 중요하다는 것은 정답이다. 그렇게 좋아한다고 해서 다 시인이 될 수 있다면 시 읽기 좋아하는 나라고 해서 시인이 되지 말라는 법은 없다. 그게 그렇게 쉽지 않은 것은 하디 역시 마찬가지였다. 그는 1898년 『웨식스 시집(Wessex Poems)』을 시작으로 8편의 시집을 출간했다. 그의 의욕과 열중에도 불구하고 그는 지금 시인으로 기억되기보다는 소설가로 기억된다.

하디가 발표한 운문 중에서 문학성과 상관없이 특이한 작품이 있다면, 『군주들(The Dynasts)』을 들 수 있다. 이는 산문과 운문을 섞어 가며, 웨식스의 평범한 남자와 여자의 눈을 통해 나폴레옹 전쟁을 보여 주는 작품이다. 1989년 이 작품을 기본 골격으로 하여 치체스터 축제 극장에서는 '승리(Victory)'라는 이름으로 작품을 공연한 바 있다.

또 그의 시 가운데에는 「죽은 웨식스(Dead Wessex)」라는 작품이 있다. 이 시는 그의 애견 '웨식스'의 죽음을 기리며 쓴 시다. 우리 식으로 바꾼다면 '삽살이에게'라는 식의 시를 썼다는 얘기가 된다. 서양 사람들 가운데 개한테 유산을 남긴다든지, 집을 남기는 경우도 있으니 하디가 그 개의 죽음을 기리며 「죽은 웨식스」라는 시를 쓴 것은 작가로서 당연한 태도였을 거다. 바이런의 뉴스테드 아비의 정원에도 크고 멋진 작은 탑이 있는데, 그것은 바이런의 애견을 기리는 장소였다.

영국인을 포함해서 서양 사람들의 개, 고양이 사랑은 유별나다. 그렇다고 그들의 생명애가 개나 고양이를 포함할 정도로 넓은 것도 아니다. 다른 사람들의 안테나 망에 걸려들지 않도록 자신의 사생활을 보호하고 싶은 사람들은 대인 공포와 뿌리 깊은 불신 때문에 사람을 사귀면서 마음 졸이기보다는 말 못하는 개를 키우며 만족한다. 미국 대통령이 된 루

도체스터에 있는 하디의 마지막 거처, 막스 게이트

스벨트가 다음 백악관 주인들에게 "친구를 믿지 말고 개를 키우라"고 했듯이, 성공과 지위를 얻는 일은 사람 사이의 외로움의 골을 더 깊게 만드는 길 같다.

막스 게이트의 하디 박물관

결혼 후 하디는 하이어 보크햄턴을 떠나서 여러 곳에 이사를 다니다가, 1885년 자신이 설계하고 동생이 일 년 동안 건축을 맡았던 도체스터의 막스 게이트(Max Gate)로 이사온다. 이 집은 웨어햄(Wareham)의 번잡한 순환도로 곁에 위치하고 있어 그다지 편안한 느낌을 주지는 않지만, 그런 대로 2층으로 된 집이 크고 창이 널찍해서 실내가 환하리라

도체스터에 있는 도셋 지방 박물관의 하디 전시실

는 생각은 든다.

하디는 여기에서 그의 유명한 소설 대부분을 완성했고, 시도 썼으며 친구들을 환대했다. 원하지 않는 사람들이 몰려들 때는 뒤의 작은 녹색 문을 통해 살짝 빠져나가 근처의 프롬(Frome) 들판으로 나간 적도 많다고 한다. 플로렌스는 하디보다 오래 살았는데, 그녀마저 죽자 이 집은 경매에 들어갔다. 하디의 여동생 케이트가 이 집을 사서, 영국 유적 보존회(National Trust)에 막스 게이트를 맡겼다. 그녀의 조건은 주거용으로 임대하되 일반에게 공개해서는 안된다는 것이었다. 지금도 누군가가 살고 있기 때문에 우리는 그 겉모습만 볼 수 있을 뿐이다.

하디가 막스 게이트에서 사용했던 서재는 도셋 지방 박물관(Dorset County Museum)에 그대로 재현되어 있다. 도체스터의 하이 웨스트 스트리트에 자리잡은 도셋 지방 박물관은 1884년 1월 1일에 개관된 건물답지 않게 밝고 환하다. 도셋 지역의 관련 자료나 여러 가지 다양한 기념물들을 보관하고 있는 박물관이지만, 때로는 이 박물관을 하디 박물관이라고 부를 정도로 이곳에는 하디의 많은 유품들이 꼼꼼하게 보관되어 있다.

막스 게이트의 시재를 복원한 공간 한옆에는 벽난로가 사리하고 있고, 그 위에 작은 사진들이 전시되어 있을 뿐, 나머지 벽은 온통 책으로 둘러싸여 있다. 책상의 낡은 진녹색 가죽 덮개 위에는 그의 안경과 펜, 잉크 따위가 진열되어 있다. 크고 작은 돋보기를 그렇게 많이 사용한 걸 보면 그가 본 책들의 활자가 너무 작았던가, 아니면 그의 시력이 나빴던가 모를 일이다.

하디의 심장만 묻혀 있는 세인트 마틴 교회 묘지

이 박물관에서 하디의 생가까지 거의 중간 부분에 스틴스포드 마을이 있다. 어린 하디는 학교를 다닐 때 이 길을 지나갔을 거다. 스틴스포드(Stinsford)의 세인트 마틴 교회 묘지에는 하디의 가족 대부분이 잠들어 있다. 하디 역시 이곳에 묻히고 싶어했지만 그의 인기와 명예가 이 소박

스틴스포드에 있는
하디의 묘지

함을 허락하지 않았다.

그가 죽은 후 웨스트민스터 사원에 그 유해가 안치되었고, 이 교회 묘지에 있는 것은 그의 심장이라고 한다. 예전에는 심장이 생명의 중심이라고 여겼으니까 그의 심장을 이곳에 묻음으로써 하디의 숨결을 느낄 수 있다고 보는 모양이다. 그러니까 교회 마당에 들어서서 바로 나무 그늘 아래에 보이는 하디의 묘비를 읽을 때는 조심해야 한다. "여기 하디의 심장이 잠들어 있노라(Here lies the heart of Thomas Hardy)"고 할 때 심장은 수사적 비유가 아니라 해부학적인 사실을 말하는 것임을 명심해야 한다.

나로서는 셸리의 경우도 그렇고, 하디의 경우도 그렇고, 심장을 떼어내는 관습과 사고 방식을 이해하기가 참 어렵다. 사랑하는 사람과의 이별이 쉽지 않은 거야 이해할 수 있지만, 그렇다고 해서 아주 필요한 경우도 아닌데, 그 몸의 일부를 떼어낸다는 건 그렇게 간단한 일이 아니다. 더구나 묘지에 그의 심장이 있다는 말을 들으면 위대한 작가의 그윽한 숨결이 떠올라야 문학적 감각이 있는 사람일 텐데, 난 아무리 애를 써도 피가 고여 있는 그 심장이 먼저 떠오르니, 도무지 세련된 사람이 아닌 모양이다.

가는 사람을 애써 붙잡아 그 심장을 떼어낸들, 그것은 더 이상 우리 곁에서 숨쉬고 사랑하던 그런 따뜻한 생명체가 아니다. 심장에 혼이 있다고 믿었기에 망정이지, 지금처럼 뇌사를 인정했더라면, 작가들마다 뇌수를 남겨야 했을 판이다. 살아남은 누군가에게 도움이 되기 위해 장기를 떼어 내는 것도 아니고, 단지 여기저기 합당한 무덤을 만들자고 심장을 떼어내는 건 아무리 문화적 의미로 치장한다 하더라도 좀 야만적이라는 느낌이 든다.

세인트 마틴 교회의 묘지에는 1972년에 사망한 계관 시인 루이스(Cecil Day Lewis)의 묘지도 있다. 루이스는 하디를 존경했기 때문에 굳이 이곳을 그의 자리로 골랐다. 이 교회의 묘지는 평화롭고 아주 편안하다. 도셋 지방의 날씨가 좋아서인지 몰라도 소설가의 묘지로는 런던의 웨스트민스터보다 백 배 더 어울렸다. 조용하고 소박했던 시골 사람들의 삶과 언어를 그렸던 하디가 진정 이곳에 묻히고 싶어했던 것도 이런 이유에서일 것이다.

웨스트민스터 사원의 공식적인 장례식에서 하디의 영구를 운반한 사람들은 그의 절친한 친구들인 제임스 베리 경, 존 갈즈워시, A. E. 하우즈만, 루디야드 키플링, 버나드 쇼, 에드먼드 고스 경 등이었다. 이들 모두 글쓰기로 이름을 남겼던 문인들이었다. 글로 세상을 살아나갔던 사람을 떠나 보내는 데에 이보다 더 합당한 장례 인사들은 없을 것이다.

7. '인생은 영국의 정원, 시간은 영국의 오후'

헨리 제임스

– 햄프턴 코트, 옥스퍼드, 라이

H. G. 웰즈

– 사우스 하팅

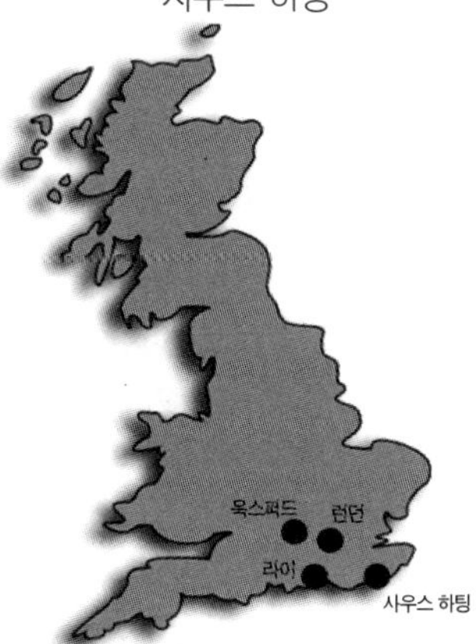

헨리 제임스, H. G. 웰즈

햄프턴 코트
옥스퍼드
라이
사우스 하팅

영국을 사랑했던 미국인, 헨리 제임스

영국의 남서쪽으로 라이(Rye)라는 지방이 있다. 호밀을 주로 심던 곳이라 '라이(rye)' 인지 그 이름의 기원은 알 길이 없다. 이 마을은 바다를 바라보고 있으면서도 관광지 같지 않게 품위 있고 아주 조용하다. 이곳까지 오면서 보게 되는 시골 마을들은 조용하다 못해 침묵하는 듯하다.

라이는 넓은 평원을 지나 언덕 위에 자리잡고 있다. 마을 높은 곳에서 보면 훤하게 넓은 평야와 시원한 영불 해협이 보인다. 마을은 오래되어서 작고 낡은 집들이 좁은 마차 길을 따라 비좁게 들어서 있다. 마을의 제일 큰 거리에는 골동품 가게들과 작은 찻집들이 올망졸망 정겹게 이어져 있다. 낮고 붉은색의 지붕이 놓여 있는 집들이 여린 해를 받으며 갈색으로 변하고, 은은한 바다 냄새를 담은 여름 저녁의 바람을 맞노라면 아주 편안하고 행복하다. 헨리 제임스(Henry James 1843-1916)는 20여 년간 바로 이곳에서 여름을 지내며 소설을 썼다.

라이에 오기 전까지 제임스를 간단히 따라가 보면 미국인의 눈에 비친 영국의 모습이 담겨 있다. 제임스가 작품 활동을 하던 시절은 아직 미국이 세계 최강으로 확인되기 전이었다. 풍부한 자원과 넓은 국토로 신생국의 자신감은 있었지만, 유럽에 비하면 문화적 열등감을 느끼지 않을 수 없던 처지였다. 제임스는 미국과

헨리 제임스

유럽의 차이에 대해 유독 민감했던 작가였다. 자랑할 문화 유산이 거의 전무한 신생국 출신 작가가 보기에 시간의 손길을 느끼며 고풍스럽게 늙어 가는 영국의 대학, 정원, 장원은 품위 있는 귀족의 모습 그대로였다. 제임스의 영국 감상은 한 마디로 감동에 찬 연애 편지다.

할아버지의 유산, 시인의 여유

헨리 제임스는 미국의 소설가이지만 일찍이 유럽을 여행하고 중년 이후 대부분의 시간을 영국에서 보냈다. 그의 할아버지는 아일랜드 사람으로, 그 섬나라의 기난을 피해 미국으로 이민했고, 그곳에서 부를 쌓았다. 그는 나중에 뉴욕 주 전체에서 두 번째로 재산이 많은 사람이 되었다.

당시 액수로 3백만 달러라는 어마어마한 유산을 물려받은 아들, 헨리 제임스 1세는 이 돈으로 여러 곳을 여행하고, 종교 철학이니 뭐니 하며 '돈 안되는' 공부를 할 수 있었다. 손자들은 할아버지의 유산으로 대서양을 왔다갔다하면서 미국과 유럽 양쪽의 문화를 습득할 여유를 누렸다. 제임스 가족이야말로 1세대가 억척스럽게 벌어들인 재산으로 2세대, 3세대는 품위 있는 문화 생활을 즐길 수 있었던 전형적인 이민 가족의 모습이었다. 그리고 제임스 형제는 일반인들은 엄두도 낼 수 없을 정도로 풍부한 문화 경험과 교양을 습득함으로써 당시로서는 초보에 불과했던 미국 문화 수준을 한층 높여주는 역할을 했다.

헨리 제임스는 뉴욕의 워싱턴 플레이스에서 태어났다. 그는 어려서부터 부모님을 따라 런던, 파리, 제네바 등 유럽의 여러 도시에서 학교를 다니면서 언어를 배우고 문화를 익혔다. 할아버지가 남긴 유산 덕분에 제임스 형제는 돈에 연연하지 않은 길을 갈 수 있었다.

헨리 제임스의 형인 윌리엄 제임스는 실용주의 철학을 주창하면서 미국 철학의 대표적인 사상가로 자랐다. 윌리엄 제임스의 철학은 소위 '미국 철학' 이라고 불릴 만한 사상의 시발점이 되었다. 헨리 제임스 2세는 단편과 기사를 쓰면서 소설가의 길을 걸었다. 1869년, 26살이 되면서 헨리 제임스는 가족을 떠나 혼자 유럽 여행을 했다. 당시 영국의 남쪽 지방도 여행했던 그는 조지 엘리엇, 윌리엄 모리스, 단테 가브리엘 로제티, 존 러스킨 등 그 당시 문인들과 친분을 맺었다.

그 후에도 혼자 유럽을 수차례 드나들던 그는 1875년 파리에 정착하기로 결심했다. 그렇지만 파리에서 자신이 '영원한 이방인' 이라는 걸 깨닫게 되면서 1876년, 그는 런던으로 거처를 옮겼다. 그리고 죽을 때까지 영국에서 살았다. 영국에 정착한 후 그는 지속적으로 소설을 발표했다. 까다로운 제임스 소설의 성격 때문에 삽시간에 많은 수의 독자가 생길 수는 없었지만, 그 대신 시간이 갈수록 미국과 유럽에서 아주 열렬한 헨리 제임스 애호가들이 지속적으로 생겼다.

제임스의 영국

제임스의 작품에 전반적으로 흐르는 주제는 미국인의 순수와 어리석음, 유럽인의 문화와 타락이다. 『여인의 초상』, 『대사들(The Ambassadors)』 등 그의 작품들에서는 신생 국가인 미국의 어리석지만 순수한 세계와 낡고 오래된 유럽의 세련되었으되 타락한 분위기들이 서로 대비되어 나타난다. 촌스럽고 어리석은 미국인들이 유럽의 문화와 맞닥뜨리면서 갈등과 혼돈, 심지어는 파멸까지 겪는 일이 벌어진다.

작품에서 그가 바라보는 영국 풍경은 영국 땅에 처음 발을 디딘 사람이라면 느끼게 되는 감동 그 자체다. 그가 영국 기행으로 쓴 『영국의 시간(English Hours)』은 영국의 전원과 마을, 건물들에 대한 감탄과 애정으로 가득 차 있다. 제임스는 미국에서는 도저히 경험할 수 없는 고요하고 귀중한 '시간의 흐름'을 영국에서 경험했다.

많은 미국인들이 그렇듯이, 제임스는 이미 영국을 찬양할 예술적, 문학적 비유를 준비하고 영국을 바라봤다. 소설 속의 주인공들도 대체로 헨리 제임스처럼 영국 땅에 새로 들어온 사람들이고, 영국의 풍부한 문화와 전통에 이미 놀라기로 작정한 사람들이었다.

햄프턴 코트 궁전

초창기에 쓴 『정열의 순례(A Passionate Pilgrim)』에서 제임스는 테임즈강 상류에 위치한 햄프턴 코트(Hampton Court) 궁전을 새롭게 살려낸다. 햄프턴 코트 궁전은 헨리 8세 때부터 왕궁으로 사용되었고, 윌리엄 3세와 앤 여왕이 특히 애용했던 곳이다. 이제는 왕실의 거처로 사용되기보다 관광객들을 위한 역사극의 무대처럼 쓰인다.

몇 년 전 여름부터는 야외 오페라 무대가 열려서 또 꽤 많은 돈을 벌어들이고 있다. 또 첼시 화훼 전시회가 열리고 난 직후 바로 이어 꽃과 식물의 전시회가 열리는 곳으로 이미 유명하다. 정교한 디자인으로 기

정원에서 바라본 햄프턴 코트 궁전

하학적 배치에 따라 철에 맞게, 색에 맞게, 다양한 정원수와 꽃들이 가득한 정원에서 궁전을 바라보며 걸으면 제임스가 이곳에서 느꼈을 감동이 어떠했을지 쉬이 짐작이 간다.

궁전의 여러 곳이 화려하고 사치스럽지만, 왕실 전용 교회당의 치장은 더욱 정교하다. 이곳의 천장은 푸른 바탕에 자잘한 별 무늬를 박아 놓고 그 사이를 고딕 건물의 천장 장식으로 감싸고 있는데, 지붕 장식의 곡선이 만나는 부분마다 화려한 왕관들이 장식되어 있다. 문득 찬란한 궁전까지는 괜찮다고 해도, 찬란한 왕실 예배당을 보니 왕들은 분명 천당에 가지 못했으리라는 심술이 발동한다.

햄프턴 코트 궁전의 수많은 방들을 돌아보던 제임스가 특히 감탄하던 곳은 이 궁전의 유명한 정원이다. 그곳에서 그는 넓으면서도 조직적인 정원의 '옛 기하학'을 읽는다. 마로니에가 심어진 길을 따라 걸으면서

'생각 있는 관광객이라면 누구나 느낄 수 있는 귀한 감정'에 빠져들고, 아주 정열적으로 그 인상과 일체가 되는 신비한 합일감을 체험한다.

궁전의 정돈된 정원에서 깊은 색을 지닌 꽃망울들, 진한 붉은색의 궁전, 돌담의 장식과 텅 빈 창은 자랑스럽고 찬란한 과거를 말하는 것처럼 보인다. 작은 마을은 공원과 궁전 사이에 펼쳐 있고, 잔디가 깔린 공설 운동장 주위에 점잖은 주점들, 담쟁이가 뒤덮인 교회와 목사관을 보면 나는 봉건시대 마을이 은근히 살아나는 걸 떠올리게 된다. 어둡게 섞여 있는 빛에서 나는 모든 영국의 산문을 읽었다. 부드럽고 축축한 바람은 영국 시인들의 운문에서 불어오는 것이다. 비에 젖어 깊어진 초록의 이 넓은 땅 아래 수친 명의 명예로운 죽음이 묻혀 있나.

햄프턴 궁전에는 궁전과 예배당, 찬란한 과거나 운치있는 예술만 있는 것이 아니다. 그보다는 오히려 궁전의 유령과 궁전의 부엌이 관광객들에게는 더 유명하다. 이곳에 출몰한다는 유령은 튜더 왕조 때 의상을 한 여자라고 하는데, 최근에 궁전의 CCTV 카메라에 이 유령의 모습이 잡혔다고 방송을 타기도 했다. 원래 유령이라는 게 사진 모델 같은 직업이 아니다보니 그 감시용 카메라에 찍힌 모습도 불분명하고 희미해서 이리 보면 유령이고, 저리 보면 흔한 사진 잔상에 불과했다. 직접 유령과 통성명 한 사람은 없어 그 신원에 대해서도 여러 설이 있는데, 그 중 가장 유력한 설은 헨리 8세의 5번째 부인으로 이곳에서 런던 타워로 잡혀간 캐서린 하워드일 거라는 주장이다. 그녀는 결혼 전 연애 상대와 계속 만난 죄목으로 결국 죽음을 당하는데, 타워로 가기 전 왕에게 마지막으로 호소하겠다고 나섰지만 결국 이를 이루지 못하고 울부짖으며 궁전을 떠났다.

헨리 8세 때문에 주목받는 것이 유령만은 아니다. 궁전의 부엌 역시 워낙 음식과 잔치를 좋아했던 이 왕 때문에 각광을 받는 곳이 되었다. 지금까지 영국 전역에서 튜더식 부엌을 가장 잘 보존하고 있는 곳이 이 궁전이다. 또 영국 어느 유적지에서든 대단한 음식이라도 준비하는 양호들갑을 떨면 대개의 경우 '엘리자베스조 잔치' 혹은 '튜더 잔치'라는 이름으로 불리는 데에서 알 수 있듯이 이 당시 사람들의 식욕과 잔치상이 영국인들의 포식 기준인 모양이다.

헨리 제임스야 유령이고 부엌이고 관심이 없지만, 우리는 부엌에 들러 문화와 문학의 배를 채워주는 현장을 답사했다. 햄프턴 궁전의 자랑거리인 튜더 왕조식 부엌에는 여기 저기 음식 재료들과 식기들이 '의도적으로' 어지럽게 널려 있다. 마치 지금 막 헨리 8세의 연회라도 준비하는 느낌이다. 아직 세련된 형태는 아니지만 다양한 모습의 계량컵이나 국자들이 재미있어 놋쇠로 된 우유 계량 국자를 하나 샀다. 아이들은 그거랑 소설가가 무슨 상관이 있느냐고 볼멘 소리로 묻는다. '다 먹어야 쓰지, 안 먹고 어찌 쓰나', 당연한 대답으로 위기를 모면하며 궁전을 나선다.

여름 오후로 비유되던 옥스퍼드의 아름다움

그의 감동은 햄프턴 코트에만 머무는 것이 아니라 영국 전역으로 움직인다. "산울타리가 처진 우스터 주의 어둡고 비옥한 평원과 사과꽃으로 하얗게 물든 완만한 허포드의 관목이 자라는 산등성이"에서부터 시작되어 말로 다 할 수 없이 신성한 옥스퍼드까지 이어진다.

　제임스에게 옥스퍼드는 '여행의 최고의 보상, 완전한 고딕 산문'이다. 옥스퍼드에서 느끼는 감정은 "너무 크고 너무 다양해서 말로 다 표현할 수 없다." 특히 그가 마음에 깊은 인상을 받은 것은 세인트 존스 컬리지의 오래된 정원이다. 대학의 정원들을 보고, 제임스는 이곳이 영국에서 가장 아름다운 곳이고, 영국 체제의 가장 성숙하며 가장 달콤한 과실"이라고 기록한다.

> 오래된 신록에 갇히고, 100년 된 포도나무의 풍성한 잎사귀들이 덮고 있는 은회색 부드러운 담벽이 방어하며, 향기와 사생활과 기억들로 가득 차 있는데, 학생들은 잔디 위에 누워 책에 빠져 있나…… 그늘은 영원히 그 잔디 위에 누워 있는 것처럼 보인다. 인생은 거대한 옛 영국 정원이고, 시간은 끝없는 영국의 오후라고 행복하게 믿고 있다.

　에디스 와튼은 제임스가 가장 좋아했던 영어 단어가 '여름 오후(summer afternoon)'였다고 한다. 이 때 여름을 우리 나라 여름이라고 생각하면 큰 오해다. 지금이야 영국에도 우리처럼 후덥지근한 날씨도 있지만, 제임스가 살던 때만 해도 영국 여름은 기온이 높아봐야 25도를 겨우 넘나들던 때였다. 초록 잔디위에서 크리켓을 할 때도 하얀 운동복 위에 또 하얀 면 스웨터를 걸쳐 입어도 되는 그런 날씨가 영국의 여름 날씨였다. 오후가 되어 햇볕이 아무리 강렬해도 그늘에만 들어서면 서늘하고 나른했다. 거기에다 오후라면 하루 중 부산함이 어느 정도 가라앉고 티타임을 즐길 시간이다. 만족스럽고, 여유롭고, 편안한 시간이 바로 여름 오후였던 셈이다. 옥스퍼드를 여기에 비유했으니 그가 이곳에 얼마나 큰 호감을 가졌는지 쉬이 짐작이 된다.

영국인보다 더 영국적이었던 제임스

방랑자처럼 움직이던 그가 영국을 떠나지 않았던 데에는 이런 감동이 있었기 때문이다. 신생 국가의 서투른 참신성을 뒤로 했던 헨리 제임스는 영국의 정원이나 오래된 학교뿐 아니라 영국의 장원에 대해서도 각별했다. 규모가 크면서도 섬세한 구조와 장식을 자랑하는 옛 건물들을 보면 바로 영국 자체를 보는 듯한 감동을 느꼈다.

영국에서 하우스(House)나 홀(Hall), 플레이스(Place)라고 붙여진 건물들은 정부청사나 공공 건물의 기능을 하는 때도 있지만, 주로 귀족들의 세습 주거지일 때가 많다. 요즈음 들어 돈이 필요한 귀족들이 그 집을 팔게 되면, 건축주들은 커다란 하우스 한 채를 몇 군데로 나눠 임대하거나 판매한다. 그렇게 나뉘어진 집들은 같은 건물 안인데도 불구하고 집집마다 양식과 구조가 모두 다르고, 따라서 값도 다 다르다. 이렇게 옛날에는 한 사람의 집이었다가 지금은 몇 개의 독립된 주거 공간으로 바뀐 아파트를 '용도변경된 아파트(converted flat)'라고 해서, 원래부터 '아파트로 지어진 아파트(purpose-built flat)'로 구별해서 부른다.

'용도변경된 아파트'는 우리 나라의 아파트나 영국의 '아파트 용도의 아파트'와 달리 동일한 건물 내에 있으면서도 서로 상이한 공간 구조를 갖고 있다. 그 이유는 그 건물 내에 이미 독립된 주인의 공간과 하인의 공간이 나뉘어져 있고, 주인 한 사람의 용도에 따라 요모조모로 다르게 설계되었기 때문이다. 10가구 이상이 들어가 살 수 있는 건물을 예전에는 한 가족이 하인을 부려가며 다 점유했다는 걸 상상해 보면 그들의 호사가 어느 정도였는지 알 수 있다.

제임스가 영국의 장원이나 귀족의 종가를 어떤 느낌으로 봤을지 그의 소설에서 추측할 수 있다. 제임스의 소설 중에서도 특히 제임스를 연상시키는 인물이 있다면, 그것은 『여인의 초상』의 주인공인 이자벨 아처(Isabel Archer)일 것이다. 이자벨은 제임스처럼 영국에 매료되고 영국의 옛날에 매료된다. 그녀가 처음 와버튼 경의 세습 종가를 봤을 때, 그녀는 이렇게 생각한다.

> 가장 부드럽고, 가장 깊고, 가장 낡은 단단한 회색 건물이 크고 고요한 성과 주변에서 나타나지, 이자벨은 마치 동화 속의 성을 보는 듯했다. 날씨는 차고 다소 어두웠다. 이곳에서 가을은 첫 자취를 남긴다. 물기 젖은 햇살이 벽 위에 희미한 옛 빛을 남기면서 부드럽게 자리를 찾아가면 옛날의 상처가 예리하게 살아난다.

이런 감상을 가지고 있기 때문에 이자벨은 와버튼 경과 그의 결혼 제안을 현실로 받아들이지 못한다. 그녀는 와버튼 경과 그가 대변하는 세계를 현실로, 일상의 생활로 여길 수가 없다. 그가 결혼을 청하자 그녀는 자기 마음에서 어떤 그림, "오래된 영국 장원의 정원에서 그 마을의 귀족과 젊은 레이디가 사랑을 속삭이는 장면"을 지워 버릴 수가 없었다. 독립적인 인생을 원했던 이자벨은 그런 그림과 그런 강렬한 과거가 자기 인생을 지배하는 것을 너무나 싫어했다.

이자벨의 환상과 실패를 그리는 제임스의 솜씨를 보고 있노라면, 그가 영국을 그림처럼 바라보는 자신의 문제를 얼마나 잘 파악하고 있었는지 새삼 깨닫게 된다. 바로 자기 앞에 펼쳐져 있는 현실의 영국, 현실의 영국인보다는 감상과 역사로 채색된 갖가지 기억이 앞선다. 착오의 위험을 충분히 알고 있지만, 작가는 그 무게를 덜어낼 수 없고, 또 덜어내려고 하지도 않는다. 이미 사랑하기로 작정한 사람이 보는 사람에게 영국의 모든 것들은 동화와 전설로 다가온다. 어찌 보면 제임스는 영국인보다 더 영국적이었고, 영국을 더 사랑했다.

헨리 제임스의 생활

오랜 세월 영국에서 살면서 그는 영국의 여느 문인들에 비해 더 고상하고 품위 있게 살았다. 라이에서 생활할 때에도 그는 집사, 요리사, 정원사, 가정부, 거실 담당 하녀와 가사 담당 하녀들을 두고 살았다. 그가 살던 집 못지 않게 정원 역시 영국식으로 정갈하게 정돈되어 있었고, 계절의 바뀌는 때에 따라 실수 없이 새 단장을 했다. 영국의 장원과 아름다운 정원에 감동했던 것은 제임스와 다른 영국 작가들을 이어주는 공통점이지만, 그가 손수 정원 일을 하지 않았던 점에서는 여느 영국인들과 달랐다.

라이의 집을 글 쓰기 장소로 애용했지만 그는 런던에도 아파트를 계속 두고 있었다. 런던은 다른 예술인들과 마찬가지로 제임스에게도 네트워크의 장소였다. 문인들과 교제하고 새로운 소식을 듣기 위해 런던은 필요했다. 또 그는 추운 겨울을 그곳에서 지냈다. 그가 반드시 돈이 많아 그런 것만도 아니었다. 그의 할아버지가 남긴 유산은 여러 자손들에게 나뉘어지면서 흩어졌다. 그가 글을 써서 그 수입으로 생활비를 벌

서섹스와 켄트의 남동쪽에 있는 롬니 마쉬

었다고는 하지만, 그렇다고 해서 대단한 독자를 얻은 것도 아니고 엄청난 부를 가진 것도 아니었다. 굳이 영국이 아니더라도 제임스는 본질적으로 고상하고 품위 있는 것만을 좋아하게 되어 있었다.

1896년 제임스는 여름을 나기 위해 런던을 벗어나 남쪽 지방을 찾아간다. 그 전의 여행에서 서섹스에 익숙해 있었던 그는 롬니 마쉬(Romney Marsh)의 주변을 돌다 그 가장자리에 있는 라이(Rye)를 선택한다. 런던에서 차로 2시간이 넘게 남쪽 해안을 향해 달리다, 롬니 마쉬의 평원을 지나 로드(Rothe) 강을 지나면서 라이가 보이기 시작한다.

라이 주변의 황량하고 인적 드문 지역을 롬니 마쉬, 혹은 그저 마쉬

(목초지, The Marsh)라고 부른다. 이곳에는 여기저기 오래된 옛 돌담들이 있고, 양떼들이 흩어져 있을 뿐 하늘과 땅이 맞닿을 정도로 평원이 이어진다. 마쉬 평원에는 군데군데 늪이 있고, 간간이 물이 고요히 흐르는데 전체 풍경은 그윽하고 조용하기만 하다.

라이는 '언덕 위의 피난처'라는 별명을 가지고 있는데, 그 말 그대로 단조롭게 이어지는 평원 지방에서 갑작스러이 언덕 위에 우뚝 나타나는 곳이다. 라이의 언덕 위에서 내려다보면 초록의 평원이 끝도 없이 이어지는 것처럼 보인다. 마을 반대쪽의 해안으로 눈길을 주면 크지 않은 항구에 크지 않은 보트 몇 척이 평화로이 떠 있다. 영국의 가을이 가장 천천히 부드럽게 지나가는 곳이 아마 라이일 것 같다.

라이의 램하우스

우리가 갔을 때는 그 마을 관광 안내소 어디에도 헨리 제임스의 거처를 알리는 안내장이 없었다. 관광 안내소에는 '1066 마을'이라고 부르는 마을들 소개가 쌓여 있다. 1066년 윌리엄 정복왕의 싸움터였던 헤이스팅즈부터 윈첼시아까지 이어지는 마을들을 '1066 마을'이라 통칭하고 있다. 라이도 '1066 마을' 중 하나이다 보니 이 마을의 유구한 역사를 자랑하는 자료나 안내장만 가득하다.

1897년 제임스는 라이의 머메이드 거리 꼭대기의 램 하우스(Lamb House)를 임대한다. 3년이 지나고 나서 그는 2,000파운드를 주고 그 집을 사버렸다. 서양인들이 일시에 돈을 다 내고 집을 소유하는 경우는 드물다. 20년, 30년씩 '모기지(주택담보 장기융자금, mortgage)'를 내면

영국에서 가장 오래된 마차길을 자랑하는 머메이드 거리

서 집값을 갚아 나가는 것이 보통이다. 자기 집이라고 해도 우리 같은 개념의 소유는 아니다. 엄청난 목돈을 한꺼번에 내는 건 어지간한 재력이 아니면 그들로서는 상상할 수 없는 일이다. 그러나 제임스는 드물게도 금액을 일시에 지불하고 이 집을 샀고, 또 그만큼 이곳을 마음에 들어했다.

영국에서 가장 오래된 자갈길이라고 '자랑' 하는 머메이드 거리(Mermaid Street)를 따라 올라가면 꼭대기 낡은 교회 곁에 헨리 제임스의 집이 나타난다. 이 집은 1721년 토마스 램이 지은 것이다. 램 가족은 1864년이 될 때까지 이곳에 살았던 라이 지방의 유지로 오랫동안 램 가문에서 라이의 시장이 배출되었다. 또 얼떨결이긴 했지만 이 집은 왕의 거처이기도 했다. 조지 1세가 이곳을 지나다 배가 좌초되는 바람에 이 집에 사흘간 묵어 간 사연이 있다.

머메이드 거리에서는 지금도 마차가 달리는 소리가 들리는 듯, 오래된 자갈들이 늦은 햇살을 받아 반짝인다. 그 거리가 끝나는 언덕에서 이 집의 정원 벽이 이어져 있다. 정원을 막아 두는 붉은 벽돌담 위에는 헨리 제임스가 이곳에서 책을 썼으나 공습으로 파괴되었다는 현판이 붙어 있다.

제임스는 이 집을 별로 고치거나 바꾸지 않았기 때문에 지금도 예전 램 가족이 살 때와 비슷한 상태로 남아 있다. 1940년 독일 공습으로 이 마을에 남아 있던 오래된 아름다운 집들이 완전히 망가졌다. 이 집 역시 큰 피해를 입었지만 지금은 어느 정도 예전 상태로 복구가 되었다.

그가 살던 때에 비해 자동차의 왕래가 더 빈번해졌고, 주변 사정이 변한 거야 세월 탓이니 어쩔 도리가 없다. 제임스는 런던에서 살았지만, 18년간 이 집에 거처를 두고 여름철은 주로 여기에서 보냈다. 1875년 이후에 나온 대부분의 그의 작품들은 모두 이 램 하우스에서 완료되었다.

이 집은 거리의 제일 꼭대기에 위치하고 있기 때문에 운치 있는 이 마을에서도 전망이 유독 좋았다. 정원에 있는 별실 창으로 라이의 마차길이 내려다보인다. 하얀 담에 까만 나무테로 장식된 튜더 시대의 집, 희미한 붉은 벽돌집, 하얀 창들이 조율을 기다리는 낡은 피아노의 건반처럼 이어져 있다. 또 그만큼 오래된 마차길을 오르는 한가로운 사람들을 보고 있노라면 부드러운 발자국 소리에 천천히 저무는 가을의 적막이 더 고적하게 다가온다.

헨리 제임스의 집, 램 하우스(라이)

'뮤즈의 사원' 으로 불리던 램 하우스의 여름 별채

여름이 되면 제임스는 '뮤즈의 사원' 이라고 불렀던 정원 별채에서 일했다. 아침에 일어나는 대로 작품을 구상하는 일에 들어갔으며 매일 오후마다 전속 비서가 방문하면 그간 구상해 두었던 작품 내용을 구술했다. 겨울에는 건물 안의 서재에서 일했다. 계절이 바뀌고, 장소가 바뀌어도 그는 주로 홀로 구상한 작품을 오후에 비서에게 받아쓰는 방법으로 작품을 만들어 나갔다.

제임스의 독특한 작업 방법은 그를 방문하는 사람들에게 잘 알려져 있었다. 인기 작가 E. F. 벤슨(Benson)이 여러 차례 헨리 제임스의 집

을 방문했고, 제임스가 죽고 나자 이 집을 임대해서 사용했다. 벤슨은
1934년 라이의 시장직을 역임하기도 했다. 벤슨은 그의 글, 「Final
Edition」에서 라이와 램 하우스, 헨리 제임스에 관한 재미있는 일화를
남겼는데, 헨리 제임스와의 만남을 이렇게 썼다.

> 그는 다음날 아침 미리 차려져 있는 아침을 먹고 조지 왕 시대에 세워
> 진 정원의 별실로 사라졌다……헨리 제임스는 여기에서 아침 일을 했는
> 데, 그때는 아무도 그를 성가시게 해서는 안되었다. 점심이 되면 계단 곁
> 의 정원에서 그가 나타나길 기다린다. 그러면 그가 책으로 둘러싸인 방 안
> 을 왔다갔다 하면서 구상중인 소설을 타이피스트에게 받아 적게 하는 소
> 리를 들을 수 있다. 그의 목소리는 커졌다 작아졌다, 다시 커지기도 한다
> …… 이런 식으로 그는 소설을 작성했다. 그는 미리 줄거리의 세세한 노트
> 를 만들어 이걸 손에 들고 비서에게 낭독했다 … 그건 바로 남이 들으라고
> 만들어진 연설 대본을 실현하는 현장이었다.

제임스가 라이를 좋아한 데에는 이 마을이 엘리자베스 시대의 희곡
작가인 플레처(John Fletcher)의 고향이기도 했기 때문이다. 그가 남긴
편지를 보면 그가 이 집에 가진 감동과 인상을 느낄 수 있다.

> 나는 라이에서 지난 2년 동안 이곳을 점찍어 두었다. 이 집은 너무나
> 완벽했다. 5월부터 11월까지 조용한 은둔처를 구하던 나의 오래된 욕구는
> 처음 이곳을 보자마자 해결되었다. 이곳은 내가 꿈꿀 수 있는 곳 중에서도
> 가장 고요하고 그러면서도 아주 즐거운 곳이다. 부드러운 피라미드 형 언
> 덕 꼭대기에 자리잡은 곳, 오래된 자갈길, 잔디가 자라고, 지붕을 다시 이

은 집들, 이 집은 고상한 옛 교회 근처에 있다. 붉은 담으로 둘러싸인 나의
멋진 옛 정원에서 이 교회 종소리를 들으면 아주 달콤하다.

교회의 달콤한 종소리

제임스의 이런 표현에 몽롱해지려는 의식을 다시 제자리로 돌리기 위
해 이 집의 또 다른 역사를 보는 것도 괜찮다. 이건 다시 '믿거나 말거
나' 이야기인데, 램 하우스에는 유령이 출몰한다는 말이 있다.

집 옆에는 제임스의 표현대로 '달콤한' 종소리를 울리던 낡은 교회가
있다. '고상한 옛 교회'에는 언덕을 향해 묘지가 이어져 있다. 아무리
보기 나름이라지만 이 집 근처의 교회 무덤은 주택지와 유별나게 가까
워 어쩐지 어울리지 않는다.

제임스가 떠나고 여러 사람들이 이 집에 살았는데, 그 중에는 루머 고
든(Rumer Godden)이라는 여류 작가가 있었다. 이 집에서 무엇을 경험
했는지 모르지만 그녀는 신부님을 불러 소위 말하는 서양식 푸닥거리,
'엑소시즘'을 했다고 한다. 신부님은 이 집의 온갖 가구들과 세간들 심
지어 냉장고까지 축성을 해서 귀신을 몰아냈다. 아니, 몰아내려고 했다.

놀라운 것은 제임스도 그렇게 믿었고, 그 다음에 그곳에 살았던 벤슨
도 그렇게 믿었다는 점이다. 벤슨의 아버지는 캔터베리 대주교를 지냈
던 사람이라 그가 그렇게 믿었다는 건 더 신기하다. 교회 묘지 곁에 바
짝 붙어 있는 그 집의 위치가 쉽사리 그들의 믿음을 조롱할 수 없게 만
든다. 또 말하지만, '고풍스러운' 품위를 즐기려면 그 '고풍'과 함께 오
는 여러 가지 유령도 만나야 하는 것인가 보다.

거리에서 찍은 제임스의 집

제임스를 찾았던 친구들

제임스는 라이 지방에 있는 동안 자전거를 타거나 개를 데리고 주변의 넓은 마쉬를 산책하며 다녔다. 평생 독신이었고 까다로운 글을 썼지만, 그의 집을 찾았던 친구들은 많았다. 『투명인간』과 『타임머신』을 쓴 H. G. 웰즈와의 오랜 우정은 두 사람의 배경과 작품의 차이, 나중의 반목 때문에 특히 더 기억된다.

힐레어 벨록, 루디야드 키플링 등도 이 집의 방문객이었다. 벤슨 형제도 이 집의 빈번한 방문객이었다가 제임스가 죽고 난 후 이 집을 임대해서 지냈다. 우리에겐 소설가인 형 벤슨보다는 동생인 A. C. 벤슨의 노래, '희망과 영광의 나라(Land of Hope and Glory)'가 더 알려져 있다.

평소 점잖고 새침한 영국인들이 공식 행사나 야외 음악회의 끝에 엘가의 '위풍당당한 행진곡(Pomp and Circumstance March)'에 맞추어 열광하는 걸 본 적이 있는 사람은 그들의 애국적이고, 한편으로는 지나치게 애국적인 그 흥분에 놀라게 된다. '아, 이들이 정복국가의 사람들이었구나.'를 가장 절감하게 되는 순간이면 어김없이 벤슨의 이 노래가 울려 퍼지고, 무대와 객석은 온통 축제의 합창이 일어난다.

희망과 영광의 나라, 자유인의 조국
우리 그곳에서 태어난 그대를 찬양하리
그대 지평은 나날이 커가리
신이 그대를 힘차게 하셨으니,
이세 너 힘차게 하시리.

Land of Hope and Glory, Mother of the Free,
How shall we extol thee who are born of thee?
Wider still and wider shall thy bounds be set;
God who made thee mighty,
make thee mightier yet.

그 노래의 작가가 이 집에 살았다니, 열띤 합창과 흔들리는 영국 국기들 사이에서 '내가 어쩌다 여기에까지 와서 이런 걸 보나' 낭패스러워했던 기억이 새삼 떠오른다.

런던 첼시에서, 심장발작으로 숨지다.

1914년 가을, 1차 대전이 터지자 제임스는 램 하우스를 떠나 런던으로 떠났다. 라이가 유럽 대륙과 너무 가까웠던 것도 그가 떠난 이유 중 하나였다. 그는 다음 해 여러 가지 이유에서 영국 시민권을 얻었다. 그가 전시에 '외국인'으로 분류되는 것이 싫었던 것도 그 이유 중 하나였을 거고, 미국이 연합군과 힘을 합해 독일과의 전쟁에 개입하지 않은 데

화를 냈던 것이 이유였다고도 한다.

3개월 후 그는 심장발작을 겪었다. 조지 5세로부터 메리트 훈장을 받게 되었다는 소식을 듣게 될 무렵 두 번째 발작이 일어났다. 결국 그는 소생하지 못한 채 1916년 2월 28일 런던 첼시에서 사망했다.

그의 장례식은 첼시 올드 교회에서 행해졌다. 그 교회에는 그의 기념 현판이 남아 있다. 미국으로 돌아오라는 가족들의 권유에 대해, 제임스는 "난 미국으로 돌아갈 수도 있다……죽기 위해. 그렇지만 살기 위해 가지는 않을 거다. 절대로, 결코"라고 답장했다. 그가 미국을 싫어한 것은 아니었다. 그는 영국에서 살았고, 영국인이 되었지만, 죽어서는 그의 소원대로 미국의 가족들과 함께 했다.

제임스가 죽자 램 하우스의 소유권은 그의 조카인 헨리 제임스에게 돌아갔다. 그러나 그 조카는 한번도 이곳에서 살지 않았다. 여러 사람들에게 임대되다가, 조카가 죽자 그의 부인이 이 집과 정원을 영국 유적 관리소(National Trust)에 기증했다. 영국 거의 끝자락에 조용히 남아 있을 이 집이 낯선 사람들로 북적이게 된 연유다.

기괴하고 낯선 소재들로 글을 썼던 『투명인간』의 웰즈

헨리 제임스는 음식 하나를 먹어도 꽉 깨물어 먹는 게 아니라 꼭꼭 씹어 먹는 사람이라는 평이 있다. 19세기 사실주의 작가들의 대단한 입담과 이야기에 젖어 있던 독자들에게 그의 글 속에 나타난 장황한 의식 묘사는 다소 낯설고 불필요한 장식처럼 느껴졌다.

제임스와 정반대되는 축에서 사건이 많고, 기괴하고 낯선 소재들로

사우스 하팅에 있는 어파크

글을 썼던 웰즈와의 소설 논쟁은 제임스 소설의 특징과 한계를 보여 준
다. 헨리 제임스와 H. G. 웰즈는 서로 다른 소설론 뿐 아니라 둘 다 까
다롭고 독특한 성격에도 불구하고 누구보다 서로 가깝게 지냈다. 소설
만 다른 것이 아니라 두 사람의 출신과 성장 배경은 완연히 달랐다.

웰즈의 어머니는 서섹스와 햄프셔의 경계선상에 있는 사우스 하팅
(South Harting)의 큰 장원, 어파크(Uppark)의 하녀였다. 그녀는 그 집
의 정원사와 결혼하여 이 집을 떠났지만, 시장의 작은 가게에서 버는 수
입으로는 부부와 세 아들이 살기에 빠듯한 형편이었다.

빈궁한 결혼 생활에 지친 어머니는 어파크의 주임 가정부로 다시 돌
아가는 것으로 사실상 남편과 별거한다. 어머니는 어떻게 해서라도 아
들 허버트 조지 웰즈가 밥벌이를 할 수 있도록 포목점의 점원으로 일하

라고 독려했다.

웰즈는 14살에 이곳에 와서 어머니와 살게 되었다. 꼭대기 다락방에 기거하던 웰즈는 하인의 아들이었음에도 불구하고 어파크의 큰 서재를 이용할 수 있는 특혜를 누린 덕분에 어머니의 이 기대를 저버리고 작가가 될 수 있었다. 주임 가정부의 아들로 그는 자유롭게 서재의 귀중한 책들을 꺼내 읽었고, 글의 세계로 빠져들었다.

그는 『자서전』에서 7살 때 다리가 부러지는 바람에 침대에 누워 책을 읽을 수 있던 시간이 가장 행복했다고 회고했다. "내 인생에서 가장 행운의 순간……(그 덕분에) 지금 나는 살아남아 이 자서전을 쓰고 있다. 그렇지 않았더라면 가게 점원이 되어 지치고, 쫓겨나서 이미 죽었을 거다."

제임스와 웰즈의 소설 논쟁

유럽과 미국의 상류 문화에 익숙한 제임스와 영국의 하류 계층 출신의 웰즈는 처음에 아주 친했다. 제임스가 라이에 살던 동안 웰즈는 히드(Hythe)와 폴크스톤(Falkestone) 사이에 있는 샌드게이트(Sandgate)라는 작은 마을에서 『타임머신』이나 『투명인간』을 쓰고 있었는데, 물리적으로 떨어져 있는 거리보다 훨씬 멀리 소설을 바라보는 입장이 달랐음에도 불구하고 웰즈는 제임스를 즐겨 찾았다. 그러다 1909년 그는 제임스와 소설 이론에 대한 논쟁을 벌이다 런던으로 완전히 떠났다. 그리고 그 후 두 사람 사이는 점점 더 멀어졌다.

제임스가 죽기 직전인 1915년에 웰즈는 『재미있는 친구(Boon)』를 출판했다. 이 글에서 웰즈가 제임스를 대하는 태도는 결코 우호적이라고 할 수 없다. 또 웰즈의 평은 개인적인 입장이 아니라 당시 독자들 일반의 태도이기도 하고, 지금까지 제임스를 대중적인 인기 작가로 받아들이지 못하는 독서 대중의 경향을 대변하는 것이기도 하다.

그는 제임스를 가리켜 "자갈을 물고 오는 리바이어던"이라고 비유했다. 꼼꼼하고 장황한 묘사는 리바이어던만큼 길고도 큰데, 사실 그 안에 담고 있는 내용은 아무짝에도 쓸모없는 자갈뿐이라는 비판이다. 하찮은 주제에 과잉된 묘사로 수다를 떤다는 웰즈의 비판은 그의 글 곳곳에서 나타난다. 다음의 평은 이를 더욱 극명하게 보여준다. "제임스의 소설은 어떤 대가를 치르더라도, 또 심지어 품위를 잃게 되더라도, 동굴 안에 있는 콩을 집어내고야 말겠다고 덤벼드는 엄청난 크기의 하마 같다."

제임스의 소설을 더 비유하자면, 환하게 불을 밝혔는 데도 회중이 모이지 않는 교회라고 할 수 있다. 아주 고급스럽고 야단스럽게 소설의 제단을 장식했지만, 그 제단에 경건하게 놓여 있는 것은 "죽은 고양이새끼, 달걀 껍질, 실 한 오라기"가 전부다. 제임스의 사후까지도 웰즈의 이 판단은 변함이 없었다. 제임스가 "형식적으로 미에 집착하고, 신중하게 까다롭고, 섬세한" 이유를 웰즈는 제임스의 환경에서 찾았다. 여유 있고 윤택하게 살았던 탓에 제임스는 인생의 다양한 현실을 모르고 살았다는 평이다. 진정 삶의 고단한 현실을 알고 죽음을 넘나드는 문제들을 겪어 본 사람이라면 갖가지 장식과 헛된 수사에 이렇게 빠져들 수는 없다는 것이다.

소설에서 예리한 심리 분석이 넘쳐 나면 그 비현실성이 자꾸 눈에 거슬린다. 처음부터 끝까지 치고 박는 중국 무협 영화만 황당한 게 아니

다. 커텐 하나 닫으며 삶과 죽음의 문제를 숙고하는 울프의 델러웨이 부
인도 그만큼 황당할 때가 있다. 지구상 어딘가에서 사람들이 이런 저런
사회적 부조리와 부당한 현실로 죽어가고 있는데, 그윽한 거실에 앉아
머리 속의 복잡한 단상들을 쏟아내며 우주적인 고민이라고 주장한다면
한편 난처하고, 한편 혐오스러운 일이다. 저 밖의 세상은 너무나 많은
일들이 일어나고 있는데, 여기 이곳은 사실상 아무 일도 일어나지 않았
는데도 불구하고 저기 저 밖의 복잡하고 불편한 세상을 능가하는 가치
를 가지고 있다고 하니, 웰즈와 제임스를 연결하는 끈이 도무지 보이지
않는 것도 이해가 된다.

　심리 묘사의 대가였던 버지니아 울프가 다시 사실주의로 돌아가 보려
한 데도 이유가 있을 것이다. 그녀는 사건은 많은데 깊이는 얕은 19세기
의 사실주의 소설들을 경멸했다. 그러나 반대로 심리 분석과 배경묘사
는 깊은데 실제 사건은 없는 소설도 불편하기는 마찬가지다. 모두 결국
'어떻게' 쓰고, '얼마나 잘' 쓰느냐가 작품성을 결정짓는 관건이긴 하
지만, 진지한 E. M. 포스터도 양보할 수밖에 없었듯이 '이야기' 가 없으
면 소설이 아니다.

'여인의 초상' 이 영화화되었으나…

　제임스의 소설이 뚜렷하고 다양한 사건을 가지지 못한 것은 사실이
다. 그의 소설에서 사건의 진행은 더디고, 결정은 지루하고, 행동은 굼
뜨다. 최근에 제임스가 다시 '고전' 의 자리로 오르면서 그의 소설들이
몇 편 영화화되었지만 어느 작품도 대중적인 성공을 거두지는 못했다.

제임스의 소설 가운데 심리적인 차원에서 영혼의 의미에 접근한 『나사의 회전(Turn of the Screw)』은 벤자민 브리튼의 오페라로 초연 당시 큰 성공을 거두었지만, 그건 예외적인 경우에 속한다. 초연의 흥분이 지나자 이 오페라에 대한 관심은 거의 사라졌고, 몇 차례 영화화되어 흥행을 노렸지만 한번도 성공을 거둔 적은 없었다. 연극에도 관심을 가지고 있었던 제임스는 『미국인(The American)』을 극화해서 무대에 올렸지만 오스카 와일드의 『이상적 남편(Ideal Husband)』의 인기를 따라갈 수가 없었다. 제임스가 평생 와일드의 작품을 아주 싫어한 건 말할 필요도 없다.

요 근래 영화화된 『여인의 초상』도 제임스 작품의 예술성과 대중성의 간극을 보여 준다. '피아노'를 만든 호주의 여감독 세인 캠피온이 페미니즘의 관점으로 이 작품을 재해석했다고 하지만, 제임스 소설의 매력을 다 살릴 수는 없었다. 이자벨 아처 역을 했던 니콜 키드먼은 깎아 놓은 것처럼 아름다웠지만, 키드먼의 연기로는 제임스의 이자벨 아처가 지닌 용기와 지성을 표현할 수 없었다. 니콜 키드먼이 아닌 어느 여배우가 이자벨 아처를 맡더라도 좋은 점수를 받기 어려울 거다. 그만큼 제임스의 이자벨은 섬세하고, 불가해하다.

다시 새로운 각광을 받고 있는 제임스의 소설

대중적 인기와 무관하게 제임스의 소설이 현재 새로운 각광을 받고 있는 것도 사실이다. 디킨즈나 하디와는 다른 소설 양식을 보임으로써 그는 아주 중요한 소설상의 변화를 이룬 것으로 평가되고 있다. 소설가들에 대한 평가의 변화도 세태를 반영할 수밖에 없다.

요사이 우리 주변에서 일어나는 외부 사건들은 점점 악화되어 가고 있다. 환경 문제, 원폭 조절 문제, 인공 위성 문제, 우주 전쟁, 유전자 조작, 생명 복제 등 일반 대중들이 다룰 수 있는 한도를 벗어난 문제들이 자꾸 다가온다. 그러면서 교육과 정보의 양은 늘어났다. 많은 것을 알게 되지만, 실상 아무것도 어떻게 할 수 없다는 무력감도 따라 늘어간다.

프로이트의 정신분석학 덕분인지 몰라도 사람들은 감당할 수 없는 외부를 떠나 점점 더 무의식이니 의식이니 하는 자기 내면의 세계를 파먹고, 가까운 사람들을 꼬집어 뜯으며 즐거움을 느낀다. 우린 아마 '콩을 먹고야 말겠다는 하마'가 되어 가고 있는 모양이다.

8 『정글북』과 세계여행

키플링
– 루디야드 호수, 웨스트와드 호, 로팅딘, 버워시,
골더스그린, 웨스트민스터 사원

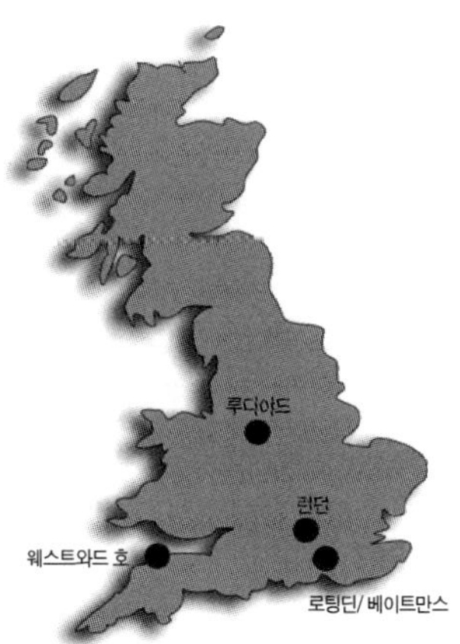

키플링

루디야드 호수
웨스트와드 호
로팅딘, 버워시
골더스그린
웨스트민스터 사원

영국인의 주말

이제 우리도 주 5일제 근무가 점차 확산되어가고 있다. 덜 일하고, 더 많은 여유 시간을 가지니 참 좋기만 할 거 같지만, 사람이 하는 일이 늘 그렇듯이 100% 좋기만 한 것도 아닌 모양이다. 매주 만 이틀간 휴가기간을 누리는 꼴이니 그 기간을 '가치 있게' 누리기 위한 산업이 발달할 것은 뻔한 노릇이다. '레저 산업'이라고 하는, 우리말로 옮기기도 어색한 서비스 분야가 활성화되면, 그와 동시에 '향락문화'라는 것이 또 무분별하게 가세할 것이라는 우려가 있다. 그 가운데 미처 '가치 있는 주말 휴가'를 보낼 여유가 없는 층은 박탈감과 계층 위화감으로 불만을 느끼게 될 거라는 지적도 있다.

일찍부터 우리보다 먼저 주 5일 근무를 실시하고 이미 그 생활 패턴에 익숙해진 서양 사람들은 이미 그 시간표에 대한 회의는 없다. 금요일까지 일하고 금요일 오후부터는 가차없이 쉬는 것이 기정사실이 되다 보니, 그야말로 TGI Friday(Thanks, God. It's Friday)가 식당 이름이 될 정도에 이르렀다. 주중에 미처 하지 못한 '일'을 마무리하는 짜투리 시간으로 주말을 쓰는 법은 없다. 주말은 오로지 휴가와 여유, 휴식의 시간으로만 할당되어 있는 것이 그들의 생활이다.

다른 나라들은 모르겠지만 영국인들의 주말은 가족이나 친구 모임에 제일 먼저 할당된다. 그 다음 순위는 'DIY(Do It Yourself)'가 차지한다. DIY는 말 그대로 자기 손으로 직접 무엇인가 해 보는 작업 모두를 뜻하지만, 보통 DIY라고 하면 자기가 직접 자기 집을 고치고 심지어는 짓기까지 하는 일을 말할 때가 많다. 서양사회가 아파트보다는 개인 주택을 선호하는 주택 환경인데다가 비싼 인건비 때문에 이런 경향이 생졌지만, 이제는 중요한 '여가 활동', 혹은 좀더 정확히 말해 '여가용 중 노동'으로 확실한 자리를 잡았다.

이런 곳에 살다 보니 솜씨도 없고 경험도 없는 우리도 사람을 구할 수 없어 직접 우리 손으로 집안일을 할 수밖에 없었다. 처음에는 페인트 칠을 하는 정도의 경량급에서 출발했는데 점점 마루를 놓고, 타일을 까는 중량급으로 진행됐다. 전기 배선을 고치고, 방마다 전화 줄을 연결하는 일은 남편의 전공의 일부이니 그나마 상상할 수 있는 범위였지만 우여곡절 끝에 세면대도 놓고, 상하수도 파이프까지 점검해야 할 때는 난감했다. 외국에 사는 데다가 이 사람들 모두 그 정도는 DIY로 다 처리하는 문화다 보니 그저 난감한 채 손 내리고 있을 수도 없었다. 이 책 저 책을 사 보고, 밤을 세워가며 걸고 벌어진 일을 처리는 했는데, 시붕 고치면 그 지붕 물받이 새로 갈아야 되고, 그거 끝나면 정원 담 갈아야 되고, 그거 끝나면 차고 문 열쇠 고치고, 그거 끝나면 현관 색칠해야 하고, 또 그거 끝나면 저거 하고, 저거 끝나면 이거 해야 하는 것이 DIY의 현실이라는 걸 알았다. 이 악순환을 끝내는 방법은 큰 아이 말대로 DDIY(Don't Do It Yourself), '절대 DIY 하지 마라'였고, 그 원칙대로 이제 우리는 다시 DIY를 염려할 개인 주택에는 절대 살지 않기로 했다.

정원을 방보다 더 좋아하는 영국인들에게는 우리 식의 DDIY는 해결 방법이 아니다. 자기 집과 땅을 좋아하니 그들은 DIY를 그저 운명으로 생각하고 산다. 그렇더라도 이 일의 스트레스를 아니 느끼는 것은 아니다. 이혼이나 이사 못지 않게 DIY가 영국인들의 스트레스 원인이 된다는 통계도 있었다.

최근 주말을 보내는 가장 이상적인 방법을 제안한 심리학자가 있었다. 그는 절대로 이런 DIY로 주말을 보내지 말라고 했다. 과로와 긴장을 남긴다는 이유였다. 밤늦게까지 친구들과 어울리는 것도 그다지 좋은 방법은 아니었다. 가장 좋은 방법은 물가에 가서 고요한 물소리를 듣는 것이라는데, 그의 주장으로는 물소리가 사람의 신경계통에 진정 효과를 가지고 있어서 작업과 일상에서 오는 피로를 풀어주고, 사람의 심리를 안정화시킨다는 것이다. 물론 이 결과는 영국 운하 협회에서 큰 뉴스로 내세운 것이었다. 이 뉴스에 더하여 영국의 가장 낭만적인 강가를 몇 군데 뽑아서 연인들에게 중요한 정보까지 제공했다.

호숫가의 사랑

영국은 섬나라인데다가 중북부 산업 단지와 남부의 수출, 소비 지역을 연결하기 위한 수송수단으로 일찍부터 강이나 운하를 많이 이용했다. 수송의 원활한 이동을 위해 인공 운하도 건설했다. 가늘고 긴 운하들은 나무가 많고 고요한 지역에 위치하면서도 인가에서 가까운 낮은 지대를 지나는 것이 보통이다. 이제는 기차와 고속도로가 운하를 대신해서 1차적인 화물 수송 수단으로 자리 잡았지만, 아련하고 고요한 강이나 운하는 영국인들에게 평온한 산책거리를 제공하고, 명상의 자리로 남아 있다.

영국 중부 스태포드 주의 콜돈 운하(Caldon Canal)는 도자기로 유명한 이 지역의 생산품을 멀리 런던까지 운송한 자리였다. 나이 많은 나무들 사이를 지나 길고 가는 운하가 지나고 그 위로 돌다리가 서 있는 모습은 영국 운하의 전형적인 풍경을 그대로 보여준다. 이 근처의 큰 호수는 운하의 물이 마르지 않고 늘 일정한 양을 유지하도록 1797년 저수지

영국 중부 스태포드 주에 위치한 루디야드 호수

용으로 만들어진 곳인데, 물이 맑으면서도 물길이 곧아서 밀리까지 이어지는 전경이 주변 숲과 어우러져 더할 수 없는 매력을 주는 곳이다. 물길이 곧다 보니 영국 전역에서 이곳으로 보트를 타러 오는 사람들이 많다. 여름에는 운하에 물을 대느라 호수의 물이 얕아지고, 겨울은 날씨가 사나워 운치가 없다. 이 호숫가를 찾기에는 멀리 보트 몇 척이 보이고, 물결이 은빛으로 찰랑이는 봄날이 가장 좋다. 영국 운하 협회는 이 호수를 영국에서 가장 낭만적인 곳 중의 한 곳으로 뽑았다.

호수는 가장 근접한 마을 이름과 마찬가지로 루디야드라고 불린다. 리차드 3세를 전투에서 살해했다고 알려진 랄프 루디야드(Ralph Rudyard)의 이름을 딴 것이라고 한다. 루디야드 호수가 연인들의 장소로 보장받을 만한 사연은 그 풍경이 아름답기만 해서는 아니다. 지금부터 150여 년 전에 존 록우드 키플링이라는 젊은 화가는 알리스 맥도널드를 이 호숫가 피크닉에서 처음 만나 사랑에 빠졌다. 두 사람은 많은 시간을 이 호숫가를 산책하면서 보냈다. 그들은 약혼 기간동안 그들의 사랑과 호수의 산책을 기억하기 위해 첫 아이를 낳으면 이 호수의 이름을 따기로 약속했다. 그들의 첫 아이가 루디야드라는 이름을 얻게 된 사연이다. 우리가 루디야드 키플링이라고 알고 있는 소설가, 시인, 아동문학가의 원래 이름은 조셉 루디야드 키플링(Joseph Rudyard Kipling, 1865-1936)이지만, 알려진 한에서는 그는 한번도 조셉이라는 첫 이름을 쓰지 않았고, 영국인들에게도 낯선 이름인 루디야드를 고집했다.

그는 영어권 최초의 노벨상 수상 작가였음에도 불구하고 지금은 『정글북』이라든가 「표범은 어떻게 점박이 무늬를 얻었지」 등의 아동작가로만 받아들여질 뿐 더 이상의 관심을 얻지 못하고 있다. 좀 아는 사람이라고 해도 그의 제국주의, 지나친 애국심, 영국 찬양을 들어가며 더 이상 그를 읽지 않는 변명을 한다. 영국인들도 마찬가지다. 키플링이 『정글북』과 『킴』으로 대단한 인기를 누리던 시절에도 이미 그의 강경한 정치적 입장 때문에 그를 싫어하던 사람들이 많았던 것이 사실이다.

1900년대 중반 이후 대학의 영문과에서 우리들 뿐 아니라 서양의 교과 목록에서도 키플링이라는 작가는 사라진 지 오래 되었다. 주제나 이념을 떠나서 작가의 기교만 보아도 그는 줄거리 중심의 19세기 소설풍이라 20세기 소설가나 독자들의 취향과는 거리를 가진다. 소설의 전문적인 기교에 관심을 기울였던 헨리 제임스가 키플링을 싫어한 것은 아마 당연한 귀결일 것이다. "키플링은 점점 더 단순한 것을 향해간다. 처음에는 인도 주재 영국인들을 다루더니, 원주민을 다루고, 육군 병사를 다루나 했더니 어느새 네 발 짐승을 다루더니, 물고기로 갔다가 드디어 엔진과 나사까지 다룬다"는 제임스의 지적은 소재 위주로만 키플링의 작품 세계를 봤다는 편견을 보이고 있음에도 불구하고 일말의 진실을 담고 있는 말이다. 따라서 20세기 중반에 키플링에 대한 비평서가 새로 나왔을 때 루이스(C.S. Lewis)의 서문은 키플링에 대한 우리들의 태도를 잘 반영하고 있었다. "키플링을 아주 좋아하는 사람이 있는가 하면 키플링을 아주 싫어하는 사람들이 있다. 키플링을 약간 좋아하는 독자는 거의 없다."

키플링을 위한 변명

1차 대전을 겪고 2차 대전 발발 전에 세상을 떠난 영국인답게 그는 대영제국의 권위와 의미를 굳게 믿었던 사람이다. '인종차별주의' 라는 딱지가 무시워 이제는 감히 동양과 서양을 나누어 말하기 어렵지만, 그는 이렇게 예민한 의식화 절차를 겪지 않았던 시절을 살았던 사람으로 동서양의 차이를 보고하고, '동양은 동양, 서양은 서양' 으로 결코 만날 수 없는 자리라고 전제했다. 그가 그려낸 '모글리' 는 서양인들의 눈에 비친 미개한 동양을 상징한다는 비난을 듣고 있으니, 여러 면에서 키플링은 영국 제국주의가 낳은 작가임을 부정할 수 없다.

실제로 그는 영국 식민지에서 태어났고, 영국에서 교육을 받았다. 다시 인도로 돌아가 저널리스트로 활동하면서 일본을 비롯한 아시아의 여러 나라들을 여행했고, 미국, 호주, 아프리카까지 다녀갔다. 이모부 두 사람은 당대 제일의 화가들이었고, 볼드윈 수상은 그의 이종이었다. 이런 마당에서 키플링이 토리당의 대표적인 지지자였던 것은 말할 필요도 없다. 1차 대전 때는 영국 전쟁선전성의 권유로 사기 진작을 위해 전선의 군인들을 찾아다녔고, 제국의 영광을 찬양하고, 그 영속을 위해 영국과 영국인을 미화했다. 개화된 서양인들이 세계에 대해 책임을 져야 한다는 것이 그의 믿음이었다. 미개한 인류에게 고상한 문화와 평화를 가져다 줄 의무를 가지고 있다고 주장했으니, 영국인이 아닌 사람들로서는 당연히 그를 좋아하기 어렵다.

그러나 이렇게 당연하게 그를 무시하는 와중에 그의 주장이 진정한 자기 반성과 책임에서 나왔다는 걸 너무 쉽게 잊어버리는 실수도 범한다. 키플링은 신념을 팔아 주류에 편승하기를 원치 않았다. 의무, 희생, 헌신을 영국인의 당연한 자질이라고 생각했던 그는 외아들에게 '영광스러운' 1차 대전 참전을 권했다. 그의 아들은 18살의 나이로 서부 전선에서 실종되었다. 그는 계관 시인의 자리도 거절했고, 영국 최고의 훈장이라는 메리트 훈장도 몇 차례 마다했다. 키플링이 영국 제국주의가 낳은 작가임을 인정한다고 하더라도 그 제국주의에는 남이 흉내내기 어려운 자기 희생과 헌신이 깔려 있었다.

이념을 떠나 그의 글만 놓고 본다면 – 물론 이런 일이 가능한지는 의문이지만 – 다른 변명을 할 여지는 있다. 시인 오우든(W. H. Auden)은 "예이츠를 기념하며"라는 시에서 잠깐 키플링에 대한 언급을 한 적이 있다.

기이한 변명으로
키플링과 그의 관점을 용서했던
그리고 폴 끌로델도 용서할
시간이 그도 용서하리라, 글을 잘 썼다고

Time that with this strange excuse
Pardoned Kipling and his views,
And will pardon Paul Claudel,
Pardons him for writing well.

오우든이 오랜 시간이 지나면 키플링의 이념적 입장을 용서하리라고 보는 이유는 그가 '글을 잘 썼기 때문'이다. 글을 잘 쓴다는 평이 직업적인 작가에게 아무런 장점이나 칭찬이 아닐 거 같지만, 사실 '글 잘 쓴다'는 말처럼 작가를 기쁘게 하는 것도 없다. 가수라고 다 노래 잘하는 것이 아니고, 배우라고 다 연기 잘하는 것이 아니듯이 작가라는 사람들도 천차만별이기 때문이다. 키플링은 글을 잘 썼을 뿐 아니라 다양한 종류의 글을 썼다. 아동 문학으로 주로 그를 기억하고 있지만 그는 아이들만을 독자로 하지 않았다. 신문 기자로 시작한 사람답게 에세이도 많이 썼고, 소설로 이름을 높였다. 많은 작품들이 무관심으로 잊혀져가고 있다고 하지만, 그의 시 몇 편은 매년 영국인들의 애독 작품으로 뽑힌다.

키플링의 세계성

문학 여행을 위한 작가라는 관점에서 보면 키플링은 아주 특이한 작가이기도 하다. 그는 자동차가 처음으로 도로에 등장하던 시대에 살았다. 키플링은 세계 최초의 자동차 소유주 중의 한 사람이었다. 또한 아시아, 아프리카를 포함하여 미국과 호주까지 전 세계를 돌아보는 여행이 최초로 현실로 가능했던 때가 그의 생전이었다. 경제적으로 이 여행을 감당할 수 있는 계층이 생겼을 뿐 아니라 선박기술과 운항 기술의 발전이 꿈을 현실로 만들었다. 여러 차례 장거리 여행을 즐겼던 키플링은 다양한 나라에 관한 기행문을 발표하고 나중에 기계와 발명을 배경으로 한 SF 소설집, 『작용과 반작용(Actions and Reactions)』을 쓰기도 했다.

그가 살던 당시 영국은 전 세계에 식민지를 가지고 있었고, 전 세계 어디에도 영국인이 있었다. 이런 배경에서 영국인으로, 여행에 열정을 지니고 있었고, 새로 등장한 자동차에 남다른 애정을 느끼는 작가가 있었던 것이다. 그가 태어난 곳조차도 영국이 아니다. 그에게 성공을 안겨

준 작품들도 영국이 배경은 아니었다. 그가 결혼한 사람도 영국인이 아니었다. 키플링의 아내, 캐리는 미국인이었고, 키플링 자신도 결혼 후 미국 영주까지 생각했었다.

　그를 찾아 나선 여행은 그래서 희한하게도 세계지도를 헤매는 것으로 끝나기 십상이다. 영국 중부 작은 마을의 호숫가에서 호젓하게 시작한 이름의 기원까지는 좋았는데, 다음에는 인도로 갔다가 영국으로 오는 길에 호주를 들르고, 일본에 머무르다니 그를 찾아나선 길이 황당하다. 영국으로 돌아와 다시 또 여행, 남아프리카, 호주, 뉴질랜드가 대상으로 떠오르는가 하더니, 결혼하고 또 여행, 이번에는 이름조차 거창한 세계 여행이었다. 호주와 키플링의 관계를 연구한 책이 나와 세간의 주목을 받고 있는 마당이니, 『정글북』의 배경이 된 인도에 키플링 마을이 있는 것을 어찌 나무랄 수 있겠는가. 이 형편에 겨우 2주 묵은 호주에서 키플링이 무얼 그리 많이 느꼈겠느냐고 시비를 걸면 소송이 벌어질 판이다. 키플링 부부가 3개월씩 묵었던 버뮤다는 미래에 어떤 자격을 주장할는지 모른다. 브라질, 캐나다, 이집트, 그가 다닌 곳들은 세계지도 곳곳으로 흩어져 있다.

　키플링은 아내와 함께 미국으로 건너가 그곳에 정착할 계획으로 넓은 초원 위 전망 좋은 자리에 집을 지었다. 그 집의 주인이 몇 번 바뀌었지만 이제 영국 소재 유적 관리기관의 소유가 되었으니 미국 버몬트의 집도 이제 키플링의 당당한 기념지가 되었다. 남아프리카의 정치가이자 최대 다이아몬드 광산주였던 세실 로즈는 키플링과 친구가 되자 그곳에 집을 선물했다. 키플링은 거의 매년 남아프리카로 여행했다. 이러니 남아프리카도 그의 자취와 기념을 주장할 만하다. 프랑스나 이태리의 1차 대전 전투 지역은 전쟁 선전에 협조했던 키플링에게 유독 깊은 애착으

미국 버몬트 주에 위치한 키플링의 옛집 '나물라카'

로 남은 지역들이다. 키플링의 마지막 완성본이 『프랑스 회고(Souvenirs of France)』이고 보면 유럽 국가들에 대한 작가의 애정을 결코 무시할 수 없다.

여행했던 지역의 범위가 여행자의 의식의 범위를 보장하지는 않는다. 전세계 여행을 아무리 많이 했다고 한들 누구라고 해서 생전 쾨니히스베르그를 떠나지 않았던 칸트의 총기(聰氣)를 얻을 수 있겠는가. 여행이 사람을 풍부하게 해 줄 수는 있지만, 지혜롭게 해 준다는 보장은 없다. 키플링의 여행을 따라가다 보면 오늘날이라 하더라도 이보다 더 많은 곳을 다니고, 더 새로운 것들을 본 작가는 드물 것임을 확인하게 되고, 또 한편 이 부산스러운 여행 경험에도 불구하고 그가 굳건한 제국주의자로 남아 있었다는 것에 아득한 기분이 든다. 내가 따라갈 수 있는 정도까지만 그의 길을 따라가도 될 거라는 변명은 이래서 생겼다.

인도에서 영국으로

키플링은 1865년 12월에 인도의 봄베이에서 태어났다. 그의 아버지가 새롭게 개교한 정부 보조의 예술 학교로 부임하면서 거처를 인도로 옮겼기 때문이다. 그는 당시의 관례대로 인도인 하인들의 수발을 받으면서 자랐다. 미완으로 끝난 그의 자서전, 『Something of Myself』에서 그는 '어떤 아이의 처음 6년간이 어떠했는지 알려준다면 다음 인생이 어떠할지 알 수 있다'고 했다. 키플링은 6살이 될 때까지 인도인 하인들의 태도와 관습을 통해 다른 유럽인들은 꿈도 꿀 수 없이 친밀하게 인도를 알아갔고, 이 최초의 인상들을 근거로 인도 생활에 근거한 작품을 쓸 수 있었다. 작가로서 그의 성공의 기반을 이룬 작품들이 인도 생활을 배경으로 했다는 점을 고려해 보면 키플링의 유년은 유명한 작가 키플링을 예비하는 필수 과정이었다고 할 수 있다.

키플링이 6살이 되던 해 그와 여동생은 갑작스럽게 봄베이의 자유롭고 편안한 생활을 떠나 영국으로 향하게 되었다. 부모님은 두 아이를 남쪽 해안 도시인 포츠머스 근방 사우스시에 있는 낯선 집에 맡겼다. 식민지를 운영하던 당시 영국 식민지 관리나 주재원들의 사정으로는 식민지에서 영국식 교육을 시킬 형편이 못 되었던 터라 아이들이 어느 정도 나이가 되면 본국의 기숙 학교로 본의 아닌 '나홀로' 유학을 시킬 수밖에 없었다. 두 아이는 만 5년간 사우스시의 작은 이 집에 기거했다.

키플링의 자서전을 보면 그가 얼마나 이 생활을 싫어했는지 절실하게 드러나 있다. 그는 이 집을 '황폐의 집(House of Desolation)'이라고 불렀다. '해리 아저씨와 로자 아줌마'라는 집주인 부부 중 아저씨가 돌아가시자 아줌마는 어린 키플링을 더욱 싫어했고, 그 집 아들의 구박도 적

웨스트와드 호의 키플링의 옛 학교 자리, 지금은 아파트가 되어 있다

지 않았다. 그는 런던에서 이모와 함께 보낸 시간이 유일하게 '자신을 구해준 파라다이스' 라고까지 했다.

키플링의 어머니, 알리스는 유명한 맥도널드 자매 중 한 사람이었다. 언니 둘은 각각 화가인 에드워드 번-존즈, 에드워드 포인터와 결혼했고, 또 다른 자매인 루이자는 알프레드 볼드윈과 결혼했는데, 그들의 아들 스탠리 볼드윈은 1차 대전을 치르면서 내각의 요직을 거쳐 수상에 오른 사람이었다. 그리고 알리스는 키플링의 어머니가 된다. 최근 이 자매들의 성장과 결혼 생활을 다룬 책이 출판되었을 정도로 이들 자매는 19세기 말 영국 사회 움직임에 큰 자취를 남겼다. 키플링의 부모가 이들에게 아이를 맡기기보다는 낯선 사람에게 적절한 과정과 대가를 치르기로 한 것은 아마 영국적인 사고방식 때문이었던 것 같다.

결국 6년만에 어머니는 아이들을 이 집에서 데리고 나오는데, 그렇다고 해서 아이들의 교육을 생각하면 인도로 데리고 돌아갈 수도 없었다. 키플링은 데본의 바닷가 가까이에 있는 마을, 웨스트와드 호(Westward Ho)의 신설 기숙 학교인 유나이티드 서비스 컬리지(United Service

College)로 입학했다. '칼리지' 라고 하지만 대학교를 의미하는 것이 아니라 당시에는 특별한 교육 목표를 가진 학교들을 '칼리지' 라는 이름으로 불렀다. 지금도 영국에서는 '칼리지' 라고 하면 전문기술을 교육하는 기관이라는 의미로 쓰일 때가 많다. 이 학교의 대상 학생들은 대학 입학 직전까지의 남자 아이들로, 식민지 전 지역으로 파견 나가 있는 군인이나 공무원의 아들들이었다. 학교의 교장이었던 프라이스는 아버지의 친구이기도 했다.

학교는 바다를 바로 접한 작은 언덕에 위치해 있었고, 학교 창을 통해 바다를 지칠 정도로 볼 수 있었다. 현재 이 건물은 아파트로 용도 변경되어 바닷가의 절묘한 경치를 자랑하는 고급 아파트로 알려져 있지만, 키플링이 다니던 당시에는 이 마을이 아직 관광으로 주목을 받기 전이어서 바닷가의 한적한 시골마을일 뿐이었다. 학생들은 외롭기는 했지만 대신 넓은 축구장과 크리켓 구장을 이용하는 혜택을 누릴 수 있었다. 학교 생활 상태나 규율은 극히 스파르타식이었다고 하지만, 교사진이나 교육의 질은 높았다.

키플링은 처음에 심한 근시로 운동에도 끼여들지 못하고 엄격한 학교 생활에 적응하지 못했지만, 교내 잡지에 기고하기 시작하면서 점차 안정되어갔다. 교내 문학회의 편집을 책임지고 교우 관계도 좋아졌다. 당시 그의 작품을 모아 부모님은 『학생 시집』이라는 이름으로 아들 몰래 출판하기도 했다. 키플링은 이 곳에서의 생활을 되살려 나중에 따뜻하면서도 풍자 섞인 『스톨키와 친구들(Stalky & Co)』를 발표했다. 작품 속의 학교는 난장판의 무법지대처럼 보이면서도 결국 영국 교육의 목표를 달성하는 파라다이스로 그려져 있다. 이 작품이 오랫동안 사립 학교 학생들의 애독서였던 것도 이해가 된다.

영국에서 인도로, 다시 영국으로

학교를 졸업하고 문학적 재능이 있는 친구들 대부분이 대학을 향해 갔지만 키플링의 부모는 그럴만한 경제적 여력이 없었다. 그는 1882년 16살의 나이로 학교를 졸업하고 다시 인도로 돌아갔다. 라호로 거처를 옮긴 아버지를 통해 영국 주재원들 대상의 영자신문, 「민간인 및 군인 가제트(Civil and Military Gazette)」에 부편집인으로 자리를 잡았다. 아직 어렸지만 키플링이 신문 편집에 전적으로 관여하는 일이 잦았고, 그 과정에서 빠르게 글쓰기와 편집에 자신감을 얻어갔다. 또 기사를 다루면서 인도 문제에 많은 이해를 갖게 되었다. 4년이 채 안되어 그는 지방 생활을 다루는 고정란을 확보했고, 가끔 행사용의 시를 발표했다. 부패, 불평등, 간통 등 인도 주재 영국인들의 다양한 생활상들을 코믹하게 다루었던 이 시들을 함께 묶어 익명으로 출판한 것이 그의 첫 시집이 된 셈이다. 350부를 찍었던 초판은 일찍 매진되었다.

1887년 그는 알라하바드에 있는 주간지, 「파이오니어(The Pioneer)」의 편집장으로 자리를 옮겼다. 그의 새로운 직업 활동 중에는 인도 북부 지방을 여행하면서 얻은 경험을 보고하는 것도 포함되어 있었다. 일년 후 「가제트」에 이미 실었던 글을 중심으로 40여 개의 단편을 묶은 책이 나왔는데, 이 역시 대단한 인기로 금방 매진되었다. 물론 인도에서의 인기가 런던까지 이어지지는 않았지만, 재능 있는 청년 문학가의 출현에 대한 소문은 빨랐고 기대도 컸다. 1889년 22살의 키플링은 「파이오니어」지의 특파원직을 수락하면서 인도를 떠나기로 했다. 그는 작가가 되어 영국에서 활동할 결심을 굳혔다.

그는 영국으로 가는 길에 미얀마, 싱가폴, 홍콩, 일본을 거쳐 멀리 미국까지 돌아서 여행했다. 막상 그가 런던에 도착했을 때는 경제적으로 거의 바닥이 나 있었다. 그는 런던 중심가의 스트란드 거리를 약간 벗어나 빌리에 거리에 하숙을 구했다. 재능 못지 않게 근면과 성실, 다작 생산이라는 점은 빅토리아 시대 작가들의 공통된 특징이기도 하다. 키플링 역시 재능도 있었지만 남다른 근면까지 더하여 다음 해가 가기 전에 영미 양쪽에서 작가로서의 입지를 확보했다. 그의 작품이 1890년 3월 25일자 타임즈의 논설의 주제로 등장할 정도였으니 그 인기가 어떠했는지 짐작이 가고도 남는다. 초기 작품들이 모두 다시 출판되었고, 첫 소설, 『꺼져버린 불빛(The Light that Failed)』을 비롯하여 인도를 배경으로 한 글들이 출판되자 작가로서의 그의 입지는 확고부동했다.

발라드 풍의 시를 모은 『막사의 담시(Barrack Room Ballads)』는 그 중에서도 특히 큰 인기를 모았다. 여기 실린 작품들은 영국 전역의 콘서트 장이나 음악회에서 쉴새없이 연주되고 애창되었다. 이 작품 이전에도 영국 문학에는 군인이 등장하고, 군인에 대한 묘사가 많았다. 그러나 이 묘사에는 군인들에 대한 진정한 이해가 없었다. 아름다운 상류층의 아가씨들은 장교들과 무도회에서 만나 춤을 추는 동안, 전쟁터 가까운 곳의 사람들은 병사들의 누추한 생활과 방종한 행동에 진저리를 냈다. 전쟁을 필요로 하는 국가답게 영웅으로서 군인이 필요했지만, 그들의 현실에 대해서는 무관심했던 것이 사실이다. 문학 작품에서 다루는 군인들도 마찬가지로 피상적이었다. 키플링은 인도에서 지내면서 식민지에 근무하는 영국 병사들을 가까이에서 보고 어울리며, 그들의 생각과 생활을 알고 있었다. 『막사의 담시』가 순식간에 인기를 끌게 된 이유는 이런 데에 있었다.

『막사의 담시』에 실린 시, 「토미(Tommy)」는 전쟁 때는 필요하다고 불러가면서도 평소에는 병사들을 경멸하는 사회를 그려낸다. 발라드의 주인공인 토미 아트킨스(Tommy Atkins) 일병은 맥주 한 잔 사먹자고 주점에 들르지만 환영을 받지 못하고, 차려입고 나서지만 극장에서도 겨우 술주정꾼들의 자리밖에는 얻을 수 없다. 사람들은 평소에는 이렇게 경멸과 조롱을 하다가도 전쟁만 나면 영웅담을 늘어놓으며 다시 토미를 불러들인다. 발라드의 기본 형식대로 간단한 음률이 3연 마지막마다 계속 반복되며 노래를 만들어내지만, 이것은 단순한 찬양이나 군악이 아니라 군인의 모순된 현실을 가감없이 보여주는 노래다.

그래 이래도 토미, 저래도 토미로구나.
"저 놈을 내쫓으라니까!"
그러다가 총소리만 나면 '나라의 구세주'

이래도 토미, 저래도 토미로구나.
자네 좋을대로
토미는 아주 바보냐? 토미도 알지.

For it's Tommy this, an, Tommy that, an,
"Chuck him out, the brute!"
But it's 'Saviour of 'is country' when the guns
begin to shoot;
An' it's Tommy this, an' Tommy that, an'
anything you please;
An' Tommy ain't a bloomin' fool? you bet that
Tommy sees!

영국 병사를 편하게 부를 때 'British Tommy'라고 한다. 토미라는 말이 어떻게 여기까지 전이되었는지 전쟁 담당 문서보관소까지 거슬러 올라가는 공식적인 추적이 있지만, 키플링 시의 유행이 그것을 확실하게 보편화했다는 데에 많은 사람들이 동의하고 있다.

이 발라드 집에서 가장 유명한 곡은 '만달레이(Mandalay)'였다. 영국 군인들이 어디에서나 즐겨 불렀다는 이 시를 읽어보면 우리처럼 식민지 경험의 역사를 가진 사람들은 키플링에 대한 반응이 왜 그렇게 극과 극을 달리게 되는지 바로 이해하게 된다.

미얀마의 만달레이, 키플링 생존시 영국군의 요새가 되었다

<table>
<tr><td>

나른하게 바다를 바라보는
낡은 물메인 탑 곁
미얀마의 아가씨 앉아 있네, 나를 그리며

종려나무 사이로 바람 불면 사원의
종소리 울리누나
돌아오라 영국 병사여, 돌아오라 만달레이로

</td><td>

By the old Moulmein Pagoda, lookin' lazy at the sea,
There's a Burma girl a-settin', and I know she thinks o' me;
For the wind is in the palm-trees, and the temple-bells they say;
Come you back, you British Soldier; come you back to Mandalay!"

</td></tr>
</table>

만달레이는 시에서도 나타나 있듯이 태국, 중국 등과 경계를 이루는 미얀마의 유명한 유적지 도시다. 미얀마 왕국의 마지막 수도답게 수많은 불교사원과 수도원, 왕궁이 자리하고 있으며, 금박으로 치장한 궁전의 여러 층 첨탑들이 찬란한 황금빛을 내며 하늘을 향한 곳이다. 2차 대전 중 유적지 대부분이 소실되었지만 다시 관광상품으로 재건하여 지금은 그럭저럭 옛 모습의 분위기를 살릴 정도까지 되어 있다. 숲 가운데

둘러져 있으면서도 바로 이라와디 강변에 접해 있어 해질녘 강에 비친 만달레이의 모습은 마법을 부르듯 감동적이고, '종려나무 사이로 바람 불면 사원의 종소리'가 저절로 들릴 정도로 고요하다.

1차 대전 전에 영국은 이곳에 요새를 가지고 있었다. 당연히 이곳에 영국군 병사들이 주둔하고 있었고, 현지 아가씨들과 사연도 많았다. 나라를 위해 낯선 외국에 살면서 고생하는 병사들에게 위로해 준다는 점만 본다면 이 작품에 뭐라 나무랄 수 없다. 그런데 과연 미얀마의 아가씨가 그런 노래를 불렀을까. 불러도 괜찮을까. 우리가 일본군을 다시 오라고 노래 부른다고 상상해 보면 이 발라드가 영국인이 아닌 사람들에게 어떤 끔찍한 효과를 주었을지 바로 느끼게 된다.

글은 잘 쓰지만, 독사를 괴롭게 만드는 작가들은 대체로 이런 형일 때가 많다. 그 이념의 순수성을 의심하는 것도 아니다. 그는 미얀마 아가씨를 어떤 인종차별적인 시각이라든가 제국주의자의 시선으로만 보지 않았을 것이다. 젊고 고운 아가씨와 젊고 씩씩한 군인의 연정으로 발라드를 그려나갔을 것이다. 그러나 이런 반성 없는 태도야말로 키플링의 한계가 아닐 수 없다. 똑같이 제국주의 경험을 그린다고 해서 반드시 키플링 식이어야 하는 것만은 아니다. 조지 오웰의 「코끼리를 쏘면서(Shooting an Elephant)」는 한층 복잡한 의식과 관찰로 침략자와 피해자를 볼 수 있고, 그에 대해 글을 쓸 수 있다는 걸 예증한다. 노벨상을 받았다고 하지만, 또 키플링 부활의 여러 움직임이 있음에도 불구하고 그가 세계적인 작가로 받아들여지지 못하는 까닭은 여기에 있다.

결혼과 미국 생활

짧은 시간에 작가로서 성공을 거두었던 대신 그는 과로와 긴장을 겪었고, 비공식적인 짧은 약혼기간을 파혼으로 청산하는 경험을 했다. 우연히 어린 시절 여자 친구와 재회하고 그 관계를 이어보려고 했지만 결국 이도 실패로 돌아갔다. 일견 사소하지만 불행한 사건들이 연이어 일어나자 그는 신경쇠약으로 고생하는 지경에 이르렀다. 다행히 이때 새롭게 사귄 월코트 배일스티어는 작가이자 편집자로서 그와 많은 고민을 나누었고, 전형적인 미국인답게 활달해서 키플링에게 더 할 수 없는 위로가 되었다.

키플링은 그와 함께 『나울라카(Naulahka)』를 공저했고, 월코트는 미국내의 키플링 작품의 판권을 보호하는 데 성공했다. 나울라카는 힌두어로 목걸이라는 뜻이라는데, 키플링이 힌두어를 알고 있었음에도 불구하고 정확한 철자는 아니라고 한다. 키플링이 공저로 낸 작품이라고는 이것이 처음이자 마지막이었던 걸 보면 두 사람 사이의 우정과 믿음이 남달랐다는 걸 눈치챌 수 있다.

평생 여행을 좋아했던 키플링은 이때도 신경쇠약 치료차 여행을 떠났고 크리스마스 무렵에는 인도에 있는 가족과 상봉했다. 그러나 친구 월코트가 티푸스로 갑자기 사망하는 사건이 벌어졌다. 그는 소식을 듣자마자 런던으로 달려왔으나 이미 친구는 장례를 치른 뒤였다. 다음 해가 되는 1892년 키플링은 월코트의 여동생인 캐롤라인과 결혼했다.

신혼여행으로 세계여행을 떠났던 부부는 캐롤라인의 고향인 미국 버몬트에 들르게 되었고, 그는 첫눈에 남부 버몬트의 브라틀보로의 넓고 아름다운 풍경에 마음을 잃었다. 그 해 12월에 첫딸이 태어나자, 키플

키플링의 아내 캐롤라인 배일스티어(캐리, 현재
베이트만스의 서재에 전시중인 초상화)

'나울라카' 의 서재에서
키플링

링은 미국에 정착하여 작품 활동을 계속할 작정이었다. 캐롤라인의 친정에서는 극히 적은 돈만 받고 키플링에게 11에이커 이상의 넓은 땅을 팔았다. 그는 언덕 경사진 곳에 자리한 이 땅에 집을 짓기 시작했다.

언덕 위에 목재 가옥이 완성되자 그는 월코트와의 우정을 기념하여 이 집을 '나울라카'라는 이름으로 불렀다. 언덕 위까지 올라가는 도로를 따라가면 길이 끝나는 곳에 적당히 나이 든 이 집을 만나게 된다. 키플링 자신이 자서전에서 이 집에 대한 애정을 밝히고 있듯이 오랜 시간이 지난 뒤까지도 이 목재 건물은 따뜻한 느낌을 전달한다. 지금은 유적 관리소와 사전 약속을 거쳐 일반 관광객들도 이곳을 숙소로 이용할 수 있다.

잠을 잘 작정이 아니더라도 잠깐 집 아래 평지에 놓여 있는 나무 테이블에 앉아 저 아래 펼쳐지는 광경을 보고 있으면 저절로 탄성이 나오는 곳이다. 키플링은 이미 이곳에서부터 그의 책과 서재에 대한 열정을 보여준다. 지금까지 남아 있는 당시 사진을 보면 서재의 벽은 천장부터 바닥까지 책으로 가득 차 있었다. 그는 늘 그랬듯이 책으로 둘러쌓인 서재 가운데 책상을 두고 작업을 했다. 젊었을 때 초상화에서도 그랬지만 이곳에서도 그는 책 못지 않게 파이프를 늘 가까이 두고 있었다.

1896년 사이 좋았던 처남과 사소한 일로 불화가 깊어지고 이 일로 재판까지 가게 되자 키플링 가족은 미국을 떠나 영국으로 다시 돌아온다. 이후로 키플링은 미국을 영원한 이방으로 생각하게 되지만, 미국에서 지낸 3년간 그는 작가로서 명성을 공고히 하는 작품들을 발표했다. 『선장은 용감하다(Captains Courageous)』와 『정글북(Jungle Book)』이 미국에서 끝낸 작품들이다.

『선장은 용감하다』는 철도 갑부의 아들로 제멋대로 자란 10대의 하비

체인이 어느 날 조난 사고를 당하면서 갑자기 고기잡이배의 노동자로 전락하고 인생을 새로 배우는 과정을 그린 소설로, 새로 사귄 미국인 친구, 콘란드 박사와 함께 매사추세츠 주의 어장들을 돌아다니면서 얻은 짧은 경험을 바탕으로 쓴 것이다. 기껏해야 열흘에 불과한 어장 나들이로 이렇게 완벽한 현장감을 표현할 수 있다니, 지금까지도 많은 사람들이 키플링의 역량에 놀라움을 금치 못한다.

그렇지만 진정한 충격은 이 소설이 나오고 다음 해인 1894년에 생겼다. 미국에 사는 영국인 작가로서 그는 전혀 예상치 않았던 소재로 작품을 준비하고 있었다. 키플링 자신이 『정글북』에서부터 창작의 신(神)이 처음으로 그를 찾았다고 했듯이 『정글북』은 키플링이라는 이름을 세계인이 기억 속에 새겨놓는 첫 출발지가 되었다.

달빛이 동굴 입구에 걸려 더 들어오지 못한 것은 쉬어 칸(Shere Khan)의 커다란 머리와 어깨가 입구를 가로막고 있었기 때문이다. 호랑이는 천둥처럼 큰소리로 동굴 안을 뒤흔들었다. 엄마 늑대는 새끼들을 가로막으며 앞으로 튀어나왔다. 어두움 속에서 초록색 달처럼 빛나는 엄마 늑대의 두 눈은 쉬어 칸의 부리부리한 눈동자를 마주 보았다.

어린 시절 여자아이, 남자아이를 불문하고 이 소설의 신기한 소재와 빨려 들어갈 듯한 글 솜씨, 늑대 엄마 루브와 모글리(Mowgli)의 매력을 거부할 수 있었던 아이는 별로 없었다.

인도의 카흐나(Kanha) 국립공원이 『정글북』의 배경이라고 하고, 아무도 거기에 반론을 제기하지 않는 걸 보면 맞는 말인 모양이다. 세계에서 2번째로 크다는 이 국립공원에는 아주 다양한 야생 동물이 있어 코끼리, 표범, 치타, 사슴을 자주 볼 수 있고, 또 쉬어 칸처럼 압도감을 느끼게 하는 호랑이도 있는 모양이다. 그렇다고 한들 그곳 어느 동물이 사랑스러운 곰 발루(Baloo)나 현명한 흑표범 바키라(Bagheera), 늑대 대장 아켈라(Akela)와 일치하겠는가. 수도 셀 수 없이 많은 사람들이 이곳에서 호랑이와 보아 뱀을 봤지만, 오로지 키플링만이 힘과 모략을 겸비한 쉬어 칸을 그려낼 수 있었고, 음흉하고 굶주린 카아(Kaa)를 우리들 앞에 데려올 수 있었다. 디즈니 만화가 극성을 부리는 바람에 이제는 어디에서 어디까지 키플링의 원작이고 디즈니의 각색인지 구별을 할 수 없는 것이 아쉬울 뿐이다.

다음 해 『정글북』의 속편을 출판하고 곧 이어 둘째 딸을 출산하는 경사가 겹쳤지만, 1896년 처남과의 불화로 작가로서의 성공과 가족의 행복을 가져다 준 미국 땅을 떠나게 된다. 이후에는 여행으로 잠깐 미국에 머무는 것이 고작이었다. 2년 뒤 다시 미국을 찾았을 때가 키플링 가족의 마지막 미국 여행이 되었다. 짧은 체류 기간이었음에도 불구하고 전 가족이 폐렴에 걸리는 사건이 생겼다. 사경을 헤매던 키플링은 간신히 회복되었지만, 결국 큰딸을 잃는 슬픔을 겪었다. 그는 당시 전형적인 아버지들답게 자신의 감정을 쉽게 표현하는 사람이 아니었지만, 딸을 낳고 나서 아동 문학에 관심을 가졌던 사실이라든가 아이들에게 직접 창작 동화를 들려주었다는 걸 생각해 보면 이때의 슬픔과 상실감이 컸으리라는 걸 어렵지 않게 짐작할 수 있다.

바닷가 근처 서섹스여!

1897년 키플링 가족은 임시로 잠깐 머무르던 데본의 토키(Torquay)를 떠나 서섹스 주로 옮겨온다. 서섹스는 특별한 사연과 역사를 지닌 도시들이 점점이 흩어져 있고, 자연 경관 역시 영국 전역에서도 빼어난 곳이다. 특히 가을 무렵 아직 햇살이 남아 있을 때, 바닷바람으로 일찍부터 축축해진 나무들 사이를 지나 걷고 있으면 세상 어느 곳의 적막도 여기에 비할 수 없다. 어느 작가라도 자신의 거처나 고향에 대해 각별한 애정을 보이지만, 여행이 잦았던 키플링에게 서섹스는 죽는 날까지 굳건한 구심점이 되었다. 그의 시, 「서섹스」는 이 고장이 작가에게 얼마나 큰 의미를 지녔는지 알려준다.

<table>
<tr><td>

신은 인간에게 모든 지구를
사랑하라 주었지만
인간의 마음은 이리도 작으니
각자 정한 한 군데를 보여주어야 하리라.
무엇보다 더 사랑하는 사연으로

. . . .

다 각자 선택하기 나름. 나는
내게 닥친 이 운명이 너무 좋을 뿐
공정하고 - 아름다운 곳이니
바로 바닷가 근처 서섹스여!

</td><td>

God gave all men all earth to love,

But since our hearts are small,
Ordained for each one spot should prove
Beloved over all;

. . . .

Each to his choice, and I rejoice
The lot has fallen to me
In a fair ground - in a fair ground -
Yea, Sussex by the sea!

</td></tr>
</table>

그는 우선 이모 내외가 사는 서섹즈 주 로팅딘(Rottingdean)에 거처를 구했다. 로팅딘에는 제대로 된 영국 마을이라면 반드시 갖추고 있어야 하는 장소들이 고스란히 남아 있다. 호수를 따라서 연륜이 오래되어 은근히 마음을 끄는 낡은 집들, 전통을 자랑하는 주점, 400년 나이에 유령까지 출몰한다는 찻집, 미국인들이 사고 싶어 했다는 적막하면서도

'나울라카' (위) 로팅딘의 하이 스트리트 주변
(아래) 로팅딘에 위치한 키플링 정원 입구

품위 있는 11세기의 교회가 있으니 완벽한 영국 마을로 손색이 없는 곳이다. 차를 한 잔 마시며 이 마을보다 더 오래된 식빵을 뜯어 오리들에게 던지고 있으면, 이곳에서는 사람도, 오리도, 그저 옛 풍경의 하나처럼 정지된 느낌을 준다.

그렇다고 해서 로팅딘이 아주 한적하기만 한 시골은 아니다. 관광과 휴양지로 유명한 브라이튼이 근처에 위치한 데다가 여기에서 조금만 걸어나가면 바로 바다에 닿기 때문에 19세기 이래로 많은 외지인들의 방문이 잦은 곳이기도 하다. 하이 스트리트를 따라 올라가면 매년 여름마다 마을 축제가 벌어지는 넓은 잔디마당인 그린(The Green)이 나타난다. 여기에서 왼쪽으로 연이어 서 있는 집 중 '느릅나무 집'이라는 이름을 가진 곳에 기플링 가족이 살았다는 기념판이 남아 있다. 마치 비밀 정원으로 향하듯이 그 길을 따라 가면 작은 아치에 '키플링 정원'이 새겨진 것을 보게 된다.

말 그대로 로팅딘에 사는 동안 키플링 가족의 정원이었던 곳인데, 말이 정원이지 2에이커나 되는 넓이다 보니 좁은 아치를 지나 환한 정원에 서면 갑자기 다른 세계에 든 기분이다. 주인이 바뀌면서 오랫동안 이곳이 방치되어 있었다고 하는데, 색깔과 크기에 맞추어 활짝 피어 오른 꽃들을 보고 있으면 '방치된 모습'이 어떠했을지 전혀 상상이 가지 않는다. 택지로 개발되기 직전 이 정원을 구한 것은 마을 보존회였고, 이 단체가 지금도 이곳을 관리하며 일반에게 정원을 공개하고 있었다. 200년이 넘었다는 정겨운 풍차를 저 너머 바라보면서 정원을 돌다 보면 굵은 나무들이 큰 가지를 늘어뜨려 그늘을 만든 곳에 나무 의자도 놓여 있다. 의자만 보면 앉아야 되는 강박관념이 있으니 이곳을 놓칠 수 없다. 키플링의 시, 「정원의 영광(The Glory of the Garden)」을 읽으며 변변한 화단 한쪽 없는 내 게으름을 탓한다.

우리 영국은 정원, 정원은 그렇게   Our England is a garden, and such
만들어지지 않으니   gardens are not made
'어머, 정말 아름답구나' 를 노래한다고 해서, By singing:?Oh, how beautiful!?
그늘에 앉아 있다고 해서   and sitting in the shade,
그동안 우리보다 나은 사람들은 While better men than we go out and
밖으로 나가 일을 시작하리   start their working lives
깨진 나이프로 자갈길에서 잡초를 뽑아내며. At grubbing weeds from gravel-paths
    with broken dinnerknives.

이름을 댈 수 없는 꽃들과 나무들이 정갈스럽게 어우러진 정원에 앉아 있으니 '정원의 영광은 결코 사라지지 않으리' 라는 시의 결말에 감히 반론이 있을 수 없다.

정원을 관리하는 이 마을 보존회는 근처에 로팅딘 저택(Rottingdean Grange)까지 장기 임대하여 마을과 마을 주민들에 관련된 자료들을 모아 박물관 겸, 전시실 겸, 도서실로 사용하고 있다. 키플링의 정원에서 바로 그린을 가로지르면 이곳에 닿을 수 있다. 하얀색의 2층 건물로 원래 목사관으로 사용되었다고 하는데, 전면에 넓고 큰 창들이 배치되어 있어 조용한 주변 분위기와 어울려 마치 서양 인형의 집을 보는 듯하다.

박물관 안에는 로팅딘 시절 키플링의 서재 모습을 그대로 재현해두었다. 와이셔츠에 타이를 하고, 의사 가운을 연상시키는 허연 색깔의 작업복을 걸친 실물 크기의 키플링 인형이 책상 앞에 앉아 글을 쓰고 있다. 안경과 콧수염까지는 같지만 그 외 모습은 글쎄, 그다지 신빙성을 주지 않는다. 키플링의 서재마다 나타나는 지구본이 이곳에도 책상 곁에 자리하고 있을 뿐, 미국의 '나울라카' 의 서재나 나중에 이사하게 되는 버위시의 서재에 비교하면 소박하다 못해 초라한 형편이다. 이 곳에 살면

로팅딘 그랜지의 키플링 서재

서 대단한 판매 실적을 올린 『바로 그 이야기(Just So Stories)』를 출판했다는 점을 생각해 보면 그의 서재가 이보다는 나아야 할 것 같다.

『바로 그 이야기』는 아이들에게 맞는 12가지 단편으로 이루어져 있다. 제목은 대부분 의문의 형태를 띤다. '어떻게 고래에 목이 생겼지?', '낙타는 어떻게 등에 혹을 가졌을까?', '코뿔소는 어떻게 주름진 가죽을 가졌지?', '표범은 어떻게 점박이 무늬를 얻었지?' 처럼 직접 의문문도 있지만, '아기 코끼리', '아르마딜로의 시초' 라는 제목도 아기 코끼리의 코가 길어진 내용을 다루고, 아르마딜로가 어떻게 생겼나 알아보자는 것이니 호기심의 연속이다. '고양이는 왜 늘 혼자 다닐까', '게는 바다와 어떻게 놀지?', '나비도 발을 구를까' 까지 목차를 따라 가다 보면 누구라도 어느 새 잊었던 어린 시절로 돌아가 있다. 웃는 모습이라고는 전혀 남아 있지 않은 근엄한 표정의 콧수염 작가가 이런 글을 쓰다니, 우리가 사진이나 그림으로 보는 키플링은 어디까지 진짜 키플링인지 모르겠다.

이 작품 이외에도 동화책의 수준을 넘어서는 고전, 『킴(Kim)』을 쓴 것도 로팅딘 시절이다. 『킴』은 키플링의 작품 중 최고작이라는 평가를 받는 작품이며, 인도를 배경으로 한 것으로는 그의 마지막 작품이 된다. 시, 소설, 산문 등을 섭렵했던 키플링이 유독 아이들 대상의 작품에 열중했던 데에는 그 나름대로 아동 문학에 깊은 의미를 두었기 때문이다. '자기 아이들에게 들려주는 이야기를 보면 그 민족이 어떠한지 알 수 있다'고 할 만큼 키플링은 아동 문학에서 영국적인 가치와 정서를 전하고 싶어 했다. 언뜻 보기에는 쉬워 보이지만, 어른용 작품이라면 그냥 내버려두어도 되는 내용들이 아이들 대상의 작품에서는 몇 차례 수정과 보완을 통해 걸러져야 한다는 것이 그의 태도였다. 마치 '라커와 진주 조개를 모아 자개를 만들어내듯이' 이런 인위적인 수고의 자취가 드러나지 않도록 더 많은 수고를 해야 했다. 이런 고집스러운 과정을 겪었던 덕분에 그의 작품들이 몇 세대를 거쳐, 또 여러 나라에 걸쳐 살아남을 수 있었을 것이다.

계관 시인이던 테니슨이 서거하고 나자 키플링이 그 뒤를 이으리라는 것이 당연한 기대였다. 그러나 그는 빅토리아 여왕의 즉위 60주년 기념에 맞추어 축하시를 발표했을망정 이 자리를 수락하지 않았다. 로팅딘에 사는 동안 아들을 낳았지만, 앞에서 말했듯이 미국 여행중에 큰딸을 잃었다. 『킴』의 인세 수입과 버몬트의 집 매매로 키플링은 좀 더 큰집을 구할 수 있는 여유를 얻었다.

작가의 집, 버워시의 '베이트만스'

이때쯤 키플링은 새롭게 등장한 자동차에 깊이 빠져들었다. 키플링은 제작 조립된 차를 바로 그 제작자가 직접 집까지 몰고 오던 시대인 자동차 생산의 원시시대에 살았다. 분업화에 따라 다량 생산된 포드 자동차가 도로를 뒤덮기 훨씬 전이었던 만큼 자동차 생산자와 소유자는 매우 긴밀한 유대 관계를 유지했고, 차에 고장이나 문제가 생기면 언제든 그 제작자가 나타나 차를 손보며 소유주와 환담을 나누었던 때였다. 키플링은 처음에 란체스터 차를 구하는 것을 시작으로 여러 대 차량을 소유했다. 지금도 그의 집에 가면 고장이 나지 않기 때문에 '내가 유지할 수 있는 유일한 차'라고 힌 롤스로이스가 차고에 전시되어 있다.

아내와 란체스터를 타고 로팅딘 주변에 집을 찾아다니던 어느 날 그는 내륙 쪽으로 조금 들어간 곳에 버워시(Burwash)라는 마을을 지나게 된다. 버워시는 평화로운 계곡사이로 조용히 더드웰 강이 흐르는 곳이다. 사람보다 양이 많다는 표현에 어울리게 하루 종일 있어도 인적이 드물고 오래된 나무들 사이로 보이는 낮은 구릉마다 양들이 여기 저기 흩어져 있다. 엽서에서 바로 옮겨 놓은 듯한 이 마을에서 오래 된 베이트만스(Bateman's)를 보게 되자 키플링 자신이 밝혔던 대로 부부는 단박이 집에 매료되었다.

베이트만스라고 하는 집까지 우리를 데려다 준 것은 이렇게 감동적인 자동차였다. 우리는 이 집 광고를 보고 잔디 샛길의 커다란 토끼굴까지 따라 이 집을 찾아 나섰다. 집을 처음 보자마자 수단방법위원회는 말했다. '바로 저 집이다! 저 집 뿐이야! 빨리 저 집을 제대로 만듭시다!'. 집에 들

베이트만스 전경

어서니 이 집의 기운이 −풍수−야말로 좋다는 걸 알았다. 방마다 돌아다
녀 보고, 이 집에는 오래된 후회의 흔적도 없고, 숨막히는 불행도 없고, 어
떤 협박의 그림자도 없다는 것을 알았다. 비록 300년 된 집이긴 하지
만….

그의 자서전에 나타난 표현에 설명을 좀 곁들이면 이렇게 된다. 이 집
은 정확하게 1634년에 지어졌다고 하니, 그의 말대로 300년이 넘은 집
이다. 17세기에 서섹스 지방이 철강산업으로 주목을 받았을 때 철물로
부유해진 서섹스의 한 거상이 이 집을 지었는데, 이 지방 특산의 은은한
사암으로 외향을 갖추어서 덩치는 크지만 따뜻한 느낌이 나는 집이다.
키플링은 이 집을 내내 'she' 라는가 'her' 라는 표현으로 지칭했다. 그
의 집에 가 보면 바로 알 수 있듯이 그만큼 그는 이 집에 대한 애착이 강
했다. 자서전에 말하는 '수단방법위원회(Committee of Ways and
Means)' 의 '수단(Ways)' 과 '방법(Means)' 이야 경제적으로나 심리적으
로 집 구매를 가능하게 하는 인물들이니, 물론 키플링 부인과 키플링을
뜻한다.

버워시 자체가 자그마한 마을이라 마을 한가운데를 지나는 길도 2차
선이 고작이다. 베이트만스는 마을의 도로를 벗어나 더욱 호젓한 샛길
을 따라 내려가야 만난다. 비록 몇 분 상간이지만 인간 세계와 단절된
듯하게 고요한 길을 따라가다 보면 이거 완전히 길을 잘못 들은 거 아
닌가 싶을 정도다. 절로 '샛길의 커다란 토끼굴' 까지 가는 심정이 들 때
쯤, 갑자기 저 아래 평지에 앉아 있는 이 집을 보게 된다. 시간의 자태
가 그대로 남아 있는 사암의 은은한 빛과 집 전체가 주는 고운 자태를
보고 있으면 이 집을 사랑하는 데에 굳이 키플링까지 들먹여야 할 필요

가 없다.

　키플링은 70세로 사망할 때까지 이 집에서 살았으니 34년을 이 곳에서 지냈던 셈이다. 그가 죽고 3년 있다 그의 아내가 사망했다. 그녀는 이 집을 영국 국립 유적 관리에 기부했다. 그리고 1976년 그들의 유일한 혈육이 되는 막내딸 엘지가 후손 없이 사망하면서 키플링의 모든 판권을 또 국립 유적 관리에 남겼다. 영어가 전 세계어로 통용되다 보니 해리 포터 작가가 아니더라도 일찍부터 영국에는 갑부 작가가 많았다. 특히 아동물을 쓰는 작가들의 수입과 재산은 만만치 않은 수준이었다. 그들이 살던 곳들도 이름과 수입에 어울리게 크고 화려하다. 베이트만스가 그 중에서도 특히 더 돋보이는 까닭은 서섹스 지방의 풍경 덕도 있겠고, 키플링의 서재가 주는 감동도 있겠지만, 서섹스 지방 유적 관리 담당자들의 부지런하고 섬세한 손길 탓이 클 것이다. 최근에 영화 배우 랄프 핀이 특유의 잔잔하면서 윤기있는 목소리로 키플링 작품을 낭독한 CD가 출판되었다. 굳이 그 낭독을 이곳에서 한 걸 보면 이 집이 주는 운치를 따라갈 만한 곳은 없나 보다.

　베이트만스의 집과 정원은 모두 키플링이 활동하던 당시 그대로 보존되어 있다. 이 집과 별도로 나중에 그가 사들였던 물방앗간과 농장까지 합하면 크기까지도 가히 한 장원에 버금가는 데다가 집 내부와 야외 모두 빼어난 수준을 유지하고 있다. 실내를 돌다 보면 분명 한 가족의 생활공간이었음을 느끼게 하지만, 널리 퍼져 있는 초록의 들판과 잔잔한 강줄기만이 보이는 곳에 홀로 서 있는 이 집의 크기 때문에 무너진 사원처럼 고적하고 울적한 느낌마저 가질 수 있다.

　'정원의 영광'을 쓰게 된 곳은 베이트만스의 정원이었다고 하는데, 이 정원에 '영광'이라는 표현은 전혀 과장이 아니다. 아직까지 키플링

베이트만스 차고에 전시되어
있는 키플링 소유의 차

부부가 설계했던 대로 보존되어 있다는 정원은 주목나무로 키를 맞추어 테두리를 나누었다. 강가에 인접해서 축축한 느낌이 드는 곳에 장미 정원이 있는가 하면 야생화 정원이 있고, 섬세한 허브 정원도 따로 있다. 호수도 보이고, 화분을 새로 심고 분갈이도 할 수 있는 정원용 창고도 밉지 않은 모습으로 남아 있다.

이 정원에는 전통적인 전원의 취미생활을 즐기는 영국 신사의 자취만 있는 것이 아니다. 자동차를 비롯하여 새로운 기계 문명에 마음 깊이 환호를 보냈던 호기심 많은 남자의 모습도 찾을 수 있다. 키플링은 물방아를 이용한 수력발전으로 베이트만스의 전기를 공급했고, 차고에는 늘 몇 대씩 차를 보관하고 있었다. 놀라운 사실은 자동차에 남다른 애착을 보였던 그였지만, 실제로 운전대를 잡고 운전한 적은 없다는 점이다. 그가 늘 조수석에 앉아 영국 전역을 여행했다니, 그렇다면 늘 조수석에 앉아 운전사의 눈치를 보는 나와 키플링 사이에 그다지 공감대가 없는 것도 아니다.

정원을 지나 현관으로 들어서면 제일 먼저 그들이 소위 가족 공동장소로 썼다는 거실이 나타난다. 화려한 양탄자와 낡은 파란색의 긴 소파가 강한 인상을 남기는 이 방 한편에 책상이 자리하고 있다. 그 위에는 딸 엘지가 약혼자를 만나기 위해 잠시 머물렀던 스페인에서 부모에게 보낸 선물들이 전시되어 있다. 영국인들이 흔히 그렇듯이, 귀한 그릇들도 진열되어 있고, 여행마다 모았던 소지품이나 예술품들도 눈에 띈다. 이 방 옆으로 육중하고 믿음직한 참나무 식탁이 자리한 식당이 있고, 그를 지나면 또 다른 거실이 나타난다. 지금 이 방은 '엘지의 거실' 이라는 이름을 달고 있지만, 원래 이 공간은 아들 존과 엘지가 함께 가정교사의 수업을 받던 곳이었다. 벽난로와 벽면의 나무 장식들이 한층 따뜻한 느낌을 주는 공간으로, 아이들이 이런 곳에서 공부할 수 있었다니 그도 축복이라는 생각이 든다.

계단을 오르다 보면 벽에 기대어 서 있는 긴 괘종 시계를 보게 된다. 이렇게 멋진 시계를 두고 있었지만 키플링은 일단 작업에 몰두하면 시간을 잊어버리는 경우가 많았다. 몇 시간씩 앉아 있기도 예사였고, 몇 달, 혹은 몇 년씩 걸려 원고 하나를 완성하기도 했다. 다작이라 매년 적어도 한편, 혹은 거의 매달마다 뭔가 새로운 걸 써냈던 작가인데도 불구하고 그런 사람에게조차 글쓰기란 시간을 거슬러야 할 정도로 까다롭고 힘든 작업이었다니 우리처럼 글 한 줄 쓰고 식은땀을 흘려야 하는 사람들에게는 위로가 아닐 수 없다.

부부가 쓰던 침실에는 큰 포스터 침대가 자리잡고 있다. 아이들이 어렸을 때는 이 침대에 앉아 부모가 전해주는 이야기를 듣기도 하고, 아버지의 새 작품의 최초 독자가 되기도 했다고 한다. 벽에는 서로 다른 시

집에 전시된 딸 엘지의 어릴 때 사진

간대에 아이들 모습을 담은 사진들이 전시되어 있다. 유별나게 아이들 사진이 많은 집안을 돌다 보니 이 집주인이 어린 딸과 10대의 외아들을 잃고 얼마나 상심했을까, 새삼스럽다.

　무엇보다도 구석진 시골까지 찾아 온 이 여행의 보상은 서재에서 기다리고 있다. 회벽 천장을 일정하게 나누는 진한 색깔의 서까래와 서재의 한쪽 벽에 위치한 벽난로조차도 이 작가의 작업 공간을 완벽하게 해 주는 장식이다. 벽난로 위에 걸려 있는 아내의 초상화도 은은하게 가라앉은 녹색 옷차림이라 차분한 이 서재의 분위기와 절묘한 조화를 이룬다. 천장부터 바닥까지 겹겹이 벽면을 메운 시, 소설, 역사, 여행, 지리, 군사, 정치 등등의 책들은 한 장의 완벽한 고급 벽지처럼 아름답게 그 방과 어울린다. 바로 그 책꽂이를 마주하고 있는 그의 책상은 웬만한 도서관의 책상에 대어도 밑지지 않을 정도로 크다. 글줄이라도 써 본 사람

베이트만스의 키플링 서재

이라면 단정한 정원을 내다보는 자리에 위치한 그 호두나무 책상의 크기와 윤기를 어떻게 시기심 없이 바라볼 수 있겠는가.

책상 위에는 키플링이 말했던 대로 '작업 도구들'이 '일부러' 어지러이 널려 있다.

나는 항상 내 작업대 위에 어떤 도구들을 두고 있지만, 늘 이것들은 마구 어질러져 있다. 그 중 하나는 라커 칠을 한 카누 모양의 펜 상자인데,

그 안에는 솔과 안 나오는 '만년필' 들이 담겨 있다. 나무 상자에는 클립과 밴드가 들어 있고, 다른 깡통 상자에는 핀들이 있다; … 작지만 제법 무게가 나가는 문진과 가죽제품 악어가 종이들을 누르고 있다 … 테이블 왼쪽과 오른쪽에는 두 개의 커다란 지구본이 있다.

책상 앞에 놓여 있는 의자 역시 호두나무로 만들어진 것으로 세월을 따라 같이 늙어 가는 품위가 있다. 일하기에 편하도록 높이를 맞추어 둔 의자며, 키플링이 말했던 대로 어질러져 있는 '작업 도구들' 이며, 고물이라 해야 할는지 골동품이라 할는지 책상 한쪽에 자리한 타이프라이터와 책상 아래 놓여 있는 휴지통까지 마치 이 방 전체가 방 주인이 지금이라도 돌아오기를 기다리고 있는 태세다.

그는 여기 이 책상에서 저 창을 보면서 『푸크 언덕의 요정(Puck of Pook's Hill)』을 썼다. 이 집의 역사와 주변 경관에 매료되어 쓴 이 작품은 키플링의 역작이라는 평을 듣고 있다. 작품은 베이트만스의 정원에 이어진 초원에서 하짓날 우나(Una)와 댄(Dan)이 셰익스피어의 『한 여름밤의 꿈』을 주술처럼 떠들어대다가 실제로 그 극의 요정 '퍽(Puck)' 을 불러내는 것으로 시작한다. 아이들을 대상으로 한 작품답게 여기에서는 현실과 꿈이 교차하고 마술과 신화가 거부감없이 끼여든다. 동화와 역사가 있는가 하면 시도 등장한다.

그 후속 편으로 되어 있는 『보상과 요정(Rewards and Fairies)』은 앞의 작품보다 훨씬 복잡한 구조라 키플링 자신도 밝혔듯이 '어른을 위해서 쓴' 작품으로 손색이 없다. 영국에서 제일 사랑 받는 시라고 해도 전혀 거짓말이 아니고 과장도 아닌 작품이 여기에 수록되어 있다. 영국에서는 몇 년에 한번씩 BBC가 주도하는 국민 애호 시 뽑기 대회가 벌어지는데 그때마다 영국인들은 '만약에(If-)' 라는 제목의 이 시를 최고라고 선택했다.

그대가 머리를 똑바로 쳐들 수 있다면	If you can keep your head when all about you
설혹 주변의 모든 이들이	
가진 것을 잃고 그것을 모두	Are losing theirs and blaming it on you,
그대 탓이라 하더라도	
. . .	
그대가 꿈 꿀 수 있다면, 그러면서도 꿈이	If you can dream - and not make dreams
그대 주인이 되지 않고	your master;
그대가 생각할 수 있다면, 그러면서도	If you can think - and not make
	thoughts your aim
. . .	
그대가 승리한 모든 것을 모아	If you can make one heap of all your winnings
단 한번에 걸 수 있다면	and risk it on one turn of pitch-and toss,
. . .	
그대가 무리와 어울려 떠들어도 미덕을	If you can talk with crowds and keep your
간직하고	virtue,
제왕과 함께 걷더라도 평범을 잃지 않는다면	Or walk with Kings -nor lose the common touch,
. . .	
세상과 이 세상 모든 것은 그대 것이 되고	Yours is the Earth and everything that's in it,
비로소 그대는 한 사람의 남자가 되리라.	And -which is more-you'll be a Man, my son!

어른이라면 누구든 한번쯤은 살면서 '만약 어쩐다 하더라도 어떻게만 하다면 너는 아직 다 잃은 것은 아니라' 는 구문에 접했던 적이 있을 것이다. 가장 절망적인 순간이라도 내 자신이 희망을 잃지 않는 한 절망은 아니라는 강건한 정신은 바로 키플링이 대변하는 세계에서 나온 발상이다.

지금은 여자들도 남자와 차별(!)없이 자기 세계를 가꾸는 세상이다 보니 키플링이 살던 시절에는 남자들만이 누리던(!) 철학적, 경제적 고민까지도 성차별 없이 남자 여자 누구에게나 골고루 분배되고 있다. 그러다 보니 가끔 이 시를 번역하면서 마지막 연의 "Man, my son!"을 슬쩍 남성대명사가 아니라 인간 일반을 나타내는 대명사로 바꾸기도 한다. 그 순간이 되어야 비로소 너는 한 사람의 '싸나이'가 될 거라는 표현보다야 그렇게 되어야만 비로소 인간다운 인간이 될 거라는 번역이 훨씬 현대인의 정서에도 맞고, 더욱 깊은 철학적 반성을 담은 거겠지만, 이 작품에서나 키플링 자체의 전반적인 태도로 보면 이 시의 'Man'은 '싸나이'에 가깝지 남녀 양성을 다 포함하는 '인간'에 가까운 것은 아니다.

키플링이 남녀동등과 여성 해방을 수용하지 않았다고 해서 그를 비난만 할 수는 없다. 물론 키플링의 제국주의 못잖게 쇼비니스트적인 태도 역시 당연히 문제시되어야 한다. 그러나 그것은 키플링 개인의 선택이었다기보다 그 시대인들의 정신이었다. 그가 혁명가가 아니라는 점은 유감이지만, 혁명가가 아니라고 해서 보통의 점수도 줄 수 없을 정도로 악당은 아니었다.

가만히 살펴보면, 우리 시대의 앞서가는 사람들이라 뻐기며 여성 해방의 기치를 한껏 포용하는 남자들에게도 그 이전 세대의 남자들에 못잖은 기만과 자기 합리화가 숨어 있다. 혼자 식솔을 책임지는 것보다 함께 나누는 것이 사실상 남자들의 현실에 유리하다. 잠깐 가부장제의 오랜 전통에서 발을 빼면 여자보다 더 편한 경우는 남자들일 때가 많다. 같이 벌고, 같이 가사를 나눈다는 명분은 좋으나 그걸 현실에 100% 그대로 실천하는 사람은 없다. 예전에 여자들을 옥죄이고 불행하게 만든 편견은 '여자가 왜 그리 드세냐'는 것이었다. 요즈음에는 이 핀잔이 교묘하게 뒤틀려져 '드센' 여자들에게는 '드세다'고 흉이고, '드세지 않은' 여자들은 '무능력하다'고 내몬다. 여성의 자기 표현을 옹호하고 조장한다는 자칭 협력자의 이면에는 취약한 경제력과 나약한 정신이 숨어 있을 수도 있다.

'부디 묻지 마시오 내가 남기는 글을 빼고는'

1907년 키플링은 노벨상 문학상을 받아들였다. 어떤 사회적인 치장이나 명예도 마다하던 그로서는 의외의 수락이었다. 1914년 세계대전이 터지자 그는 전쟁 선전성에 부름을 받고 병사들을 방문하거나 그들을 위로하는 일에 전력했다. 그 전부터도 그는 영국 병사들의 사기를 진작하는 일이나 부상병이나 퇴역 군인들을 돕는 일에 관여했었는데, 그의 시 '제 정신이 아닌 걸인(The Absent-Minded Beggar)'은 순식간에 보어 전쟁 참여 병사들을 위한 기금을 동원했고, 같은 이름의 자선단체를 만드는 계기가 되었다. 계관 시인을 사양했지만 영국인들은 그를 국민의 계관 시인으로 존경했고, 영국 제국주의의 작가로 추앙했다.

1915년 서부전선에서 아이리쉬 가드와 함께 싸우던 아들이 실종된다. 어떤 이라도 견딜 수 없는 사건이겠지만 키플링처럼 제국의 도덕적 우위를 굳게 믿고 그 미덕의 수호라는 점에서 전쟁의 의미를 구했던 사람에게는 더할 수 없는 충격으로 남았다. 그는 전몰장병 묘지 건립 위원회에도 관여하고 전후에는 아들이 전사했던 곳까지 가 봤지만 아들의 행방은 끝끝내 확인되지 않았다. 인연 있는 모든 사람이 세상을 떠나고 난 뒤 1992년에 바로 이 위원회에서 세인트 메리 국립묘지의 무명용사 묘가 바로 존 키플링의 묘라고 발표했고 영국 국방성에서도 이를 지지했지만, 근래에 이 공식적인 견해에 의문을 제기한 책이 출판되기도 한 걸 보면 이 작업의 경과나 의미가 만만한 것은 아닌 모양이다.

세계를 몇 번씩 여행하던 사람답게 그의 서재에는 정확하고 아름다운 지구본이 남아 있다. 세계 어디를 가더라도 서섹스만한 곳이 없다고 했던 작가는 아들을 잃고 나서도 여행을 다니고, 다시 이곳으로 돌아오고,

또 여행을 떠나기를 반복했지만 그로 인한 상처와 우울에서 회복되지 못했다. 우리가 베이트만을 찾았던 늦은 가을 날, 세계 어느 곳보다 그가 사랑했던 곳답게 이 마을은 황금색의 지구본은 흉내도 낼 수 없을 정도로 아름다운 단풍을 드리우고 있었다. 주인이 떠나고 난 빈 정원에서 이슬비를 맞고 있으려니 쓸쓸한 마음이 가득하다. 처연할 정도로 단풍이 아름답던 서섹스의 가을에는 이제 키플링도 없고, 그가 고통스럽게 보내야 했던 그의 아들도 없다. 아버지와 아들의 삶의 순서를 무심히 뒤바꾸던 시간은 이리 저리 흩어진 기억들만 남긴다.

아들을 잃고 난 뒤부터 키플링은 소화기 궤양으로 많은 고생을 했다. 결국 그가 사망한 원인도 그로 인한 출혈이었다. 전후에 그가 발표한 시들에는 그가 겪은 이별이 어떤 상처로 남았는지 여실히 보여준다. 그는 이념과 도덕이 아무리 중요한들 한 인간의 생명의 상실을 보상해 주지 못한다고 말한다. '우리 아이들'이라는 시는 부모로서 그가 겪은 상실의 아픔을 다른 부모들과 공유한다.

이들이 우리 나라를 위해 죽은 우리 아이들이다: 우리에게 소중한 아이들.
우리에게 남겨진 것은 그들의 보물같은 말과 웃음의 기억뿐
우리 상실의 대가는 우리가 치르리, 다른 이가 아니라.
타인들도, 사제들도 그를 정하지 못하리, 그건 우리 권리.
그런들 누가 우리에게 우리 아이들을 되돌려줄 수 있나?

These were our children who died for our lands: they were dear in our sight.
We have only the memory left of their home-treasured sayings and laughter.
The price of our loss shall be paid to our hands, not another's hereafter.
Neither the Aliens nor Priest shall decide on it. That is our right.
But who shall return us the children?

아무리 탁월한 상상력의 소유자라도 시대를 넘어 그 시대의 한계와

우매함을 다 알 재간은 없다. 시간의 강을 넘으면 이념의 큰 선을 따라 산 사람들이 자칫 비굴한 생활인으로 타협했던 사람들보다 더 큰 패배감을 느끼기도 하는 것은 이래서다. 자식의 생명을 걸었을 만한 신념인 경우에 그 환멸은 더 했을 것이다. 간결한 문장 속에 일시에 복잡한 감정을 담아낼 줄 아는 것이 키플링의 장기라고 하는데, 이런 글 솜씨가 빛나는 곳은 아이러니컬하게도 전쟁의 고통과 개인적인 상실을 담은 시집에서다. 1차 대전이 끝나던 해의 시, '전쟁기념비(Epitaphs of the War)'에는 그의 고통스러운 자기 고백이 있다. '우리 왜 죽었는지 묻는다면,/ 말해주라 그들에게. 우리 아버지들의 거짓말 때문이라고(If any question why we died/ Tell them, because our fathers lied).'

개인적인 고통에 덧붙여, 그는 생전에 히틀러의 출현과 2차대전의 조짐을 느꼈다. 키플링은 힌두교 전통에 따라 복을 바라는 심정에서 자기 책표지에 힌두교의 주술기호, 스와스티카를 장식하곤 했는데, 나찌가 유사한 표시를 사용하는 걸 보고 이를 모두 삭제하도록 했다. 지금까지도 2차 대전 발발 전에 사망한 키플링을 나찌와 연결지어 비난하며 큰 실수를 하는 사람들이 있는데, 이는 그의 초기 작품들의 표지에 남아 있는 스와스티카를 오해한 때문이다. 시대가 바뀌면서 겪었던 오해나 편견은 여기에 그치지 않아서 1차 대전이 지나가고 난 후에는 그를 거의 지난 시절의 작가로 취급하는 경향이 커졌다.

마지막까지 꾸준히 작품을 발표하고 자서전을 저술하던 키플링은 1936년 자서전을 마치지 못한 채 사망했다. 그의 시신은 런던의 골더스 그린 화장장에서 화장되었고, 유해는 웨스트민스터 사원, 시인의 자리에 보존되어 있다. 영국 중부의 맑고 잔잔한 호수에서 시작한 작가는 여기에서 전 세계를 도는 긴 여행을 마쳤다. 그를 보자고 관광객들에 밀리

웨스트민스터 사원, 키플링의 자리

며 웨스트민스터 사원에 오는 것은 그를 찾아 인도로 가는 것만큼이나
어색한 일이다. 키플링을 더 잘 알고 싶다면 세상 어느 곳에도 남아 있
지 않은 그를 찾아 세상을 떠돌지 말고, 마지막 작품이 된 그의 '호소
(The Appeal)'를 들어주는 것이 낫다.

<table>
<tr><td>

내가 그대에게 기쁨을 주었다면
내가 한 어떤 일로라도
저 깊은 밤에 내가 조용히 쉴 수 있도록 해 주시오
곧 그대에게 닥칠 밤이니
저 짧고 짧은 시간동안
죽은 자들을 기억한다면
부디 묻지 마시오 내가 남기는
글을 빼고는

</td><td>

If I have given you delight
By aught that I have done,
Let me lie quiet in that night
Which shall be yours anon:
And for the little, little span
The dead are borne in mind,
Seek not to question other than
The books I leave behind.

</td></tr>
</table>

사르트르가 노벨 문학상을 거부하면서 내세운 이유는 '작가는 글로
만 기억되어야 하기 때문'이었다. 노벨상을 받았건 받지 않았건, 자유

주의자이든 보수주의자이든, 옛 사람이든 우리 곁에서 숨쉬는 사람이든
진정한 작가는 모두 이런 저런 형태로 키플링의 호소를 들려준다. 키플
링 뿐이겠는가, 웨스트민스터 사원에 오밀조밀 빽빽하게 몰려 있는 작
가들 모두 그 사원을 찾는 사람들에게 돌아가 부디 내 글을 읽어 달라고
간청한다.

9. '내 마음의 고향'

D. H. 로렌스
– 이스트우드, 젠노

D. H. 로렌스

이스트우드
젠노

‘음란’과 ‘예술’ 사이에 있는 로렌스의 진실

‘로렌스’라고 하면 굳이 D. H.라는 머리 약자를 붙이지 않아도 소설가 D. H. 로렌스(David Herbert Lawrence, 1885-1930)를 생각한다. 로렌스를 모르는 사람이라도 『채털레이 부인의 사랑』이라면 갑자기 다 아는 소설인 것처럼 반색을 한다. 그 이름이 반가운 이유야 각자 다르겠지만, 내가 보기에 문학을 전공한 경우가 아니면 남자들은 대개 ‘채털레이 부인의 사랑’이라는 영화를 『채털레이 부인의 연인(Lady Chatterley’s Lover)』이라는 로렌스 소설과 혼돈하는 것 같다. 그만큼 소설가 로렌스에 대한 미신은 깊고 강하다.

로렌스는 살아 생전부터 ‘음란’과 ‘예술’ 사이에서 비난과 찬사를 동시에 받았던 작가다. 1915년 1차 대전 중 로렌스는 『무지개』를 출판하지만 당국은 이 작품을 음란물로 규정하고, 출판된 모든 작품을 파손시키라는 명령을 내렸다. 1925년 영국을 떠나 외국으로 떠돌던 그가 런던에서 그림 전시회를 가졌을 때는 점잖기로 소문난 영국 경찰이 이 전시장을 덮쳐서 그의 누드화들을 철거해 가는 사건도 있었다.

1930년 그가 죽고 나서도 그에 대한 비난은 여전했다. 1959년 『채털레이 부인의 연인』이 처음으로 완전하게 출판되었는데, 영국이나 미국 모두 다 이 작품을 음란물로 규정해서 판매를 금지했다. 공식적인 비판이나 판금 규정이 아니더라도 로렌스 생전에 사람들이 그의 책을 불지르거나 그에게 욕설을 퍼붓는 일은 다반사였다.

로렌스의 이면

D. H. 로렌스

그렇지만 로렌스는 세간의 일반적인 편견과는 달리 평론가들의 입장에서 보면 지나치게 도덕적이고 자기 정당화가 심한 작가이다. 로렌스는 영국 작가들에게 나타나는 '약간 허술해 보이는 여유.' 다른 말로 하자면 영국적인 넉살, 유머, 한 걸음 물러나서 관조하는 그런 우아한 여유를 가시고 있지 않다.

단추를 끝까지 채운 디킨즈조차도 가난한 사람들의 착취와 비탄 속에 웃음을 섞어 넣었는데, 로렌스에게는 그런 너스레나 여유를 찾을 수 없다. 디킨즈의 비판을 그토록 순순히 수용하고 반성했던 너그러운 영국 독자들이 로렌스의 글에 날카로운 반응을 보인 데에는 여러 이유가 있을 것이다.

그 중 로렌스의 글에는 뒤틀린 제도의 기형성이 아무런 완충지대도 없이 그대로 나타나 있다는 것이 한 가지 이유가 된다. 이런 점에서, 한 동안 로렌스의 묘사력에 매료되고 그의 이념에 이끌렸던 러셀조차도 로렌스의 끈질긴 문제 제기에 대해 "만성 불평꾼의 장엄한 독백"이라고 하지 않을 수 없었던 것이다.

로렌스가 포르노 작가로 몰리게 된 사정에도 의혹은 있다. 그는 문란한 성을 그리며 무분별하게 쾌락과 성애를 옹호한 것이 아니라, 당시의 억압된 사회 제도와 구속 때문에 자유로운 인간 관계가 불가능해지는 것을 비웃었다. 그가 주로 주목했던 것이 성의 문제일 뿐, 그가 남녀 간의 육체적인 사랑에만 집중한 작가는 아니었다.

로렌스가 말했듯이, "음란물은 성을 모욕하고 거기에 먼지를 뒤집어 씌우려는 시도"인데, 그의 소설 속의 성은 질식시킬 듯이 억압적인 비정상적 인간관계를 치유하는 인간적인 대안으로 보인다. 그의 소설에는 체면과 엄숙으로 위장된 불구 남편을 떠나 하층의 남자를 향하는 채털레이 부인의 태도를 결코 외설로만 볼 수 없게 하는 여러 문제들이 등장한다.

로렌스의 『무지개』가 판금 조치된 데에도 다른 의심을 할 수 있다. 이 조처는 전쟁중이던 당시 상황과도 연관이 있다. 『무지개』에는 전시에 어울리지 않게 전쟁에 회의적인 입장이 나타나 있다. 여주인공은 군복 입은 연인의 모습을 조롱하기도 했다. 그 외에도 로렌스는 그의 전 작품을 통해 계층 간의 불합리한 차이, 가난한 사람들이 겪어야 하는 부당한 고통에 대해 분노했다. 그러니 그가 그 당시 인기 작가가 될 소지는 사실상 아주 희박했던 셈이다.

이스트우드에 있는 로렌스의 작은 생가

영국의 8월이 무더운 적은 없었는데, 점점 영국의 여름도 심상치 않게 더워지고 있다. 노팅햄의 작은 광산촌이었던 이스트우트(Eastwood)의 로렌스의 생가를 찾던 날도 무척 더웠다. 더운 날 작은 마을의 로렌스의 작은 집은 사람을 더 덥게 만들었다. 8월이면 관광객이나 여행객

로렌스의 생가

으로 여전히 붐빌 때인데도 그 날은 웬일인지, 아니면 늘 그런 건지 마을이 한산하고 나른했다.

붉은 벽돌의 2층집들이 연이어 붙어 있는 집 중의 한 집이 그의 생가 박물관이었다. 좁고 작은 2층, 혹은 3층집들이 10집, 혹은 그 이상 이런 식으로 벽을 공유하면서 붙어있는 가옥형태를 영국에서는 '테라스드 하우스(terraced house)’라고 부른다. 런던이나 대도시처럼 땅값이 비싸다든지, 새로운 건축술을 자랑하고 싶다든지 등등 별난 이유가 있어서 이런 테라스드 하우스를 짓는 경우도 있지만, 그것은 극히 예외적이고, 보통 테라스드 하우스라고 하면 노동자, 서민용의 값싼 집을 뜻한다. 노동자가 많이 필요한 산업들, 공장이 몰려 있는 지역에는 산업체에 고용된 노동자들을 위해 테라스드 하우스를 많이 지었기 때문에 테라스드 하우스가 잘 사는 지역과 못 사는 지역을 가르는 중요한 차별점이 되기도 했다.

산업이 몰려 있는 중북부, 특히 광산업처럼 노동자들이 집약적으로 몰려 있는 지역에서는 이렇게 지어진 집들이 흔하다. 그의 집이나 근처 공간에는 회색 보도와 주차장이 깔려 있을 뿐이다. 영국의 집이면 다 딸려 있다고 할 수 있는 잔디는 보이지 않는다. 로렌스의 생가는 내가 다녀 본 중에 유일하게 초록의 정원이 없는 집이었던 것 같다. 같은 노팅햄 주에 있는 바이런의 뉴스테드 아비와 비교해 보면 인생의 잔인한 불균형을 느낄 정도로 두 사람은 각기 부와 가난을 대변하고 있다.

로렌스는 이곳에서 태어나고 2년 정도밖에 살지 않았지만, 바로 근처로 이사를 다녔기 때문에 이스트우드 마을 자체가 그의 생가라 해도 손색이 없을 듯하다. 로렌스가 이사를 다니고, 또 그가 작품 속에서 배경으로 사용했던 곳들을 따라 ‘푸른 길(Blue Line Trail)’이 만들어져 있다. 이것은 그의 집 앞을 기점으로 로렌스 가족이 이사 다닌 세 군데의 집과 교회, 박물관, 학교 등 마을 전체에 관계된 장소를 따라 파란 페인트로 길 위에 줄을 그어 둔 것이다.

이 마을의 테라스드 하우스들은 한결같이 보도에 바짝 접해 있어 문만 열면 바로 도로에 닿기 때문에 원래부터 도로를 향한 현관은 거의 사

로렌스 생가의 2층 침실

용하지 않는 것이 보통이다. 생가 박물관의 옆으로 낸 입구를 통해 들어
가면 상점 겸 매표소가 자리하고 있다. 그곳을 넘어 들어가자마자 바로
작은 거실이 나타난다. 다분히 일상적이고 산문적인 상점에서 로렌스의
가족들이 살았던 옛 시대의 이 작은 방으로 넘어오는 데는 1초밖에 걸
리지 않는다. 타임머신을 타고 내린 듯 그 변화가 하도 강렬하고 급작스
러워 순간 어지럽기까지 하다.

집안의 거실에는 벽마다 낮은 장식장과 소파, 책장, 벽난로들이 비좁
게 놓여 있다. 가운데 붉은색 식탁보를 덮은 테이블과 의자만으로도 방
이 가득해 보인다. 밖에서 보면 이 집의 몇 개 안되는 창의 테두리와 정
문은 모두 진하고 탁한 녹색으로 칠해져 있다. 그 중에서도 길가 쪽으로
향한 이 방의 큰 창문은 턱이 낮아 가게 전시대 같은 느낌이 든다. 실제
로 그의 어머니는 가난한 살림에 보태느라 직접 레이스를 떠서 큰 거실
창가에 전시하고 지나가는 사람들에게 팔았다고 한다.

로렌스의 부모님

로렌스의 어머니는 교사 출신이었다. 그의 아버지는 이스트우드의 주민 대부분처럼 광부였다. 아버지는 평생 노동 계층으로 살았고, 또 그걸 넘어서려는 어떤 시도도 하지 못했다. 계층의 차이가 가장 극명하게 드러나는 경우는 물리적으로든 심리적으로든 가까운 사람들 사이에서다.

교사와 광부의 계층 차이는 어찌 보면 하찮은 거라고 할 수도 있다. 하지만 로렌스의 어머니는 남편의 배경과 현실을 좋아하지 않았다. 남편은 열심히 일했지만 그 수입만으로 3남 2녀를 교육시키고 잘 키우기에는 역부족이었다. 레이스를 떠서 생활에 보태던 어머니의 계층 상승의 의지는 4번째 아이인 영리한 로렌스에게 향했다. 다행히 이 아들은 어머니의 기대에 부합되게 여러 재능을 가지고 있었다.

1층 부엌에는 흔들의자와 재봉틀, 자잘한 세간과 그릇들이 전시되어 있다. 화로 곁 선반에는 그의 아버지가 들고 다녔던 도시락이 있다. 우리가 아주 예전에 보았던 그런 철제 도시락과 비슷한 모양으로 밋밋하고 아무런 장식도 없다. 도시락으로서의 기본 기능에만 충실한 낡은 도시락을 보니, 새삼스레 그의 아버지가 겪었을 생활의 무미건조한 일상과 힘든 노동이 떠오른다.

소설가의 소설과 생활

대부분의 소설가들이 그렇지만 로렌스는 주변 사람들을 자기 소설 속에 쑤셔 넣는 걸로 특히 유명했던 사람이다. 내가 굳이 쑤셔 넣는다고 말할 수밖에 없는 까닭은 소설 인물로 이용된 실제 인물들이 한결같이 화를 내고 그와 절교했기 때문이다.

그의 첫 번째 연인이라고 하는 제인 챔버스는 자신이 『아들과 연인』의 미리암으로 그려지자 로렌스와 절교한다. 오랫동안 문인들을 환대하고 블룸스버리 그룹의 어떤 사람들보다도 로렌스와 가까웠던 1920년대의 대표적인 예술 애호가, 오토린 모렐(Lady Ottoline Morrell) 부인은 자신이 『사랑에 빠진 여인들(Women in Love)』의 허미오네로 나타나자 로렌스와 결별했고, 끝끝내 그를 용서하지 않았다. 캐더린 맨스필드와 존 미들턴 머리는 그만큼 심하지 않았지만, 자신들이 그 소설에서 각기 자유스런 예술가인 거드런으로, 또 그녀를 사랑하면서도 갈등하는 제랄드로 그려진 것에 불같이 화를 내기는 마찬가지었다.

작품의 등장 인물로 나와 화를 내지 않은 사람은 그의 어머니와 아버지밖에 없는 것 같다. 그렇지만 그것도 자전 소설 『아들과 연인』이 어머니 사망 후 출간되었기 망정이지, 만약 어머니가 살아 생전 이 자전적 소설이 나왔다면 모자 관계가 어떻게 되었을지 아무도 모른다. 그의 어머니는 『아들과 연인』에서 아들을 독점하려는 집요한 모렐 부인으로, 아버지는 노역과 술로 세월을 보내는 광부 모렐 씨로 등장한다.

현실의 인물과 작중 인물 간의 유사성이 아주 많았지만, 그럼에도 불구하고 이 인물들은 로렌스가 작품 속에 구겨 넣기 좋도록 현실의 사람들을 과장하고 축소시킨 것들이었다. 대상 인물들이 다 알아볼 정도로 많이 닮았음에도 불구하고, 그들 모두가 분노할 정도로 로렌스의 의도적인 오해도 많이 가미되어 있었다.

로렌스의 아버지는 로렌스처럼 글을 쓰지 못했으니 아들의 관찰과 분석의 대상으로 남을 수밖에 없다. 실제로 그의 아버지는 모렐 씨처럼 그렇게 대책 없는 사람은 아니었다. 어머니의 축을 가지고 광부의 세계를 바라보던 예민한 이 아들도 나중에는 아버지 세계의 건강성을 인정하게 되었다는 걸 말해 둘 필요가 있다. 아버지가 들고 다녔다는 우글쭈글한 도시락을 보니 똑똑한 자식을 둔 사람의 한없는 외로움이 느껴지는 듯 했다.

마음의 고향 - 유년시절

좁은 계단을 올라가면 바로 부부 침실과 아이들 방이 나타난다. 침대 하나로도 방이 가득 차는 부부 침실에서 아기가 함께 자고, 다른 한 방은 큰 아이들이 같이 사용했다. 다락방이 있지만 너무 더웠다. 그러나 틀림없이 겨울에는 아주 추웠을 테니 그곳을 어떤 장기적인 용도로 쓸 수는 없었을 것이다. 결국 일곱 식구가 거실과 침실 두 곳만을 사용했다 는 말이 된다. 따라서 로렌스가 이곳을 아름답게 회상하기는 어려웠을 것이다.

이스트우드 사람들은 관광 안내상 로렌스가 자신의 고향을 아름답게 그린 것만 자랑하지만 광부들이 모여 살던 시골 마을이 "노팅햄의 붉은 사암과 참나무, 그리고 더비 주의 차가운 석회암, 물푸레나무, 돌담들 사이에 자리한 지극히 아름다운 전원"일 수만은 없었다.

그가 유독 이 마을을 그리워한 시기는 여기에서 떠나 얼마 되지 않았 을 때였다. 런던의 복잡하고 시끄러운 크로이든 지역에서 낯선 생활에 아직 익숙해지지 않았던 예민한 청년이 고향을 그리워하고 이상화하는 건 당연했다. 그는 스스로도 놀랄 정도로 이 마을에 집착하고 있었다.

그러나 시간이 지나고 어머니가 돌아가시자 그와 이 빈한한 광산촌을 연결할 고리는 점점 희박해져 갔다. 그는 1929년에 쓴 「노팅햄과 광산 마을」에서 유년의 그림으로 채색하지 않은 광산촌의 가난을 비판하기도 했다. 비판적인 시선으로 고향의 가난과 광산촌의 피폐함을 바라보던 사람은 어른 로렌스이다.

하지만 유년기를 보낸 곳을 늘 그런 시선으로 쳐다보는 사람은 아무도 없다. 누구나 어릴 때는 작은 마루를 한걸음에 달리지 못해서 헉헉대고 값도 없는 이름 모를 꽃들에 감동한다. 아이들이 세상을 받아들이는 태도에는 아무런 질문이 없다. 너무 단순하고 너무 어리석게도 자기에게 주어진 그 세상을 받아들이고, 어떤 곳에서도 노래하려고 든다.

불평 불만으로 가득 차서 사람들에게 불편을 주었던 로렌스에게도 이런 어린 시절이 있었다. 가난하고 불편한 유년기일수록 더욱 마음에 남는 게 사람의 이상한 심리다.

그가 어린 소년이 되어 이 '추한 마을'을 회상하면, "그곳은 과거 농사를 짓던 시절의 옛 영국이었다. 자동차도 없었고, 광산은 어떤 의미에서 그 경치의 실수였을 뿐, 로빈 훗과 그의 즐거운 부하들이 멀리 떨어져 있지 않았다." 그에게 이 마을은 "진정한 영국, 영국의 단단한 핵심"이었고, "내 마음의 고향"이었다.

1919년 영국을 떠나 십 년 이상을 외국에서 살던 로렌스는 프랑스 남부의 방스에서 44살의 나이로 사망했다. 그는 죽기 직전에도 노팅햄의 고향을 그리워했다. "내가 어떻게 하그스(Haggs) 농장을 잊겠는가……오, 다시 열아홉 살이 되어 그곳을 걸을 수 있기"를 바랐다. 아직 열아홉살도 되지 못한 우리 집 아이들은 무더운 날 좁고 작은 이 집을 둘러

보느라 불평이 가득하다. 영국 유적지 여행이 대부분 그러하듯 역시 이 곳에서도 상점에서 출발했던 탐사는 상점으로 끝나게 구성되어 있었다. 돌아 돌아 일층 상점으로 다시 온 아이들은 뭐라도 사지 않으면 안 나갈 위세로 기념품 가게 안을 돌아다닌다. 로렌스와 어린 아이들을 연결해 줄 것이 무엇이 있겠는가. 그러고 보면 참으로 어른을 위한 작가로구나 새삼 깨닫는 동안 아이들은 고래 인형을 하나 샀다. 고래라? 『백경(白鯨)』의 작가 허먼 멜빌(Herman Melville)이라면 모를까, 로렌스 생가에서 고래를 사다니 찜찜해하면서 계산을 치렀다.

아이들은 어느새 고래에게 DH라는 이름을 붙여서 놀고 있다. DH라니? 그건 무슨 암호냐? 아이들은 D. H. 로렌스 집에서 샀으니 DH라고 부른다는 설명이다. 무관심하기만 한 줄 알았는데, 여기가 어디인지는 아는구나, 나는 그나마 아이들과 함께 한 여행의 의미를 찾으며, 아이들은 DH를 들고 로렌스의 마을을 떠났다.

독일로 사랑의 도피를 한 로렌스

건강하지 못했고 집안이 빈궁했던 로렌스는 장학금을 받아서 노팅햄 대학에 들어갔다. 그 전부터 마을에서 교사 생활을 했던 그는 학교를 마친 후에도 크로이든에서 교사 생활을 했다. 그는 학교의 동료들이나 학생들과 잘 지냈지만 단조롭고 반복적인 교사 생활을 좋아하지 않았다.

어머니가 암으로 돌아가시고 나서 로렌스의 건강은 심각하게 나빠졌다. 어려서 폐렴을 앓았던 그는 평생 이 병에서 놓여 나질 못했다. "죽음의 신비와 죽음의 생각만이 남아 있던" 그에게 의사는 교사직을 그만

둘 것과 결혼하지 말 것을 권했다. 결국 그는 교사와 학생의 관계로 만나 약혼했던 루이즈 버로우즈와도 헤어지게 된다.

로렌스는 첫 소설이 순조로운 반응을 보이자 전업 작가로 방향을 바꾸었다. 1912년 27살의 로렌스는 건강을 회복하기 위해 외국에 나갈 생각으로 노팅햄 대학의 교수 어니스트 위클리를 만난다. 그는 몇 주 후에 위클리의 부인인 프리다와 독일로 떠난다. 이른바 사랑의 도피를 한 것이다. 프리다 본 리흐소펜(Frieda von Richthopen)은 독일의 귀족 가문 출신으로, 이미 아이가 셋이나 있었으며, 로렌스보다 6살이 많았다. 서로 싸우고 해치면서도 평생을 이어간 두 사람의 관계는 이렇게 시작되었다.

독일에 머무는 짧은 기간 동안 로렌스는 잠깐 스파이로 의심을 받기도 했다. 그들이 나중에 영국에 돌아왔을 때에도 다시 적국의 스파이로 의심을 받던 일을 떠올린다면 이 사건은 참 기묘한 느낌을 준다.

로렌스와 프리다는 2년 가량 유럽의 몇 나라를 돌아다니다 1914년 다시 영국으로 돌아온다. 프리다는 남편과 이혼을 했지만 아이들을 포기해야만 했다. 1914년 독일과의 전쟁이 터지고, 1915년 로렌스의 『무지개』가 출판된다. 앞서 말했듯이 당국은 이 작품을 음란물로 규정하고 모든 출판 작품의 파손을 명령한다.

로렌스는 이 처사에 상당한 충격을 받았고 전쟁과 자신의 조국에 공포심을 가졌다. 몸이 허약한 것이 분명한데도 불구하고 그는 두 번이나 징집을 받았고, 매번 부적격자 판정을 받았다. 우리 나라 남자들 중에는 이 군대 낙제 경험을 아주 대범하게 극복하는 강인한 정신력의 소유자들이 많은 모양이지만, 그렇지 않은 평범한 남자들은 신체 조건 미달의 이 판정을 부끄럽게 여기는 게 보통이다. 부적격 판정을 받을 때마다 불편한 심기를 가질 수밖에 없었다는 점에서 로렌스는 평범한 남자였지, 우리 나라의 대범한 남자들과는 달랐다.

문학의 공동생활을 꿈꾸다.

로렌스는 전쟁과 대중의 편견에 놀라 프리다와 함께 젠노(Zennor)로 가서 새로운 생활을 하기를 꿈꾸었다. 젠노는 콘월 지방의 해안가 마을로 펜잔스보다 약간 북쪽에 위치한 곳이다. 그들은 젠노의 도심지에서 벗어난 하이어 트레저덴(Higher Tregerthen)의 울퉁불퉁한 자갈 언덕 근처에서 싼 오두막집을 빌려 지냈다.

이 마을은 로렌스에 대한 기억이나 자취들을 가지고 있지 않다. 정리와 보관의 귀신인 영국인들에게 감탄하는 경우도 있지만, 대개는 그 지나친 과장과 선전에 진저리를 내던 나는 로렌스에 관해 아무것도 자랑하지 않는 이 마을이 참 묘한 매력으로 남는다. 콘월의 거친 바람과 해변의 낮은 절벽들에 부딪치는 파도만으로도 젠노는 아름다운 곳이다.

로렌스는 젠노의 평화로운 생활이 마음에 들어 마음 맞는 친구들을 불러 농장 겸 문학의 공동 생활을 해 보려고 했다. 그는 이 공동체를 '라나님(Rananim)'이라고 불렀고 적극적으로 친구들을 유인했다. 로렌스 부부의 결혼식에 참석했던 존 미들턴 머리와 캐더린 맨스필드가 로렌스의 권유로 이곳으로 이사했다. 그러나 맨스필드가 예상했듯이 이들의 관계는 오래가지 못했고, 2달 후 맨스필드와 머리는 이곳을 떠난다.

보헤미안으로 살았던 맨스필드조차 로렌스의 불평과 신랄한 비판을

로렌스는 이곳 젠노로 와서 농장 겸 문학의 공동 생활을 하고자 했다

견디지 못했다. 그녀는 로렌스가 "떠들고, 소리치고, 책상을 두드리고, 모든 사람을 욕한다."고 했다. 그녀가 "이런 공격을 받아들일 수 없는 것은 이 사람이 완전히 미쳤다는 생각이 들기 때문이다. ……그 두 사람 다 너무 거칠어서 나로서는 함께 어울릴 수가 없다.……그리고 나는 나무에서, 흐르는 개울에서, 돌에서, 또 모든 것에서 더 이상 섹스를 보고 싶지 않기 때문이다."

적국의 스파이로 의심받다

로렌스가 그렇게 평화스럽다고 생각하던 젠노에서 그들 부부는 적국의 스파이로 의심을 받는다. 호주를 배경으로 하는 그의 소설, 「캉가루(kangaroo)」의 '악몽'이라는 장에 이 경험이 잘 묘사되어 있다. 이 소설을 바탕으로 그가 겪은 사실을 재구성하면 이렇게 된다.

1916년 크리스마스 이브, 로렌스와 프리다가 이웃에 살고 있는 마운치어를 방문한다. 갑자기 이곳에 경찰이 나타나 그들에게 온갖 질문을 던진다. 그들은 자신들이 적국의 스파이로 의심을 받고 있다는 것을 알게 된다. 소설에 따르면 "모젤(실제로는 마운치어)은 런던으로 가게 되고; 그곳에서 체포되어 경시청으로 이송된다. 그리고 옷을 벗기운 채 심문을 당한다. 하룻밤 동안 독방에 감금되어 있던 그는 다음날 저녁 풀려나지만 미국으로 돌아가라는 경고를 받는다."

로렌스 부부는 젠노에서 계속 주목과 관찰의 대상이 되었다. 집을 비운 사이에 가택 수색을 당하기도 했다. 1917년 10월 11일 마침내 로렌스와 프리다는 콘월을 떠나라는 명령을 받는다. 로렌스는 한 편지에서 그때 심정을 토로했다. "도대체 내가 어떻게 의심을 받게 되었는지조차도 모르겠다. 우리는 들판의 토끼들 같이 지냈다. 어떤 종류의 스파이는 말할 것도 없이 평화주의자들의 활동에 대해서조차도 아는 게 없다. 그런데 경찰에 신고를 해야 한다니. 너무나 비열한 짓이다. 우린 실제로 돈도 한 푼 없다. 도무지 어찌할 바를 모르겠다." 영국인이면서 자신의 조국에서 스파이 취급을 받았던 로렌스가 영국을 증오했던 건 이해할 만하다.

그 당시 당국의 태도에 대해서 변명할 여지가 없는 것은 아니다. 하이어 드레저덴이 빤히 보이는 해안에서 독일 잠수함들이 영국 배를 침몰시켰다. 로렌스는 체제전복적인 전쟁 반대파 작가로 간주되고 있었고, 수상한 남녀들이 그의 집을 들락거렸다.

무엇보다도 프리다는 그 유명한 '붉은 남작(Red Baron)' 의 사촌이었

다. '붉은 남작'은 독일의 전투기 조종사, 만프레드 본 리흐소펜(Mannf-
red von Richthofen)을 말한다. 독일 공군의 최정예 조종사로, 붉은색
전투기를 몰았던 탓에 '레드 배론'이라는 별명을 얻었다. 이 남작은 1차
대전에서 독일 공군 제 11연대의 지휘관으로 80대의 적기, 즉 영국기를
격추시켰다. '리흐소펜의 날으는 서커스단'은 영국 공군의 무서운 적이
었다. '붉은 남작'은 1918년 영국 전선 부근에서 전사했지만 로렌스가
젠노에 살던 당시는 남작의 이름만으로 공포와 적의를 불러일으키던 시
절이었다.

젠노를 떠난 로렌스 부부는 방랑의 생활을 계속했다. 간간이 영국으
로 돌아오긴 했지만 이태리, 실론, 호주, 멕시코, 미국 등을 돌아다니며
살았다. 존 캐리의 신랄한 시선으로 보면 로렌스가 가진 여행의 정열은
그가 도착한 곳에 대한 혐오와 동일한 것이었다.

1925년 병이 깊어진 로렌스는 마지막으로 프랑스 남부지방으로 거처
를 옮겼다. 그 해 런던에서 그의 그림들이 처음으로 전시회를 가졌다.
『아들과 연인』의 폴 모렐이 화가로 나왔듯이 로렌스는 그림에 뛰어난 재
능을 가지고 있었다. 별다른 훈련도 받지 않았음에도 불구하고, 지금 그
의 생가에 남아 있는 그림들만으로도 그가 독특한 색감과 선을 가진 화
가였으리라는 느낌이 든다. 말썽 많은 전시회를 끝내고 이듬해인 1930
년 3월 2일, 그는 그 마을의 병원에서 세상을 떠났고 그곳에 묻혔다.

건강한 성의 환희를 전하고 싶었던 로렌스

세 번이나 바꿔 썼던 『채털레이 부인의 연인』은 1928년 그 중 마지막 판본이 제일 먼저 출판되었다. 그것도 이태리에서였다. 로렌스가 원치 않았음에도 이 작품은 영국으로 숨어 들어와서 논쟁의 불을 지폈고, 그는 원치 않는 싸움이었지만 악착같이 싸웠다.

완전한 모습의 작품이 나온 것은 60년대 초반이 되어서였다. 첫 판본은 1944년이 될 때까지 출판되지 못했고, 두 번째 판본인 『존 토마스와 레이디 제인』이 영국에서 책으로 나온 건 1972년의 일이다. 평론가들 중에 로렌스 작품을 이해하고 옹호한 사람은 거의 없었다. 대다수 평론가들은 그의 작품이 방종한 성생활을 부추기는 도색작품에 불과하다는 식으로 몰아갔다. 재판을 거쳐 책의 판매가 공식적으로 허용되었을 때조차도 사람들은 판금운동만으로 부족해서 로렌스의 책을 모아 불을 지르기도 했다. 지금 영국 고등학생 수준의 필수 도서목록에 반드시 로렌스 작품이 들어가는 것과 비교하면 격세지감이라는 말이 무색한 변화다.

영국 같은 선진국이라면 작가나 작품에 꽤 관대할 거라고 기대하지만, 이 나라라고 해서 기존 질서를 지키는 데 완강하지 않은 것은 아니다. 살만 루시디의 「악마의 시」 때문에 호메이니가 루시디 살해를 명령한 것도 황당하지만, 서양인들이 루시디의 표현의 자유를 옹호한다고 해서 그것이 서양인들이 관대하다는 것을 보이는 증거는 아니다.

영국 언론에도 금기는 있다. 대표적인 금기 사항은 여왕의 사생활 보도다. 왕자들이나 그들의 애인들에 대한 소문은 얼마든지 허용되는 것 같고, 여왕이나 필립 공을 풍자하는 온갖 시사 만화나 주간지들이 있는 건 사실이다. 그렇다 하더라도 체계적으로 그들의 사생활을 찌르는 일은 금지되어 있다.

미니 스커트가 나오고 바람난 왕자비의 인터뷰가 TV 전파를 타는 나라이긴 하지만, 영국은 여전히 보수적인 나라이다. 계층 간의 차이가 여전하고, 유산 계층의 결혼은 배타적 관계 안에서 이루어지는 것이 보통이다. 그런 곳에서 '성'은 오락과 농담의 대상은 될 수 있을지언정 남녀 간의 진정한 소통의 매개체로 자리하기가 어렵다. 경직된 사회체계일수록, '성'에 대한 소문이나 미신이 많아질 뿐 건강한 성관계를 정직하게 받아들이기란 쉽지 않다.

유치원 아이들에게도 '성교육'을 해야 되느냐 말아야 되느냐로 논쟁을 벌이지만, 정작 다 큰 어른들도 성에 무지하다. '성'은 이제 너무 흔한 주제라 다루기 어렵고, 그러면서도 아무도 편안하게 말할 수 없어서 또 어렵다. 그와 관련된 농담은 언제나 우리 주변에 널려 있다. 어린아이들의 철없는 장난부터 어른들의 의도적인 야비함까지 얼마든지 성에 관한 이야기가 수없이 넘쳐 나고, 혐오와 불쾌만 남기는 포르노 물들도 로렌스를 들먹이며 예술성을 운운한다.

여느 동물과 달리 인간이 '성'에 대해 가지는 태도는 특별하다. 인간만이 '성'을 '문제'로 삼을 수 있는 동물일 것이다. 인간만이 '성'을 고문의 대상으로 전락시킬 수 있다. 인간만이 '성'을 착취와 전쟁의 현장으로 끌고 올 수 있으며, 인간만이 '성'을 팔 수 있다. 또한 인간만이 '성'을 인간의 중요한 문제라고 생각할 수 있다.

로렌스는 바로 이런 문제의 소용돌이 속으로 뛰어들어 그 실체에 접근하고 남녀관계의 순수한 환희를 전하고 싶어했다. 아마 이 지적 담론의 유희를 끝내는 순간 건강한 성의 환희를 알게 될지도 모른다. 로렌스가 죽기 일 년 전에 쓴 시 「성을 내버려둬라(Leave Sex Alone)」로 로렌스와 로렌스의 문제를 떠나자.

우리 그에 대해 생각하고 말하지만
그걸 내버려두자. 육체로, 멀리 떼어
머리로 성을 즐기면 몸으로는 안 되지

While we think of it, and talk of it
Let us leave it alone, physically, keep apart
For while we have sex in the mind, we truly
have none in the body.

억압적인 사회 분위기에 맞서면서 건강한 성의 환희를 전해주려 했던 로렌스는 그 때문에 많은 희생을 겪었다. 워낙 그의 사생활 자체도 일반인들의 통념과는 맞지 않아서 그에 대한 비난과 백안시는 더욱 심했다. 소설가든 음악인이든, 창작하는 사람이 되면 자신에게 중요하다고 여겨지는 사안이 있으면 갖은 비난에도 불구하고 그걸 끝까지 몰고 가는 경향이 있다. 여러 방향에서 힘든 일을 겪으면 한번쯤 길을 바꾸어 볼 수도 있지 않았을까 질문하는 사람들도 있지만, 그렇게 쉽게 돌아가고, 바꿔갈 수 있다면 애당초 평생 어두운 운명처럼 따라 다니는 창작의 직업을 짊어지지 않았을 거다.

그는 가난한 환경, 남다른 주제, 사람들의 비난에 맞서서 작품을 써나갔고, 마침내는 이해를 얻어내는 데 성공했다. 그런데, 유별한 주제를 다루는 것도 아니고, 출생 배경조차도 남달리 문화적인데다가 문학 훈련도 제대로 받아 시대를 앞서는 기법을 쓰고, 비평가들의 호응까지 얻은 작가라고 해도 로렌스 못지 않게 괴로워할 수 있다. 작가라는 직업이 본질적으로 '저주받은' 면이 없지 않기 때문이다. 여기에 여자라는 생물학적, 사회학적 사실까지 더해지면 더욱 힘들어진다.

10. 여자 소설가의 '유리 지붕'

버지니아 울프

– 런던(블룸스버리), 로드멜

버지니아 울프

런던
(블룸스버리)
로드멜

작가와 가난

작가가 되기 위해서는 글을 잘 써야 한다. 당연한 말이다. 그러나 글쓰기 재능이나 기술 훈련은 작가라는 '직업'의 기본에 불과하다. 기본적으로 쓸거리, 읽힐 거리를 가지려면 아는 게 많아야 하니까 교양이나 지식이 풍부해야 한다. 교양이나 지식이라는 추상적인 재산을 모으는 데에도 집이나 차를 사는 것 못지 않게 돈이 든다. 서술 대상이 되는 곳에 가 보는 것이 좋고, 사람도 만나보고, 경험의 강렬함을 전달하기 위해 실제 현장을 살아보기도 한다.

그에 비하면 책이야 비교적 싼 '투자'라고 하지만, 그렇다고 해도 한 달에 몇 권씩 책을 사자면 그 돈도 만만치 않다. 자기 집에 서재를 갖추고, 웬만한 장서를 비치하려면 적지 않은 투자를 해야 된다. 게다가 세상이 복잡해지고 사람들의 머리에 들어 있는 것이 많을수록 단순하고 소박한 아름다움을 수용하는 능력은 쇠퇴된다. 좀 더 복잡하고, 엉키고 설키고, 장식적이고, 짜임새 있고, 세련된 미적 감각을 요구하게 되고, 이러다 보니 더 많이 배운 사람들이 전문적인 글쟁이로 나서기가 십상이다.

예로부터 서양의 작가들은 꽤 이름 있는 집안 출신일 경우가 많다. 음악가의 집안에서 음악가가 나오기 쉽듯이 천재들의 영역이라고 쉽게 치부해버리는 문학이나 예술의 분야에도 어떤 가족적인 유대와 환경의 배려가 중요한 요소로 작용한다. 태어날 때부터 집안에 장서 가득한 서재가 있었던 사람과 일가 친척 모두 책하고 담을 쌓은 사람 사이에는 숫자로 환산할 수 없는 간격이 놓여 있다.

H. G. 웰즈가 어머니가 근무하던 장원에서 마음대로 서재에 드나들

수 없었다면 어떻게 그렇게 많은 '글'을 접할 수 있었겠으며, '글'을 접하지 않았다면 어떻게 그의 환경에서 포목장사가 아니라 '글쟁이'가 될 수 있다는 가능성이나마 생각했겠는가. 버나드 쇼오가 공립도서관에 기부를 한 까닭도 이 때문이다. 할아버지의 유산으로 평생 일상적인 직업 없이 '놀고 먹으면서' 글만 써도 되었던 헨리 제임스의 생활이야말로 모든 작가들이 비웃으면서도 부러워하는 꿈의 상태다. 이래서 '부자 망해도 3대 간다'는 현실 과정에 작가가 개입할 여지가 있다. 할아버지가 장사로 돈을 벌면, 아버지가 정치로 돈을 날리고, 막판에 장사꾼 할아버지의 손자가 글을 쓰겠다고 나서서 집안을 확실하게 끝장낸다는 식이다. 노동과 투자만큼 수입이 보장되지 않는 직업이다 보니 동서양, 고금 없이 이 길에 뛰어들어 고생하는 사람이 많다.

　작가 일반에 해당되는 이 기초경제학에 여성이라는 변수가 첨가되면 더 심각하다. 19세기 말 '이류 소설가' 올리판트 부인이 '위대한' 조지 엘리엇에게 했던 말처럼 공공 교육이 일체 거부된 여자들이 작가로 나서기 위해서는 가족이나 친지들의 더 많은 배려와 보호가 필요했다. 이름을 남긴 여자 작가들은 대부분 사람들의 비난에 맞서서 그들의 '기이함'을 보호하고, 이해하고, 양육했던 남자들이 곁에 있었다. 아버지인 경우가 가장 많았고, 오빠, 남편, 연인 등도 그 역할을 했다. 이들이 제공한 것은 돈이나 인맥만이 아니다. 이들은 소설가가 되기 위해 가장 필요한 책과 문화를 딸에게, 아내에게, 연인에게 제공했다. '계몽된 남자들의 교양 있는 딸'의 전통은 이런 맥락에서 생겨난 현상이다.

'계몽된 남자들의 교양 있는 딸'

플로라 톰슨(Flora Thompson)은 1876년에 태어나 1947년에 사망했
으니, 20세기 전반을 살았다고 할 수 있는 작가였다. 지금 그녀가 남긴
여러 글들은 거의 잊혀졌고, 『라크 라이즈(Lark Rise)』라는 다분히 자전
적인 3부작 소설만이 애독물로 남아 있다. 그녀는 10남매 중 장녀였다.
아버지는 벽돌공이었고, 살림을 전담한 어머니는 근처 목사관에 파출일
을 했다.

이 가족 관계가 상징하듯 톰슨의 집안은 가난했다. 그녀는 우리 식으
로 말해서 간신히 중학교를 졸업할 수 있었을 뿐이다. 짧은 학교 생활을
마치고 14살부터 고향인 코츠월드의 밴버리 근처 프링포드 우체국에
근무했다. 그녀의 유일한 낙은 어쩌다 주변에서 빌린 책들을 읽는 것이
고작이었다. 그 후 서리의 우체국으로 옮겼고, 그곳에서 동료 직원과 결
혼해서 세 아이를 낳았다.

남편은 글에 관심이 없었지만, 그녀는 독서를 유일한 낙으로 알고 지
냈다. 잡지사의 독자 문예에 당선되면서, 신통치 않은 글을 여러 편 쓰
다가, 1939년에 『라크 라이즈』를 발표하면서 큰 명성을 얻었다. 그때
그녀의 나이는 60대 중반이었다. 그녀는 "가난하게 태어난다는 것은 작
가에게 치명적인 장애다. 나는 시작할 준비를 갖추는 데에만 한평생이
걸렸다"는 가슴 아픈 이야기를 한 적이 있다.

버지니아 울프(Virginia Woolf, 1882-1941)는 플로라 톰슨과 비슷한
시간대를 보냈지만 전혀 다른 배경에서 생활했다. 톰슨에 비한다면, 버
지니아 울프는 출생하기 전부터 이미 시작할 준비를 갖추고 있었던 작

가였다.

버지니아 울프

그녀는 1882년 런던에서도 아주 유복한 계층이 모여 사는 지역인 켄싱턴의 하이드 파크 게이트에서 출생했고, 20살이 넘을 때까지 그곳에서 자랐다. 당시에는 여자에게 대학 입학이 허용되지 않았지만, 그녀는 어려서부터 형제들과 함께 집에서 가정교사와 부모의 지도를 받았다. 버지니아 울프라고 알려져 있는 그녀의 원래 이름은 아들린 버지니아 스티븐(Adeline Virginia Stephen)이었다.

그녀의 아버지는 그 당시 문학인들 사이에 제일의 영향력을 가지고 있었던 레슬리 스티븐이었다. 아버지는 성공회 목사가 되려다가 불가지론을 받아들이면서 당대의 대표적인 무신론자가 되었지만 학식과 총명으로 이름난 집안 출신답게 언제나 경건하고 엄숙했다. '탁월한 빅토리아 시대인'의 전형으로 다재다능하고 성실해서, 영국 문인들의 전기집을 출판했고 최초로 영국 인물 사전을 편찬하기 시작한 문인이었다.

당시 소설가, 시인들이 모두 그의 친구가 되고 싶어 했다고 해도 과언이 아니다. 집안에는 늘 그를 찾는 문인들이 모여들었는데, 그 중에서도 계관 시인인 테니슨과 소설가 하디는 그의 절친한 친구였다. 그는 유명한 소설가 세커리의 둘째 딸과 결혼했다. 둘 사이에 딸 하나를 두었으나 부인이 먼저 세상을 떠났다.

얼마 동안 홀아비 생활을 하던 그는 부유한 덕워스 가문의 미망인, 줄리아 잭슨과 재혼했다. 그녀는 일찍부터 뛰어난 미모로 유명했었고, 지

적이며 재능이 많았던 여자였다. 줄리아는
사별한 전 남편과 사이에 2남 1녀를 두
었는데, 스티븐과 결혼하고 나서 다시
2남 2녀를 낳았다. 이렇게 되어 이 집
안에는 아버지의 초혼에서 온 외동딸,
어머니의 초혼에서 온 3남매, 어머니
아버지의 재혼에서 온 4남매, 모두 합해
8명의 자녀가 있었다.

버지니아의 어머니, 줄리아의 미혼시절 모습.
카메라가 아직 신기한 발명품에 머물렀던
시절에 남아 있는 희귀한 사진이다

　　어머니는 까다로운 남편이 자기 일을
하는데 조금도 거슬림이 없도록 아이들
을 건사하고, 세련되게 하인들을 부리
며 집안 살림을 해 나갔다. 그녀는 빅토리아 시대 부인들의 전형이라 할
정도로 완벽하게 남편에게 헌신적인 '집안의 천사' 형이었다. 그녀의 부
모는 울프의 소설, 『등대로(To the Lighthouse)』의 진지하고 사색적인
철학자 램지 교수와 고요하고 신비스럽기까지 한 램지 부인의 모습으로
잘 묘사되어 있다.

　　버지니아는 이들 부부의 2남 2녀 중 막내딸이었고, 그녀 아래로 남동
생이 하나 있었다. 다른 형제들은 그렇지 않았지만, 이 4남매는 모두 글
을 쓰고 그림을 그리는데 천부적인 재능을 보였다. 특히 언니인 바네사
는 마티스에 영향을 받아 후기 인상파적인 그림과 실내 장식으로 유명
했다. 바네사는 밝고 대담한 색을 즐겨 썼고, 버지니아의 책표지를 직접
도안하면서 전통적으로 구태의연한 책표지와는 달리 신선하고 가벼운
느낌이 들도록 했다. 똑똑하던 남동생 토비는 전사했지만, 오빠 아드리
안은 영국 최초의 정신분석의 중 하나가 되었다.

버지니아는 어릴 때부터 이야기꾼으로 사랑을 받았고, 집안을 드나들던 문인들과 보내는 시간이 많았다. 일찍부터 글을 쓰던 그녀는 10대 후반부터 하이드 파크 게이트 뉴스의 주간 일을 했다. 편안하고 세련된 환경, 총명한 사람들의 대화, 매일 책과 글에 묻혀 지내며 딸의 교육에도 편견이 없었던 아버지, 문인들의 잦은 방문, 거기에 더해 병적일 정도로 예민한 성격 등 그녀는 작가가 되기 위해 가질 수 있는 최고의 조건을 타고났다. 또 그에 상응하게 뛰어난 작품을 남긴 작가이기도 하다.

그런데도 불구하고 버지니아 울프의 인생은 위태로웠다. 그녀의 삶은 물론 어려운 환경에서 글로써 자수성가한 여자 작가들과 달랐다. 또 빈곤한 계층 출신의 남자 작가들과도 엄연히 달랐다. 그렇지만, 그녀와 비슷한 배경에서 문화적 혜택을 받은 남자 작가들과도 같지 않았다. 이들 정신병력이 있는 가계 탓으로 돌릴 수도 있고, 나중에 그녀 스스로 밝혔듯이 어린 시절 의붓오빠에게 시달림을 당한 탓으로 볼 수도 있다. 그러나 작가라는 사실만 강조한다면 그녀의 고민과 갈등은 최고에 다다른 여자 작가의 전형적 모습이라는 생각을 떨치기 어렵다.

버지니아 울프와 블룸스버리 그룹

울프는 '의식의 흐름' 수법을 사용한 길고 세밀한 심리 분석으로 유명하다. 인물에 대한 깊이있고 다층적인 분석과 섬세한 묘사가 버지니아 울프 소설의 특징이다 보니, 행동이나 사건의 재미가 없는 것이 또 그녀 소설의 특징이기도 해서 『등대로』, 『항해』, 『올란도』 등 그녀 소설을 읽는 독자들의 수효는 크게 줄었다.

남녀 양성의 몸으로 몇 백년간의 회생을 다룬 『올란도』는 몇 년 전 영화화되어 우리 나라에도 들어왔지만, 우리 나라 뿐 아니라 어디에서도 흥행에 성공하지 못했다. 여자 소설가라는 점에서는 같지만, 조지 엘리엇의 소설이 19세기 사실주의 소설 전통에 따라 코끼리와 같은 현실의 무게를 가지고 있다면, 버지니아 울프는 거미 같은 일상에서 코끼리만 한 의식의 흐름을 뽑아내는 차이가 있었다.

버지니아 울프의 소설을 읽어 본 적은 없지만 '블룸스버리 그룹' 이라는 표현에는 친숙한 사람들도 있을 것이다. 블룸스버리 그룹이란 어떤 특별한 사조나 이념을 같이하는 공식적 집단이라기보다 블룸스버리에 모여 살면서 여러 층의 관계를 형성했던 사람들을 통칭했던 이름이었다. 아버지가 돌아가신 후 스티븐 형제들은 거처를 하이드 파크에서 블룸스버리로 옮겼는데, 이때부터 그들의 친구들을 중심으로 자연스럽게 모임이 생기고, 시간이 지나면서 점차 더 많은 지식인들이 모여들었다.

블룸스버리(Bloomsbury)는 런던의 중심지로, 런던 대학의 본관과 대영 박물관이 자리한 지역이다. 남의 나라 물건이 너무 많아서 대영 박물관인지 대도(大盜) 박물관인지 종잡을 수 없는 이 박물관 중에서도 동양관 쪽으로 들어가는 방향이 그들이 살았던 블룸스버리 지역에 가깝다.

근방의 땅들이 대대로 베드포드 공작 가문 소유다 보니, 블룸스버리 지역에는 유독 베드포드라는 이름이 걸린 도로 이름이나 베드포드 가문의 성(性), 러셀을 딴 거리나 장소가 많다. 블룸스버리의 중심을 이루는 러셀 스퀘어도 그 중 하나다. 러셀 스퀘어는 런던 대학 본관과 고풍스러운 러셀 호텔 사이에 있다. '고풍스럽다' 는 말을 썰렁한 현실로 바꾸어 보면 겉보기에는 멋있지만, 안은 낡았다는 의미가 된다. 이 '고풍스런' 호텔의 아래층에는 도로쪽 벽을 전부 유리창으로 채워 이 '고풍스러움'

과 어울리지 않게 만든 커피숍이 있다. 창 너머 기웃거릴 만한 매력도 없고, 테이블이나 의자 같은 기본 가구들도 너무 기능성 위주라 아무런 분위기도 없는데, 단지 이 찻집의 이름이 울프의 소설, 「밤과 낮」의 이름을 따르고 있어 차 한 잔을 마실 만하다. 바로 곁에는 버지니아 울프 레스토랑도 있다. 음식을 만드는 데에 그다지 정열적이지 않았던 여자의 이름이 음식점의 이름으로 쓰이다니, 기묘한 풍자극을 보는 기분이다.

워낙 런던이 번잡한 곳 가운데 의외로 조용하고 아늑한 지역이 있기 마련이듯이 블룸스버리 지역은 특히 사각으로 둘러싼 건물들 가운데 작은 정원이나 스퀘어라고 불리는 공원들이 많아 붐비는 관광객들 가운데 숨을 고르는 여유를 부릴 수 있다. 지금이야 블룸스버리 그룹으로 이 지역의 이름이 유명해졌지만 1904년 아버지가 돌아가신 후 이들 형제가 이곳으로 이사올 무렵만 해도 이 지역은 그다지 좋은 주거 지역이 아니었다. 지금도 주거 지역으로 치면 이곳보다는 그녀가 태어난 켄싱턴이 훨씬 조용한 곳이다. 블룸스버리는 주거지역이라기보다 문화, 교육 중심 지역으로 런던 대학생을 포함해서 젊은이들이 많이 모이고 늘 관광객으로 북적여서 분주하고 활기가 넘친다.

그들은 블룸스버리의 고든 스퀘어로 이사온 것을 시작으로 40여 년 동안 근처의 피츠로이, 브룬스위크, 타비스톡, 메크렌버 스퀘어 등에서 살았다. 이곳에 토비가 캠브리지에 재학 중일 때부터 알았던 친구들을 중심으로 지식인들과 예술가들이 정기적으로 모임을 가졌고, 편안한 가운데 진지한 주제들을 다루는 시간이 많아졌다.

그렇게 모인 사람들 중 예술 평론가인 클라이브 벨, 문학 비평가인 데스몬드 맥카시, 정치 평론을 한 레오나드 울프, 수정자본주의의 창시자인 경제학자 케인즈, 평론가 리튼 스트레치, 화가인 도라 캐링턴 등이 평생 이들 형제들과 우애를 이어갔다. 1929년 소설가이자 평론가인 포스터가 근처 브룬스위크 스퀘어로 이사오면서 그가 이 문인들의 모임에 가담했고, T. S. 엘리엇이 버지니아의 소개로 이들 모임에 나타났다.

버지니아의 결혼

언니 바네사는 이들 가운데 클라이브 벨과 결혼을 했고, 버지니아는 1912년 레오나드 울프와 결혼하여 버지니아 울프(Woolf)가 되었다. 레오나드는 유태인으로, 영국 최고의 사립학교인 세인트 폴을 졸업하고 캠브리지의 트리니티에서 정치학을 공부했다. 실론의 식민청에서 근무하고 정치 평론에 관여했는데 결혼과 더불어 진로에 많은 수정을 가했다. 어려서부터 주기적으로 심한 우울증을 앓았고 발작 경험도 있었던 버지니아는 결혼 직후인 1913년에 처음으로 자살을 기도했다. 결혼 생활 내내 정신적으로 위태로운 아내를 돌보기 위해 그는 세세한 신경을 썼다.

버지니아 울프는 결혼하기 오래 전부터 『타임즈』의 문학 평론지에 정기적인 기고를 했지만 정작 자신의 소설을 쓴 것은 결혼 후였다. 그녀의 첫 소설, 「항해」는 사실적이면서도 서정적인 문체로 평론가들의 우호적인 반응을 받았다. 버지니아 울프는 자기 작품에 대한 반응을 기다리는 동안 특히 심한 정신적인 갈등과 우울증을 앓았다.

남편은 의사와 상의 끝에 출산과 양육이 아내의 우울증을 악화시킬 수도 있다는 우려로 아이를 낳지 않기로 했다. 남편의 배려 덕분에 그녀는 불필요한 자극과 피로를 피할 수 있었지만, 한편 아이를 낳을 수 없다는 데에 절망감을 느끼기도 했다. 바네사가 자녀들과 어울리는 모습에서 시샘을 했고, 조카들에게 남다른 애착을 보였다. 1917년 리치몬드에 살던 울프 부부는 블룸스버리의 타비스톡 스퀘어로 이사오면서 호가스 출판사(Hogarth Press)를 열었다. 레오나드는 분주한 출판사 일이 버지니아의 우울증에 치료 효과가 있으리라고 생각했었다.

호가스 출판사의 첫 작품으로 부부가 공동으로 쓴 『두 이야기』가 나왔다. 버지니아는 이 출판사에서 문학적 혜안을 발휘하여 당시로서는 반응이 의심스러웠던 T. S. 엘리엇의 『황무지(The Waste Land)』를 출간했고 캐더린 맨스필드의 소설을 출판했다. 작은 출판사로서는 감당할 수 없는 큰 일이라는 이유로 제임스 조이스의 『율리시즈』를 거부한 것도 이 출판사이다.

서섹스 지방의 블룸스버리 그룹

결혼 전부터 런던의 번잡한 생활을 떠나 서섹스의 한적한 시골에서 지내곤 했던 버지니아는 결혼 후에 런던에서 일하고 살면서도 서섹스의 남쪽 지방에 집을 두고 있었다. 서섹스는 따뜻한 데다 강을 끼고 있는 지역이 많아 계절의 변화도 완만하면서 전반적으로 부드러운 느낌이 나는 지역이다.

예전부터 사람들이 이 지방을 선호하다 보니 낡고 오래된 건물도 많고, 도로 표지판조차도 현재의 시각에서 보면 어색해 보일 정도로 옛날 풍인 것도 눈에 띈다. 울프 부부는 처음에는 펄(Firle)에 살다가 베딩햄

몽크 하우스

근처 애쉬햄(Asheham) 하우스를 장기 임대해서 지냈다. 1916년 언니, 바네사는 남편인 벨과 헤어지고 미술 동료인 던칸 그란트와 함께 펄 영지에 있는 찰스턴으로 이사를 왔다. 그들이 당시로서는 색다른 색감과 분위기로 집안을 꾸미고 사람들이 이곳에 모여들면서 블룸스버리 그룹들이 서섹스의 남쪽 마을에 다시 모이는 일이 잦아졌다.

1919년 버지니아 울프는 그녀의 최고작이라는 평을 듣는 『밤과 낮』을 출판했다. 이 해 울프 부부가 살았던 애쉬햄 하우스의 임대가 끝나게 된다. 부부는 마땅한 시골집을 구하러 다니다, 우연히 광고를 보고 펄의 동쪽에 있는 로드멜(Rodmell)의 몽크 하우스(Monk' s House)를 경매에서 사게 된다. 이 집 역시 바네사의 집과 마찬가지로 18세기 초기 건물이었다. 그들이 이곳으로 이사올 무렵만 해도 이 집에는 아직 전기나 가스, 수도 시설이 되어 있지 않았고, 애쉬햄 하우스에 비한다면 형편없이 규모도 작았다. 울프 부부는 인세가 들어오는 대로 이 집을 수리하고 이 곳에 기거하는 시간을 늘려 갔다.

'돈과 자기만의 방'

버지니아는 3번째 소설 『야곱의 방』에서 근래 사망한 남동생 토비의 삶과 죽음을 모델로 숙련된 언어 처리와 실험적인 서사 기법을 동원했다. 소설이 성공을 거두면서 그녀는 문학의 유명인사가 되었다. 1925년부디 1931년까지 6년 사이에 『멜러웨이 부인』, 『등대로』, 『파도』 능을 내면서 현대의 대표적인 소설가가 된다. 그리고 1924년부터는 캠브리지의 대학들에서 강의를 하는 일이 잦아졌다.

그녀는 남달리 뛰어난 교육과 문화적 혜택을 받았지만, 공교육의 결핍과 그로 인한 심리적 불안과 지적 열등감을 극복하려고 평생 의식적인 노력을 했다. 이때 캠브리지 강의는 그녀의 이런 면을 극복하는 데 큰 힘이 되었다. 그녀는 그 강의를 통해 앞 세대의 남성 작가들이 인간의 심층적인 의식의 문제를 젖혀 두고 사건의 나열로만 연속된 글에 몰두한다고 공격하면서 자신의 소설 이론을 전개했다. 특히 1873년, 1875년에 설립된 캠브리지의 두 여자 대학, 거튼(Girton)과 눈햄(Newnham) 대학에서 그녀가 한 강의는 여성 작가로서 부딪치는 문제를 누구보다 솔직하고 예리하게 밝히고 있어 페미니즘의 고전으로 지금까지 널리 애독되고 있다.

울프는 당시 관습대로 그녀의 어머니가 상징했던 '집안의 천사'로 살다 보면 자기 표현과 창작의 기본 요소가 되는 자아를 죽이게 될 수밖에 없다는 걸 경고했고, 여자가 소설을 쓰기 위해서는 '돈과 자기만의 방'이 있어야 한다는 것을 역설했다. 지금까지 남자에게만 허용된 경제적 여유와 독립된 공간을 여자가 확보할 수 있어야만 여자들도 자기들의 세계를 만들어 나갈 엄두를 낼 수 있다는 말이다.

지적인 가족 배경에서 자라고 헌신적인 남편의 후원을 받았으며, 주변에 많은 문인 동료들을 두었던 여자의 이런 주장은 빈곤 계층 출신인 플로라 톰슨이나 가족의 아무런 후원도 없이 글을 쓴 올리판트 부인의 말과는 다른 여운을 준다. 그들 사이의 간격은 마치 100m 달리기에서 이미 50m를 앞서 나간 사람과 경주하는 것과 같다.

버지니아 울프의 안정적인 배경은 그녀의 성공에 큰 도움이 되었던 것이 사실이다. 또 그런 경제적 안정, 문화적인 혜택의 차이는 같은 남자 작가들 사이의 성공에서도 가차없이 적용될 수 있다. 그렇지만 최고의 여자가 되었을 때 느끼는 한계는 여자들끼리 다툴 때 느끼는 한계와는 또 다른 절박한 절망감을 줄 수 있다. 주변에 남아 있는 경쟁자들이 모두 남자들뿐일 때, 그들이 동료인 것만은 분명하지만, 경험의 공유와 의사 소통에는 한계가 있다.

시인 T. S. 엘리엇은 누가 보아도 이상할 정도로 차가운 면이 있었던 모양이지만, 그 중 버지니아 울프와는 아주 가깝게 지낸 것으로 알려져 있다. 엘리엇은 유별난 남성우월주의자도 아니고, 오히려 버지니아 울프의 문학성을 인정했던 사람이었다. 그렇지만 그조차도 '파버 앤드 파버' 출판사의 편집장을 지낼 때 남성들이 계속 펜을 쥐고 있어야 한다는 입장을 가지고 있었다. 그는 여성적인 것이 문학계에 들어오는 것이 싫다고 했다.

그렇게 말한다고 해서 엘리엇이 위대한 시인이 아닌 것도 아니고, 감옥에 갈 만한 실수를 한 것도 아니며, 대표적인 쇼비니스트가 된 것도 아니다. 단지 내가 하고 싶은 말은 그런 공기가, 그런 분위기가 언제나 그녀 주변에, 또 우리 주변에 있다는 것이다. 높이 오르는 사람일수록 빨리 꼭대기에 닿을 것이고, 거기 닿아 본 사람만이 자신이 뚫고 갈 수 없는 '유리 지붕(glass ceiling)'이 거기 있음을 알게 된다. 버지니아 울프는 아마 처음으로 그 꼭대기까지 가서 그 지붕의 하중을 예민하게 느꼈던 여자 소설가였을 거다.

남자들이 여자들보다 글에 전념할 수 있는 조건을 가지고 있는 것은 사실이다. 가사 분담이 되었다고 해도, 출산의 운명적인 부담은 여자의 몫이고 양육의 심리적인 압박도 남아 있다. 따라서 여자들에게 향하는 자잘한 일상의 요구가 더 많기 쉽고, 이런 점에서 좀 더 자유로운 남자들이 글을 더 잘 쓸 가능성도 많아진다. 그렇기 때문에 힐리스 밀러가 페미니스트 비평가들에게 당당하게 말할 수 있었다.

'나는 영미 문학의 기존 정론을 믿고, 고급 문학이라는 개념의 타당성을 믿는다. 내 생각으로는 스펜서, 셰익스피어, 밀턴을 읽는 것이 번역된 보르게스를 읽거나, 솔직히 말하자면, 버지니아 울프를 읽는 것보다 더 중요하다고 생각한다.'

사실 나 자신도 버지니아 울프보다는 밀턴을 더 좋아한다. 그렇지만 스펜서는 좋아하지 않는다. 스펜서를 좋아하려면 내가 보기에 끔찍하게 나른하고 황당한 「요정의 여왕」을 끝까지 읽어 내야 하는데, 나는 머리카락이 더 빠질까 염려하는 대머리 마냥 아주 조심해서 건성건성 그 시를 훑어보았을 뿐, 찬찬히 정독한 적은 없었다.

서양 사람들이 그렇게 좋아하는 셰익스피어 작품도 난 다 좋아하지는 않는다. 비극은 언제 읽어도 감동적이지만, 희극은 글로 보면 하나도 희극적인 느낌이 없고 연극으로 보아도 좀 억지스럽다. 울프의 말대로 외국어로 바꾸면 제일 먼저 사라지는 기쁨 중 하나가 웃음(humour)이라 그런가 보다. 그렇지만 내 주변에는 내가 셰익스피어에 대해 의심스러운 말을 했다는 점만으로도 나와 인연을 끊으려는 친구가 있을 정도다.

누구보다도 버지니아 울프를 가장 사랑하는 사람도 있고, 16세기 스펜서의 시를 우리 나라의 어떤 시인의 시보다 좋아하는 기이한 사람들이 있다. 셰익스피어의 희극은 말할 것도 없다. 게다가 밀턴을 좋아한다고 하면 나를 정신나갔다고 여기는 사람도 있다. 내가 보기에 무엇을 좋아하고, 누구의 글을 아끼는 것은 그 글을 얼마나 공들여 읽었는가에 비례하는 것 같다. 흔히 기존 비평가들처럼 일방적으로 자신의 의견과 경험만을 독점적인 좌표로 생각하는 것은 위험하다.

잠깐 여기에서 '시애틀의 잠 못 이루는 밤' 이라는 영화의 아주 사소한 장면이 떠오른다. 여자 둘은 남녀 간의 사랑과 이별을 다룬 영화 이야기를 하면서 눈물을 흘린다. 그들의 유치한 행동을 바라보며 '참, 여자란 좀 모자라지' 하는 표정을 짓고 있던 남자 둘이 이번에는 전쟁과 스포츠 영화 이야기를 하다가, 옛날의 감동을 떠올리며 울음을 참지 못한다. 이번에는 다시 여자들이 '참, 남자란 못 말린다' 는 표정을 짓는다.

영화 '타이타닉' 을 보고 나면 남자는 그 커다란 배가 가라앉을 때의 웅장한 재난과 엄청난 파도에 대해 떠드는 동안 여자들은 사람들 사이의 이별과 죽음을 슬퍼한다. 남자는 화성에서 오고 여자는 금성에서 온 것만큼이나 남녀의 관심은 다르다. 생리적으로 그럴 수도 있고, 그렇게 교육받았을 수도 있다. 이유야 무엇이든 실제로 남녀의 언어 습관이나 감정 상태가 다르게 나타나는 건 사실이다.

그런데 대부분의 언어 활동은 남자들이 독점하고 있다. 문학가도 남자고 평론가도 남자다. 출판업자도 남자고 신문사도 남자가 운영한다. 여자들은 거기에서 독자의 역할을 할 뿐이다. 마치 정신과 의사 대부분이 남자이고 그 환자 대부분이 여자인 것과 비슷한 구조다. 정상과 비정상, 고급과 저급을 가르는 것도 권력의 한 형태이다. 이런 사회 구조에서 남자들의 글이 남자들의 눈에 더 잘 보이는 건 당연하다. 그리고 저 마인 그리어가 「여인 내시(The Female Eunuch)」에서 말했듯이, "이 책은 전쟁을 다루니까 중요하고, 저 책은 거실에 있는 여자들의 느낌이 나니까 쓸모없나"는 식으로 쉽게 판단한다.

몽크 하우스

2차 세계대전이 터지면서 울프 부부는 런던의 출판사에 흥미를 잃어 갔고, 점점 더 많은 시간을 서섹스의 몽크 하우스에서 보냈다. 그 집의 여러 가지 시설들도 갖추어졌고, 넓고 큰 유리 온실이 집에 바로 이어져 설치되었다. 정원에는 보기 좋은 장식 동물상이 놓이고 정원사를 고용하여 일 년 내내 정성스럽게 화초들을 가꾸었다. 집은 좁아졌지만 거실은 비교적 넓어서 음악을 연주하기에도 좋았고, 근처에 우즈(Ouse) 강가까지 산책도 즐겨 했다.

몽크 하우스는 루이즈(Lewes)에서 가깝게 갈 수 있다. 루이즈에는 헨리 8세의 네 번째 부인이었던 앤 어브 클레브스(Anne of Cleves)가 이

몽크 하우스 근처 루이즈에 위치한 앤 어브 클레브즈의 집

혼 위자료 중 하나로 받아서 임대했던 집이 있다. 그래서인지, 헨리 8세에 관련된 이름의 음식점들이 몇 군데 보이고, 튜더 왕조 때 모습의 집들도 눈에 띈다. 마을은 조용하고 한산해서 전혀 관광지 같은 수선스러움이 없어 좋다.

앤 어브 클레브즈 하우스라는 표지판이 비교적 더 선명한 길을 따라 오다 보면 하얀 표지판에 몽크 하우스의 안내를 볼 수 있다. 정리가 잘 된 주택가 한가운데에 자리 잡고 있어서 얼핏 지나치기 쉬운데, 낮은 담을 끼고 있는 낡은 나무 대문에 이 집의 이름이 써 있다. 근처에 있는 교회와 교회 묘지는 작지만 밝은 분위기여서 브론테 자매의 고향 하워드의 교회 묘지와는 아주 다르다. 이 교회 뜰에서 보면 멀리 로드멜 마을의 평원이 시원스럽게 펼쳐져 있다. 지금 우즈 강은 시멘트로 덮여서 근처에서는 볼 수 없다.

몽크 하우스 근처 교회에서 바라본 풍경

그들이 이곳에 머무는 동안 독일군의 영국 공습이 심해져 갔다. 런던의 타비스톡의 아파트가 독일군 공습을 당했을 때도 다행히 이들은 서섹스의 이 집에 머무르고 있었다. 독일군의 공습으로 불룸스버리의 출판사도 파괴되자 모든 물건들을 전부 이 몽크 하우스로 옮겨야 했다. 가구부터 서류, 심지어 출판에 관계된 기계, 편집 용구들도 모여들어 이곳을 채웠다.

독일의 영국 본토 침략이 현실적인 가능성으로 다가오자 이들 부부는 만약의 경우에 대비해서 자살을 준비했었다. 레오나드는 사회주의자 모임인 파비안 회의 주축 멤버였으며 유태인이었다. 울프 부부는 만약의 경우에 그들이 당하게 될 사태에 대해 아무런 희망적인 환상을 가지지 않았다.

버지니아의 오빠, 아드리안은 정신과 의사였다. 부부는 아드리안에게 부탁해서 치사량의 몰핀을 얻었고, 만약의 경우에 준비했다. 마지막으로 두 사람은 몰핀보다는 차고에서 질식사를 선택할 계획이었다. 그런데 막상 버지니아가 실행에 옮겼던 방법은 이 두 가지 중 어느 것도 아니었다.

버지니아의 자살

1941년 영국 본토 침략의 위험이 사라졌다고 여겨질 무렵 버지니아는 「막간에(Between the Acts)」라는 소설을 마무리하고 있었다. 이때 또다시 깊은 우울증과 정신이상의 증세가 보였다. 그녀는 소설가답게 "그 용암층에서 여전히 쓸 만한 것을 찾을 수 있으니 경험으로 미쳐 보는 건 아주 멋지다."고 했지만, 자신이 미칠지도 모른다는 두려움을 평생 가지고 있었다. 그녀는 이번의 발작은 그냥 조용히 가라앉지 않을 거라고 생각했다.

그녀는 가까운 친척들이 정신병으로 피폐해져 간 것을 기억하고 있었다. 예민하고 총명한 가계라고 하지만, 그녀의 가계에는 발작적이고 괴벽을 가진 여자들과 병적으로 침울한 남자들이 많았다. 버지니아의 이복 언니이자 이 집안의 맏딸, 로라는 외할머니의 정신분열증세를 그대로 이어 받은 듯 저능과 장애증세를 보여 이미 10살 때부터 다락방에 감금되다시피 했고, 결국 정신병원에 수용되었다. 이튼과 캠브리지의 총아였던 사촌은 통제불가능한 폭력 행동과 발작으로 친구들에게서 거부당하고 결국 정신병원에서 스스로 굶어 죽었다.

1941년 3월, 버지니아는 병원에서 진찰을 받고 아주 평온하게 돌아왔다. 그리고 다음날 그녀는 강가로 산책을 나갔다가 주머니에 가득 돌을 담고 우즈 강에 투신했다. 그녀는 글을 쓸 수도 읽을 수도 없는 환각 상태에서 남편에게 마지막 편지를 남겼다. 그 글에는 자신이 미칠지도 모른다는 공포, 이번에는 회복되지 못하리라는 확신과 함께 남편이 지금까지 자신을 돌보느라 희생한 데 대한 감사가 담겨 있다.

'나는 더 이상 싸울 수가 없습니다. 내가 당신 인생을 망쳐놓고 있고, 내가 없어야 당신이 일할 수 있을 거예요. … 당신과 나처럼 행복했던 부부는 없을 겁니다'

보름 징도 지나서야 상 하류에서 그녀의 시신을 찾을 수 있었다. 며칠 후 가족들은 근처 브라이튼에서 시신을 화장했다. 남편은 그 재를 가져와 몽크 하우스의 느릅나무 아래에 뿌렸다.

레오나드는 버지니아가 죽고 난 후에도 계속 이 집에서 살았다. 정치 평론집을 내고, 잡지나 신문에 국제 문제에 대한 글을 썼다. 아내가 그를 돌본 것이 아니라, 그가 아내를 돌본 것은 사실이다. 그렇지만 사람 사이의 관계는 참으로 묘해서 보살핌을 받는 사람보다 보살펴 주는 사람이 심리적으로 그 관계에 더 의존할 수가 있다. 아이가 절대적으로 엄마에게 의존하는 것 같지만, 깊이 들어가 보면 엄마가 아이에게 심정적으로 더 매달려 있는 것도 그런 인간 관계의 한 전형이다.

버지니아의 지적이고 담대한 아버지는 평생 아내의 헌신적인 봉사를 당연시하며 살았고, 어머니는 또 그런 아버지의 등 뒤에서 현모양처로서 안주했다. 그렇지만 막상 어머니가 죽고 나자 단단하던 그 아버지는 심한 상실감과 우울증으로 몹시 고생했다.

울프 부부는 아이가 없었다. 따라서 버지니아와 같이 예민하게 부모의 심리를 분석하고 평가해 줄 보고자를 놓친 셈이다. 관중인 우리로서야 레오나드가 '막간에,' '무대 밖에서' 어떤 감정의 기복을 겪었을지 알 길이 없다. 추측하건대 슬픔과 상실감, 죄의식이 없었다고야 할 수 없다. 그렇더라도 그가 1969년 죽을 때까지 25년 이상 동안 글을 쓰고 꾸준히 활동했다는 사실을 보면 이 사람이 참 강한 정신을 가진 사람이었으리라는 생각이 든다.

레오나드 울프는 유언으로 이 집을 서섹스 대학에 기증했다. 대학은 한동안 미국에서 오는 교수나 작가들에게 이 집을 임대하는 바람에, 미국 소설가, 솔 벨로우도 이 집에서 기거할 수 있었다. 지금도 이 집에는 사람이 거주하고 있기 때문에 수요일, 토요일만 일반에게 공개되는데, 그것도 아주 조용하고 조심스럽게 이루어진다.

모딜리아니의 작품처럼 마르고 길쭉한 소녀의 흉상이 보이는 정원에서 문득 그것이 버지니아 울프라는 것을 알게 되었다. 언제 어떤 그림이나 사진으로 보더라도 그 여자는 자의식이 강하면서도 약간 불안해 보이더니, 이 조각의 느낌도 그렇다. 대문을 나서면 그 문에는 내밀하고 분석적이었던 이 집의 주인을 떠올리는 팻말이 달려 있다. '거주인의 사생활을 존중해 주십시오.'

몽크 하우스 정원의 조각

■ 주소록

1. 스코틀랜드의 역사, 스코틀랜드의 로맨스 (월터 스코트)

Lady Stair's House
Lady Stair's Close
Lawnmarket
Edinburgh

Palace of Holyroodhouse
Royal Mile
Edinburgh

Rob Roy and Trossachs Visitor Centre
Ancaster Square
Callander
Central

Abbotford House
Galashields
Borders

Halliwell's House Museum
Halliwell's Close
Market Place
Selkirk

2. 여자가 할 수 있는 일(제인 오스틴)

Jane Austen's House
Chawton
Alton
Hampshire

Winchester Cathedral
Winchester

3. 폭풍의 언덕, 목사관의 딸들(브론테 자매)

Bronte Parsonage Museum
Church Street
Haworth

Keighly
West Yorkshire

Scarborough
North Yorkshire

4. 크리스마스 이야기(찰스 디킨즈)

Dickens House Museum
48 Doughty Street
London

Gad's Hill School
Higham
North Rochester

Charles Dickens Centre
Eastgate House
High Street
Rochester
Kent

Historic Dockyard
Chatham

Dickens House Museum
2 Victoria Parade
Broadstairs

Bleak House
Fort Road
Broadstairs
Kent

Charles Dickens Birthplace Museum
393 Old Commercial Road
Portsmouth

5. '위대한 전통' 의 여자 소설가(조지 엘리엇)
Arbury Hall
Nuneaton
Warwickshire

Nuneaton Library
Church Street
Warwickshire

Nuneaton Museum and Art Gallery
Riversley Park
Nuneaton
Warwickshire

Carlyle' s House
24 Cheyne Row
London

Highgate Cemetery
Swains Lane
London

6. 웨식스의 전설(토마스 하디)
Athelhampton House
Athelhampton
Dorchester

Dorset Country Museum
High West Street

Dorchester

Max Gate
Alington Avenue
Dorchester

Hardy' s Cottage
Higher Bockhampton

Dorchester
Dorset

Clouds Hill
Wareham

7. '인생은 영국의 정원, 시간은 영국의 오후'
   (헨리 제임스, H. G. 웰즈)
Lamb House
West Street
Rye
East Sussex

Uppark
South Harting
Peterfield
Hampshire

8. 「정글북」과 세계여행(키플링)
Rudyard Reservoir
Rudyard
Staffordshire

Westward Ho!
North Devon

Kipling' s Garden
Rottingdean

Rottingdean' s Grange
Museum and Art Gallery
The Green
Rottingdean
Brighton
Surrey

Bateman' s
Burwash

Etchingham
East Sussex

Golders Green Crematorium
Hoop Lane
Golders Green
London

9. '내 마음의 고향' (D. H. 로렌스)
D. H. Lawrence Birthplaces
8A Victoria Street
Eastwood
Nottingham

Zennor
Cornwall

10. 여자 소설가의 유리 지붕(버지니아 울프)
Bloomsbury
London

Monk's House
Rodmell
Lewes
Wast Sussex

소설가의 길을 따라
김인성의 영국문학기행 ❷

증보 개정판 1쇄 발행일 2005년 1월 10일

지은이 김인성
펴낸이 이정옥
펴낸곳 평민사
　　　　서울특별시 서대문구 남가좌2동 370-40
　　　　전화 (02) 375-8571(代)
　　　　팩시밀리 (02) 375-8573
이메일: pms1976@korea.com
홈페이지: http://www.pyungminsa.co.kr

등록번호 제10-328호

ISBN 89-7115-420-9 03800
ISBN 89-7115-418-7 (SET)

값 9,500원

· 인지가 없거나 잘못 만들어진 책은 바꾸어 드립니다.

© 2005, 김인성